BRIGITTE VOLLENBERG

WOLKENLOS chaotisch

Urlaubsgeschichten zum Schmunzeln

Bibliografische Informationen der Deutschen Nationalbibliothek:
Die Deutsche Nationalbibliothek verzeichnet diese Publikation in der
deutschen Nationalbibliografie; detaillierte bibliografische Daten sind im
Internet über http://dnb.dnb.de abrufbar.

© 2020 Brigitte Vollenberg
Herstellung und Verlag: BoD – Books on Demand, Norderstedt

ISBN: 978-3-7519-7292-5

Inhalt

Über das Buch

Ein strahlend blauer Himmel ist oftmals Symbol für einen gelungenen Urlaub. Doch Azurblau bis zum Horizont kann das eine oder andere Missgeschick nicht verhindern.

Wenn auf Ameland der Griff in den Küchenschrank daneben geht und die Kinder erwartungsvoll und hungrig in einen Pfannkuchen beißen, der eine Überraschung für sie bereithält, muss man improvisieren können.

Oder wenn der kleine Finger dem Gewicht der Tragetaschen mit dem Aufdruck „Duty-free" nicht mehr standhalten kann und die Damentoilette auf dem Flughafen Gran Canaria plötzlich nach Kneipe riecht, dann ist Gelassenheit angesagt, damit die schönen Urlaubserinnerungen nicht in den Hintergrund geraten.

Wenn auf Texel die moderne Elektronik erbarmungslos zuschlägt und man in der Abgeschiedenheit Norwegens feststellt, dass es bei Weitem Schlimmeres gibt als Zahnschmerzen, ist Besonnenheit gefordert.

Der Aufenthalt in den USA hat bei meinem Vater so tiefe Spuren hinterlassen, dass er nur noch in Deutschland Urlaub machen wollte. Im Gegensatz dazu baute meine Schwiegermutter ein Vertrauen zu den Menschen in der Karibik auf, das auch leicht hätte missbraucht werden können.

Wenn man mit Kindern reist, darf man sich keine Unsicherheiten anmerken lassen, besonders wenn eine verpasste

Fähre in Norwegen und ein Urlaub in der Toskana, bei dem so vieles einfach nicht zusammenpasste, riesige Probleme mit sich bringen.

Ein Urlaub mit Hunden kann sehr entspannend sein, aber wie in unserem Fall in einer Putzorgie enden.

Und schließlich reisen die Kinder alleine in die große weite Welt. Wer sich nicht daran erinnert, dass man sie zur Selbstständigkeit erzogen hat und glaubt, dass sie ohne mütterliche Hilfe ihren Urlaub nicht organisieren können, dem beschert so ein Gedanke bange Stunden und der traumhafte Blick auf eine verschneite Landschaft unter wolkenlosem Himmel bleibt einem versperrt.

Es gibt Urlaube, die sehen auf den ersten Blick günstiger aus als sie dann zum Schluss sind. Ein Schnäppchenpreis kann dann sehr schnell durch unvorhersehbare Witterungsbedingungen in die Höhe schießen.

Wenn die Vorfreude auf einen Urlaub dominiert wird von einem einzigen Thema, nämlich der Unauffindbarkeit der Schneeketten, und die Gedanken auf der gesamten Anreise nur um Schneeketten kreisen, dann ist man wahrhaftig urlaubsreif.

Es gibt Klischees, die passen perfekt, wie im Falle unseres finnischen Deutschlehrers. Haben wir seinen Klischeevorstellungen über Deutsche ebenfalls entsprochen?

Unser erster Aufenthalt auf dem afrikanischen Kontinent war spontan. Wir waren unvorbereitet und blauäugig, und darum hat uns die Tour nach Marokko im touristischen Sinne besonders hart getroffen.

Probleme mit Zimmerreservierungen gibt es immer mal wieder, aber die Lösung des Problems kann sehr unterschiedlich sein.

Die vielen kleinen, unvorhersehbaren Begebenheiten machen einen Urlaub aus. In den Norfolk Broads reihte sich eine Kuriosität an die andere und somit ist unser Englandurlaub zu einem unvergessenen Erlebnis geworden.

Was immer auch im Urlaub passiert, egal, wie chaotisch es zugeht, die nötige Gelassenheit kann dafür sorgen, dass der Himmel wolkenlos bleibt.

Ameländer Pfannkuchen

Ameland wurde unsere Familieninsel. Noch bevor unsere Tochter Nora geboren wurde, hatten wir uns diese Insel ausgesucht. Wir planten, in Zukunft die Herbstferien dort zu verbringen.

Mein Mann Peter durfte mit seiner Familie in den Fünfzigerjahren auf Langeoog die gesunde Nordseeluft genießen. Und ich fuhr mit Eltern und Bruder einige Male nach Borkum. Als sich unser eigener Familiennachwuchs ankündigte, bot uns die Zeitschrift „Stern" eine Entscheidungshilfe. „Ameland und Borkum im Vergleich".

Wir lasen aufmerksam die vielen interessanten Hinweise über die beiden Inseln und beschlossen, uns selber ein Bild zu machen. Wir fuhren nach Ameland und verliebten uns sofort in diese kleine westfriesische Insel vor der niederländischen Nordseeküste. Von da an verbrachten wir mit unseren Kindern Jahr um Jahr eine Woche im Herbst auf Ameland. Draußen bei Wind und Wetter, die letzten Sonnenstrahlen genießend, quälten wir uns mit dem Fahrrad über die Insel oder machten kilometerlange Strandspaziergänge. Die Kinder sammelten alles, was das herbstliche Gestade bot, und unsere Beagle Kipling und später auch Floyd spielten und rannten am Strand und genossen ihre Freiheit. Stundenlang kämpften wir mit unseren bunten Drachen. Wenn die Temperaturen es zuließen, genehmigten wir unseren Sprösslingen ein kurzes Bad in den Fluten. Warm eingepackt in Schal und Mütze, aber mit gekrempelten Hosenbeinen, war ein Spaziergang barfuß fast jedes Jahr möglich.

Oder wir saßen in einem der urigen Strandcafés direkt am Meer. Windgeschützt hinter Glas bei einem Becher Chokomel mit Sahne oder einer großen Portion Poffertjes, ließen wir es uns gut gehen. Dann konnte ich die Augen schließen, die Wärme der Sonne in mich aufnehmen, dem ständig wiederkehrenden Rauschen der Wellen lauschen und hatte Urlaub. Eines darf man nicht vergessen: Strand, Meer, Wind und Sonne zählten zu den Dingen, die aus unseren Kindern zufriedene Kinder machten. Anhand der Insel brachten wir den neugierigen Kleinen die Natur sehr nahe. Wir nutzten die vielfältigen Möglichkeiten auf Ameland, uns zu informieren und die Natur der Nordseeküste zu begreifen. Ein Highlight war das Naturkundemuseum in Nes. Mit einem Besuch waren unsere Kinder nicht zufrieden. Sie wollten jedes Jahr einmal durch die große Walattrappe laufen und bestanden auf den kleinen und großen Erlebnissen im Naturkundemuseum. Sie bewunderten immer wieder die vielen Schaukästen und Demonstrationsmodelle von Ebbe und Flut.

Nora erlernte auf Ameland das Radfahren. Später, als die erste Heilige Kommunion anstand, kam sie ganz aufgeregt von einer Gruppenstunde nach Hause. Sie berichtete, dass man, wenn man Kommunionkind geworden sei, zum ersten Mal in der Gemeinde an einer Jungendfreizeit teilnehmen dürfe.

„Mama, du rätst nicht, wohin wir dann in den nächsten Herbstferien fahren. Nach Ameland!", rief sie fröhlich. „Auf unsere Insel."

Von da rückte dieser Sandhügel in der Nordsee immer mehr in unseren Fokus. Lange Jahre fuhren beide Kinder mit Jugendgruppen nach Ameland, als Teilnehmer von Jugendfreizeiten, später auch als Betreuer im Leitungsteam der Gemeinde.

Wir planten mit Freunden einen dreiwöchigen Sommerurlaub in England. Bevor wir in die Detailplanung gingen, machten wir einen Testurlaub. Im Oktober fuhren wir gemeinsam eine Woche nach Ameland. Wir mieteten wieder das "Klaushuus", unser liebgewonnenes Ferienhaus in den Dünen. Glücklicherweise bekamen wir ein weiteres Haus circa dreihundert Meter von dem unsrigen entfernt für unsere Freunde. Da die Dünen dort sehr spärlich besiedelt waren, hatten wir einen guten Sichtkontakt. Wenn im „Each Weiding" die Gardinen geschlossen waren, wussten wir, dass unsere Reisegefährten ihre Ruhe haben wollten und Markus, das ältere und bereits eingeschulte Kind unserer Freunde, auch in den ersten Ferien seines Lebens üben musste. Der Perfektionismus, was Haushaltsführung und allgemeine Organisation anging, war bei unseren Freunden unübertrefflich. Was aber die Kindererziehung anging, waren wir nicht immer deckungsgleich. Insofern war es von Vorteil, in zwei Häusern zu verweilen, um Rückzugsmöglichkeiten zu haben. Wir verstanden uns zuhause vortrefflich und ich wollte auf keinen Fall durch eine zu starke räumliche Enge Reibereien heraufbeschwören. Außerdem begleitete uns Floyd. Dieser Hund gebärdete sich oft sehr chaotisch. Damit wollten wir unsere Freunde nicht belasten. Floyd sorgte schon bei der Überfahrt nach Ameland für Chaos.

Wir wurden mit unserem beladenen Wagen auf die Fähre gelotst. Das Wetter war super. Die Fährpassage nur kurz, aber alle wollten während der Überfahrt das Auto verlassen. Oben an Deck zu stehen und zu schauen, wie die Insel immer näherkam, steigerte die Vorfreude auf den Urlaub ungemein. Den Wind in den Haaren, das erste Krabbenbrötchen auf der Hand, umkreist von schreienden Möwen, glitt die Autofähre durch das Wattenmeer. Der Seegang zwischen Festland und Insel war nie besonders stark. Auch heute war das Wasser spiegelglatt. Doch unser Auto bewegte sich rhythmisch und ich machte Peter darauf aufmerksam.

„Schau mal, unser Auto wackelt, wir haben doch gar keinen Seegang. Hast du auch die Handbremse fest angezogen?"

Er rannte auf den metallenen Abgang zu, nahm immer mehrere Stufen auf einmal und schlängelte sich an den dicht an dicht parkenden Wagen entlang. Die Ursache unseres schwankenden Autos: Floyd war seekrank.

Ich hatte ihm hinten auf der Landefläche einen geräumigen kuscheligen Platz hergerichtet. Während der Autofahrt hatte er auf seiner Hundedecke gemütlich geschlafen. Jetzt stand er breitbeinig über seine Decke gebeugt und würgte so heftig, dass sich sogar das Auto bewegte. Seinen Mageninhalt hatte Floyd bereits auf seinem Lager verteilt. Er sah einfach nur jämmerlich aus. Peter befreite ihn aus dem Auto und wir alle sehnten eine schnelle Ankunft auf der Insel herbei. Unsere Familienkutsche stank so fürchterlich, dass wir nach einer gründlichen Säuberung ständig, wenn wir uns in der Nähe aufhielten, die Türen weit aufmachten und lüfteten.

Für die letzte Strecke von der Fähre zum Haus musste Floyd unten im Fußraum auf der Beifahrerseite sitzen. Er hätte hinten keinesfalls mehr einsteigen können, auch nicht für einen Kilometer. Unser geliebtes „Klaushuus" kam in Sicht. Wir stiegen aus, die Kinder wurden aus ihren Kindersitzen befreit und Peter lief mit dem Schlüssel in der Hand auf die Haustür zu. Ich befreite Floyd von der Leine und er düste sofort los. Scheinbar war er wieder fit. Er blieb immer in unserer Nähe und ich wusste, er würde zuerst nur seinem Bewegungsdrang frönen.

Die Kinder stöberten sogleich ums Haus herum und Peter befreite die Fahrräder vom Autodach. Ich betrat den Wohnraum, öffnete die großen Flügeltüren und ließ die frische Ameländer Luft einströmen.

Floyd raste im Flur an mir vorbei, lief durch die Küche und bremste scharf. Beinahe wäre ich über ihn gestolpert. Seine Pfoten rutschten über den glatten Boden. Unter dem Esszimmertisch kam er zum Stillstand. Er erbrach eine solche gigantische Menge Mageninhalt, dass es mir den Atem verschlug. Ich konnte nicht glauben, was ich sah. Dieser Hund brachte mich manchmal zur Verzweiflung. Alle kamen sofort auf mein Geschrei und Gezeter hin herbeigestürzt. Wieder einmal verteilte sich Floyds Mageninhalt auf dem Boden, diesmal aber Gott sei Dank auf glattem Linoleumbelag. Die Verdauungsmasse hatte wirklich nur kurze Zeit im Körper verweilt. Floyds kleiner Hundemagen hätte eigentlich ganz leer sein müssen. Schließlich hatte die Fährüberfahrt dafür gesorgt. Doch Floyd roch Essbares auf Kilometer. Floyd war ein Beagle und zwar einer von der verfressenen Sorte. Er war schnurstracks zum Nachbarhäuschen gelaufen, in dem ein älteres holländisches Ehepaar wohnte, das wir aus früheren Jahren kannten. Die betagten Nachbarn genossen es, die wildlebenden Fasane zu beobachten, wenn sie in der Abendsonne auf ihrer Terrasse saßen. Natürlich fütterten sie die gefiederten Dünenbewohner. Die holländische Dame hatte extra für die Fasane einen Eintopf gekocht und die gefüllte Schale auf die Terrasse gestellt. Floyd hatte den Bottich bis auf den Grund geleert. Auf der Begrüßung unserer Nachbarn lag gleich ein Schatten. Ich ging sofort rüber und entschuldigte mich. Vor allem versprach ich, dass ich Floyd in der Nähe des Hauses selbstverständlich an die Leine nehmen würde. Das allerdings konnte ich schon im eigenen Interesse zusichern.

Als ich Unmengen von Küchenpapier verbraucht hatte, das Esszimmer wieder benutzbar war, bildeten sich die ersten Herpesbläschen in meinen Mundwinkeln. Die Hundedecke aus dem Auto steckte ich in eine Mülltüte und dann ab damit in die Tonne. Mir reichte es mit der Putzerei für diesen Urlaub. Floyd bekam im Wohnraum ein Eckchen zugewiesen. Er lag jetzt auf seiner Zweitdecke. Wir trennten uns von einem älteren Badetuch und einem Kuschelkissen, damit er es sich behaglich machen konnte. Von nun an nahmen wir uns vor, dass er sich nur noch im Haus und auf der ummauerten Terrasse frei aufhalten durfte. Den kleinen Durchgang in die Dünen verbarrikadierten wir mit einem Bobby-Car. Auf dem Weg zum Strand nahmen wir ihn an die Leine. Aber am Meer durfte auch er die unendliche Freiheit genießen und rennen, so viel er Lust hatte.

Wir haben in diesem Urlaub nicht sehr viel Zeit in der Küche zugebracht. Den Löwenanteil unserer Ferien wollten wir natürlich mit unseren Freunden gemeinsam verbringen. Kocht eine Familie für acht Personen, ist es schon recht viel Arbeit. Sind alle in einem Haus und man kocht im Team, wird es meistens ziemlich eng. Auf der Insel gab es viele tolle kleine Restaurants mit zahlreichen holländischen Spezialitäten. Wir nutzten diese Angebote gern. Alles auf der Insel war kinderfreundlich und so mussten wir uns um unsere Kleinen in Sachen Beköstigung keine Sorgen machen.

An einem Abend hatten wir allerdings ein Speiselokal ausgesucht, in dem die Preise recht hoch angesiedelt waren. Wir überlegten, die Kinder vorher „abzufüttern", was ihnen auch sehr recht war, so konnten sie sofort die Spielmöglichkeiten des Restaurants nutzen und freuten sich auf die Klettergerüste. Stünde dann die Nachspeise an, versprachen wir ihnen eine Portion Eis nach Wunsch. Auf die Frage: „Was wollt ihr heute essen, wenn wir nur für euch Vier etwas kochen?", brüllten alle gleich im Chor: „Pommes, Pommes, Pommes mit Ketchup und Mayonnaise."

Wir waren keine „Fast Food-Eltern", doch Pommes mit Mayonnaise waren in Holland einfach ein Muss. Auch wir konnten Ameland nicht verlassen, ohne nicht wenigstens einmal Pommes gegessen zu haben. Ich fand die Idee gut. Gerade als ich vorschlagen wollte, dass ich mit den Kindern zu der weltbesten Imbissstube auf Ameland fahre würde, kamen ganz massive Einwände von meiner Freundin. „Meine Kinder bekommen keine Pommes, dieses fettige Zeug, ohne Vitamine, überhaupt nicht nahrhaft, ekelig."

Nora und Claas war die Enttäuschung sofort anzusehen. Und das Gequengel ging gleich los. „Wir wollen aber Pommes, du hast uns versprochen, dass wir auf Ameland Pommes essen dürfen." Keine Ahnung, ob die Kinder unserer Freunde wussten, welch Delikatesse sich hinter holländischen Pommes verbarg. Bei der gesunden und ausgewogenen Ernährung zu Hause waren sie sicher noch nicht in den Genuss der frittierten Kartoffelstäbchen gekommen. Sie schlossen sich aber dem allgemeinen Wunsch an und verlangten ebenfalls nach Pommes. Das sah schon anders aus als die murmelnden Beschwerden und der bittende Augenaufschlag unserer Kinder. Die Kinder unserer Freunde gingen unverzüglich in die Offensive und wurden laut. Jetzt beherrschte ein Konflikt den gemeinsamen Familienurlaub. Ich hatte unseren Kindern das Versprechen gegeben, dass es Ameländer Pommes gab, und unsere Freunde hatten es ihren Kindern verboten. Die Männer diskutierten. Ich versuchte, meine Freundin zu überreden, einmal großzügig zu sein. Sie blieb hart. Der Vorschlag, Pfannkuchen zu backen und mit Puderzucker zu bestreuen, verbunden mit dem Versprechen an unsere Kinder, an der Imbissstube Halt zu machen, wenn wir mal alleine unterwegs waren, stellte sich dann als echte Alternative heraus. Ich frage mich noch heute, was an Pfannkuchen nahrhafter und gesünder sein soll als an einer Portion Pommes frites.

Wir stellten unsere Küche zur Verfügung und unsere Freundin übernahm die Zubereitung. Während sie in der Küche hantierte, hielt ich mich lieber auf der Terrasse auf. Ich hatte keine Lust, nach Essen zu riechen, wenn wir nachher in dem noblen Restaurant aufkreuzen würden. Die Pfannkuchen-Bäckerin öffnete das Küchenfenster. Die Kochschwaden suchten sich ihren Weg nach draußen.

„Wer möchte denn was haben? Und vor allem: Wie viele?" Die Bestellungen gingen ein. Jedes Kind wünschte sich einen Apfelpfannkuchen und einen neutralen mit Zucker. Ich deckte den Tisch und kurz vor der Essensausgabe saßen alle vier Kinder im Alter von vier bis sieben Jahren, bewaffnet mit Messer und Gabel, vor ihren Tellern.

„Ich bitte mit viel Zucker", sagte Markus.

„Ich mit ganz viel Zucker und wenn die Äpfel sauer sind, möchte ich noch mehr Zucker", sagte Nora.

Claas rief laut dazwischen: „Ich möchte einen mit Nutella!" Doch da ich die Einstellung meiner Freundin zu Nutella kannte, benutzte ich eine Notlüge: „Das Nutella-Glas ist leer, schade!" Claas sah mich ganz ungläubig an.

Schwungvoll servierte meine Freundin die Pfannkuchen. Alle bemühten sich, ordentlich mit ihrem Besteck zu hantieren. Von Markus kam zuerst das große Gebrüll. Sofort schloss sich unsere Tochter an. Sie prusteten los und spuckten alles, was sie im Mund hatten, wieder auf ihren Teller zurück. Die beiden Kleinen hatten es noch nicht geschafft, ein Stück Pfannkuchen aufzugabeln und zum Mund zu führen, daher blieben sie still und beobachteten schweigend. Die Männer stürzten von der Terrasse herein, um zu sehen, was denn jetzt wieder los sei. Die beiden Großen schüttelten sich und verweigerten die Nahrungsaufnahme. Ich probierte. Kaute. Aber schlucken konnte ich nicht. Meine Freundin hatte sehr großzügig die Pfannkuchen mit Salz bestreut. „Das kann doch niemand essen, jetzt gibt es dann doch wohl Pommes, oder?"

Claas fand es super, wie sich die beiden Großen benahmen, und auch er stopfte sich noch schnell ein Stück Pfannkuchen in den Mund, kaute nur kurz, um es dann in hohem Bogen wieder ausspucken zu dürfen. Meine praktisch veranlagte Freundin wusste Rat. Sie nahm die Teller kurzerhand mit in die Küche und drehte den Heißwasserhahn so weit wie möglich auf. Als die richtige Temperatur des Wassers erreicht war, spülte sie die Pfannkuchen ab. Danach tupfte sie die Fladen mit Küchenpapier wieder trocken.

Dann folgte der Griff zum Zuckerstreuer. Die abgewaschenen Pfannkuchen wurden der Reihe nach neu bestreut. Doch nach nur einem Bissen stellte ich die Ungenießbarkeit fest.

„Unsere Kinder müssen das nicht essen", sagte ich. „Kommt, wir fahren mit dem Rad zur Imbissbude".

Nora stülpte sich ihren kleinen Helm auf, schloss die Halterung unter ihrem Kinn und stand in wenigen Minuten startklar mit ihrem Fahrrad auf dem Weg. Claas saß mit strahlenden Augen in seinem Kindersitz und kaute genussvoll auf einem Bonbon, um den Salzgeschmack zu neutralisieren.

Es gab keinen Gesprächsbedarf mehr und auch keine Diskussionen. Mein Mann fuhr mit unserem Nachwuchs dem Pommes-Genuss entgegen und die Kinder unserer Freunde mussten leider an diesem Abend auf eine warme Mahlzeit verzichten. Die vier schoben ab in ihr eigenes Häuschen und die Kids bekamen ein Butterbrot. Es wurde noch ein interessanter Abend. So im Großen und Ganzen wichen wir Eltern mit unseren Erziehungsmethoden zwar nicht sehr voneinander ab, aber es gab gravierende Unterschiede.

Wir einigten uns darauf, in Kleinigkeiten auch mal großzügig zu sein. Ich hatte meinen Beitrag geleistet, indem ich meine Kinder davon überzeugt hatte, dass am heutigen Abend auch ein Apfelpfannkuchen gut schmecken würde. Doch nach dem Fehlgriff zum Salz hätte meine Freundin von ihren Prinzipien auch einmal abrücken können.

Ansonsten verbrachten wir schöne Ferientage auf unserer Lieblingsinsel Ameland und betrachteten die Urlaubsprobe als bestanden. Floyd schlich sich nach ein paar Tagen noch

einmal unbemerkt davon. Er leerte einen Topf mit vorge-
kochtem Essen für die Kinder, der auf der Terrasse unserer
Freunde stand und dort über Nacht kühl gelagert werden
sollte. Meine Freundin kam nicht auf die Idee, dass Floyd
mal wieder der Dieb gewesen sein könnte. Sie vermutete,
dass Tiere aus den Dünen oder dem nahegelegenen Wald
sich bedient hatten. So kamen letztendlich auch ihre Kinder noch zu einer Portion Pommes mit Mayonnaise. Doch
auf die Frage, was unsere Kinder jetzt essen sollten, weil sie
ja die versprochene Fritten-Mahlzeit bereits verzehrt hatten,
antwortete ich: „Wir gehen in ein Pannekoeken-Haus und
essen Pannekoeken mit Puderzucker und Nuss-Nugat-
Creme, und mit Sirup, ekelig süß, völlig ungesund, aber
lecker."

Die Konsequenz für unseren geplanten Englandurlaub
war: Jede Familie mietete in den Norfolk Broads ein eigenes
Boot und jede Familie mietete auf dem kornischen Bauernhof einen eigenen Bereich. Wir bezogen das Kutscherhaus
und unsere Freunde mieteten das Cottage an.

Flughafen Gran Canaria

Die erste Reise auf einem Kreuzfahrtschiff lag hinter mir. Meine vier Freundinnen und ich hatten die Doppelkopfkasse verprasst. An jedem Spieleabend hatten wir einen kleinen Extra-Beitrag in die gemeinsame Kasse eingezahlt und die eingespielten Verluste erhöhten die Reisekasse zusätzlich. Es läpperte sich und nach einigen Jahren reichte es für eine Kreuzfahrt. Wir buchten.

Zufrieden und gut gelaunt saßen wir im Transferbus, der uns vom Schiff zum Flughafen in Las Palmas brachte. Der Abschied von dem prächtigen Kreuzfahrtschiff fiel uns allen schwer. Bis zur letzten Minute hatten wir die Annehmlichkeiten an Bord genutzt. Alle Menschen, mit denen wir diesen Bus teilten, traten den Rückflug nach Düsseldorf an. Dort würden auch sie ihre Lieben in die Arme nehmen und von einer schönen Reise berichten.

Ich erhaschte durch die getönten Busscheiben einen letzten Blick auf das Panorama des Hafens von Las Palmas. Unser Schiff lag dort am Kai und wartete bereits auf die nächsten Urlauber. Mit verträumtem Blick auf das Meer, das uns eine Zeit lang auf der linken Seite begleitete, saßen die Abreisenden recht schweigsam im Bus. Die meisten realisierten es gar nicht, dass auch für sie eine Traumwoche gerade dem Ende zuging. Für mich waren es Tage, an denen ich so viel gelacht hatte wie in keinem anderen Urlaub. Ich hatte es geschafft abzuschalten, den Kopf völlig frei zu bekommen und keine Minute der kostbaren Ferienzeit ungenutzt gelassen. Das schöne Schiff, das hervorragende Essen, das gute Wetter, die tollen Ausflüge und die vielfältige Kurzweil an Bord waren die Basis für einen hervorragenden Urlaub gewesen. Zudem hatten wir uns blendend verstanden und stets über die gleichen Witze gelacht. Manchmal hatte ein Blickkontakt gereicht, um sofort loszuprusten. Und wenn eine von uns getröstet werden musste, weil sie an ihre Lieben daheim gedacht hatte, waren wir füreinander dagewesen.

Eine Gesprächsrunde, am Abend in der Bar, ausgelöst durch die Frage: „Was habt ihr in eurem Leben für Scheine gemacht? Erzählt mal!", artete aus. Ein Lachkrampf löste das nächste Gelächter aus. Mitreisende wurden bereits auf uns aufmerksam.

„Sie haben sich aber Lustiges zu erzählen", sagte ein älterer Mann, der an unserem Tisch vorbeiging. „Ich würde auch mal gerne wieder so herzlich lachen." Wir boten ihm Platz an. Seine Frau hing sich an seinen Arm und zog ihn von uns fort, ohne uns eines Blickes zu würdigen.

Wir verstanden gar nicht, was Ellen mit der Frage genau meinte. Sie wollte wissen, welche Fortbildungskurse wir in unserem Leben bereits absolviert hatten. Es interessierten sie die Urkunden und Teilnahmebescheinigen, die zuhause in unseren Ordner steckten. Das Spektrum der „Scheine", die von uns aufgezählt werden konnten, war groß. Ellen besaß ein Funkerzeugnis. Es testierte ihr, jedes Flugzeug in Düsseldorf per Funk landen zu dürfen. Die Fantasie ging mit uns durch. Ich wollte und konnte mir gar nicht vorstellen, sie in einem Tower sitzen zu sehen. Sie erzählte, dass sie in ihrem früheren Leben einen Funker zum Freund hatte und sie aus Solidarität einen Funker-Kurs absolviert hatte. Weiter berichtete sie über ein Kosmetikkurszertifikat.

Ich erzählte von meinem Surfschein auf Ibiza und dem blond gelockten Christian und von der Teilnahme an einem

Schleudertraining auf dem Nürburgring. Den Segelschein machte ich in Münster auf dem Aasee, meinem Mann zuliebe. Weiter verfügte ich über einen Sportbootführerschein und erzählte von der schrecklichen Prüffahrt im Duisburger Innenhafen. An die Übungen zum Tauchschein wollte ich mich lieber nicht erinnern. Die ersten Versuche hatte ich in schmerzlicher Erinnerung. Bevor ich diese Urkunde in Händen hielt, kam ich an meine Grenzen. Die Apothekerin unter uns Ladies konnte mit einem Stützstrumpfdiplom aufwarten. Wir stellten fest, dass wir viele seltsame Fortbildungen im Laufe der Zeit absolviert hatten, und einige an Skurrilität kaum zu überbieten waren. Nach der zweiten Runde Linie-Aquavit verließ unser Gespräch die Region der Ernsthaftigkeit. Wir fanden immer eine neue Gelegenheit zu lachen. Es war das unkomplizierte und fröhliche Miteinander unter uns Fünfen, dass diese Reise zu einem unvergesslichen Erlebnis wurde.

Wir erreichten das Flughafenterminal und jede schnappte sich ihren Koffer. Bärbel reckte den Arm und winkte. Wir strebten alle zu ihr und betraten zusammen das Flughafengebäude. Viele Busse hielten vor dem Flughafengebäude und Hunderte, wenn nicht Tausende von Reisenden strebten in die Abfertigungshalle. Draußen war es sommerlich warm. Aber in der Halle war es um ein Vielfaches heißer. Wir entdeckten auf einer Anzeigentafel die Abflugzeiten unseres Fliegers. Aber eigentlich brauchten wir nur den Passagieren zu folgen, bei denen die gleichen Kofferanhänger am Gepäck baumelten. Der Mensch ist halt ein Herdenvieh. Sie alle strebten auf die Schalter der Fluggesellschaft zu, die auch uns in die Heimat befördern würde. Eine kleine Verzögerung gab es für uns. Unsere Freundin Bärbel, die

einzige Raucherin unter uns, musste vor dem Airport-Ge-
bäude unbedingt eine letzte Zigarette vor dem Flug schmö-
ken. Nach einigen hastigen Zügen gesellte sie sich wieder zu
uns. Wir wählten ein Schlangenende aus und bewegten uns
wie in Zeitlupe, Schritt für Schritt, auf den Check-in-Schal-
ter zu. Langweilig wurde uns nie und schon begann wieder
der Spaß. Ellen bat mich ihren topmodernen, teuren Sam-
sonite-Metallkoffer weiterzubewegen, während sie kurz verschwand. Im Vergleich zu unseren normalen schwarzen,
unscheinbaren Koffern war das silberne Modell das Traum-
modell unter den Reisekisten. Ich schob ihn leicht vor mir her.
Trotzdem hob ich ihn kurz an, um das Gewicht zu prüfen.

„Ellen, sag mal, hast du im Urlaub Steine gesammelt?",
fragte ich, als ich ihr das Gepäckstück wieder überließ.
„Dein Koffer hat Übergewicht."

„Ja, es gab da wirklich ein paar Steine, die ich unbedingt
mitnehmen musste", antwortete Ellen.

„Aber die verstaut man doch im Handgepäck und nicht
im Koffer", rief Biggi von vorne.

„Darf man Steine eigentlich ausführen?", fragte Beate.
„Nicht, dass wir hier gleich alle verhaftet werden, nur weil
‚unser Elli' die Ausfuhrbestimmungen missachtet hat."

Ein junger Mann hinter uns mischte sich ein und meinte,
es sei kein Problem, weil Spanien in der EU sei.

„Was hat das denn genau mit der EU zu tun?", wollte
jemand wissen. Es folgten weitere Informationen von Reisenden, die uns alle mit den Regeln von Ein- und Ausfuhr
in Bezug auf Steine überhäuften.

Ein Mitarbeiter der Reederei trat an unsere Schlange heran und rief über die Köpfe der wartenden Menschenmenge hinweg: „Ist hier unter den Gästen eine Dame mit dem

Namen Ingelore Kazmirzak?"

Viele Köpfe drehten und wendeten sich, aber niemand meldete sich. Der Reiseleiter kam näher und stellte seine Frage etwas lauter. Alle schauten brav nach rechts und links, jedermann wollte Ingelore Kazmirzak sehen und war neugierig, was der Reiseleiter von dieser Frau wollte. In der Schlange rechts neben uns an Schalter 179 der Air Berlin wurde es unruhig. Vertraute Töne erreichten unser Ohr: „Datt war dein Name, da, geh ma dahin, der will watt von dir." Kenner der Ruhrgebietssprache, so wie wir, konnten diesen speziellen Dialekt Leuten aus dem Pott sofort zuordnen. Mundart und Erscheinungsbild passten geradezu organisch zueinander. Die fünfköpfige Familie, Vatter, Mamma, Tochter, Omma, Oppa, die sich jetzt meldete, machte da keine Ausnahme.

Auf Gran Canaria war es warm, in der Flughafenhalle hielten sich Menschenmengen auf, welche die Raumtemperatur noch um einiges steigerten, und was sahen wir? Etwas, das unser Lachzentrum mal wieder voll traf. Wir alle waren froh, wasserfeste Wimperntusche aufgetragen zu haben. Tochter Kazmirzak trug Winterstiefel mit Plüschrand aus Synthetikfell und einen Parka mit Kapuze, ebenfalls mit Kunstfell gesäumt. Dazu hatte sie einen langen Schal, doppelt um den Hals geschlungen. Ihre Mutter war nicht weniger mollig eingepackt. Die dicke schwarze Wintersteppjacke wurde aufgepeppt von einem voluminösen Tigertuch. Zudem hielt die Dame ganz lässig ein Paar schwarze Nappalederhandschuhe in der Linken. Ihre Füße steckten in festen Winterschuhen.

„Schließlich haben wir ja heute schon den 8. November", sagte ich, „der Winter steht kurz bevor." Wir mussten alle lachen, versuchten es aber vor unserem Umfeld zu verbergen. Die Familie wurde langsam hektisch. Die hochroten Köpfe, die aus den Kleidungsstücken hervorlugten, sahen nach Sonnenbrand aus und färbten sich durch die Winterkleidung noch roter. In der Heimat war es auch nicht frostig. In Düsseldorf zeigte das Thermometer sechzehn Grad. Es bestand also keine Gefahr, auf dem überdachten Weg vom Terminal zum Parkhaus zu erfrieren. Wir konnten uns vor Lachen kaum halten. Andere Mitwartende amüsierten sich ebenfalls köstlich. Ich konnte den Anblick zunehmend schwerer ertragen. Mir tat die Familie schon fast wieder leid. Die Gespräche um uns herum wurden leiser. Unser ganzes Umfeld war daran interessiert zu hören, was man von Frau Ingelore Kazmirzak wollte.

„Haben Sie Ihren Koffer dabei?", fragte der Reiseleiter und schaute ernsthaft in die Runde.

„Ja", antwortete Ingelore ganz zaghaft.

„Na, dann schauen Sie mal auf das Namensschild. Was steht darauf?"

Ingelore marschierte ein paar Meter zu ihrem Koffer zurück und rief dem Reiseleiter zu: „Johannes Kaufmann, Hamburg!"

„Und, ist das Ihr Koffer? Nein? Ihr Koffer könnte bereits auf dem Weg nach Hamburg sein, wenn Herrn Kaufmann die Verwechslung nicht aufgefallen wäre. Sie holen das fremde Gepäckstück und kommen erst einmal mit!"

Die Familie war total verunsichert. Was sollten sie tun? Sie hatten gerade eine so gute Position in der Warteschlange. Noch drei Paare vor ihnen, dann waren sie mit dem Einchecken an der Reihe. Verließen sie die Schlange, wurde es nichts mehr mit einem Fensterplatz.

„Mein Gott, wie beschränkt muss man eigentlich sein, sie kann noch nicht einmal ihren Namen lesen. Gut, dass sie nicht meinen Koffer genommen hat", erklang es hinter mir.

„Vielleicht haben sie auch eine Reise zum Nordkap gebucht und sind hier nur falsch ausgestiegen", rief ein anderer.

„Sieh sie doch mal an, wie arktisch sie ausgestattet sind." Ich schüttelte mich zwar auch vor Lachen, aber ich schaute jetzt erst mal weg, denn ich schämte mich für die Bemerkungen der Leute. So fühlt sich also Fremdschämen an, dachte ich. Die Familie strahlte Verzweiflung aus. Wir waren inzwischen weiter vorgerückt und wurden aufgefordert, unsere Koffer auf die Waage zu stellen.

„Wollen Sie alle zusammen einchecken?", hörte ich, „dann gleicht sich das Übergewicht vielleicht aus."

Na super, Elli braucht für ihre Steine nichts extra zu zahlen. Die erste Hürde hatten wir übersprungen, waren befreit von unseren Koffern, passierten den Sicherheitscheck und hatten Zeit für Shopping und einen Kaffee. Unser Ausgang A 30 war schnell gefunden, und ganz in der Nähe ließen sich Bärbel und Beate in einem Snackrestaurant nieder. Hier sollte gleich unser Treffpunkt sein. Biggi, Elli und ich starteten noch einmal und zogen durch die Duty-free-Shops, auf der Suche nach den letzten Mitbringseln. Unverrichteter Dinge ging ich zurück in die Snackbar und setze mich mit einem Milchkaffee und einem Schoko-Muffin zu Beate und Bärbel. In dem Moment, als ich mir schwor, dass es die letzte Kalorienbombe dieses Urlaubs sein würde, hörte ich, dass unser Flug zum ersten Mal ausgerufen wurde. Automatisch erhöhte ich die Kaufrequenz, denn Bärbel wurde unruhig. Sie wollte los und sich zum Ausgang A 30 begeben. Wir Drei beobachten die vorbeiziehenden Passagiere und hielten Ausschau nach Biggi und Elli.

„Ah, da kommt Biggi! Sie scheint was für ihre Lieben gefunden zu haben", sagte Beate. Hübsch designte Tüten hingen an ihrem Arm. Und hinter ihr – wen sahen wir da? Familie Kazmirzak schlenderte ganz entspannt daher. Scheint sich das Problem doch zufriedenstellend gelöst zu haben, dachte ich. An ihren Armen baumelten die großen gelben Tüten des Duty-free-Supermarktes. Also hatten auch sie noch Zeit zum Shoppen. Doch von Ellen keine Spur. Bärbel stand bereits und Biggi hatte sich gar nicht mehr hingesetzt. Unsere Maschine wurde zum zweiten oder vielleicht auch schon zum dritten Mal aufgerufen. Wir gingen jetzt langsam Richtung Ausgang. „Ellen wird uns schon sehen. Direkt gegenüber vom Ausgang ist eine Toilette, die können wir alle noch einmal aufsuchen. Eine von uns bleibt immer außen davorstehen und hält Ausschau nach Ellen", schlug Beate vor.

Die Zeit verging, aber Ellen blieb verschollen. Bärbel wurde unruhiger, sie wollte in den Flieger einsteigen. Auch ich hatte keine Lust mehr, noch länger dort herumzustehen und zu warten. „Da, Ellen kommt! Na endlich!", rief Biggi. „Hast du nicht gehört, dass unsere Maschine schon mehrmals ausgerufen wurde?"

„Musstest du unbedingt noch den Laden leerkaufen?", fragt Beate.

„Keine Panik, ich bin ja jetzt da. Ich gehe noch kurz auf die Toilette. Ihr könnt ruhig weitergehen."

„Komm, gib mal her, ich halte deine Sachen solange fest", bot sich Biggi an.

„Ist schon okay. Es geht schon", rief Ellen und verschwand hinter der Toilettentür. Wir standen in der Schlange, aber genau genommen standen wir nicht. Die Schlange bewegte sich unaufhaltsam auf den Ausgang A 30 zu. Kurz bevor wir unsere Boarding-Cards abgeben mussten, hielten wir noch mal inne. Wo war Ellen? Warum kam sie nicht? „Ist auf der Toilette etwa auch eine Schlange?", fragte Biggi.

„Kommt, lasst uns noch einen Moment warten, sie wird sicher gleich auftauchen."

Wir gingen ganz langsam weiter, ließen einige Passagiere vor. Schließlich kamen wir an die Reihe und checkten ein. Ellen ist ein erwachsener Mensch. So weltmännisch, wie sie sich auf der ganzen Reise benommen hat, wird sie es wohl schaffen, alleine ein Flugzeug zu betreten, war unser aller Meinung. Die Distanz zwischen der Toilettentür und der Gangway waren maximal fünfundzwanzig Meter. Wir bestiegen den Airbus. Rechts zwei Sitzreihen, links zwei Sitzreihen und in der Mitte ein Viererblock. Da wir möglichst nahe beieinandersitzen wollten, hatten wir uns für den mittleren Block entschieden. Biggi, Bärbel und die noch abwesende Ellen in einer Reihe und Beate und ich versetzt dahinter. Wir verstauten das Handgepäck und machten es uns gemütlich. Alle blickten gespannt auf die Eingangsluke. Wir rechneten damit, Ellen jeden Moment zu entdecken. Der Passagierstrom nahm langsam ab. Es betraten immer nur noch vereinzelt Gäste den Flieger. Die Minuten kamen uns wie eine Ewigkeit vor. Ellen tauchte nicht auf. Jetzt hatte länger niemand mehr das Flugzeug betreten. Uns Vieren stand nur eine Frage ins Gesicht geschrieben: „Wo ist Ellen?"

Wir bekamen ein schlechtes Gewissen. „Einer von uns hätte draußen bei ihr bleiben und warten sollen. Es kann ja alles Mögliche auf der Toilette passiert sein", sagte Bärbel.

„Ellen hat doch immer die Ruhe weg", entgegnete Beate.

„Sie kommt schon.“

„Vielleicht ist sie noch mal zurück in den Duty-free-Shop, ich würde es ihr glatt zutrauen“, sagte Biggi. Die Spekulationen über ihr Fernbleiben wurden abenteuerlich. Ellen war für die unkonventionelle Art und Weise bekannt, Dinge zu regeln, und sich immer gerne einzumischen, wenn jemandem Ungerechtigkeit widerfuhr. Wer weiß, mit wem sie gerade in ein Gespräch vertieft war. Noch hielt sich unsere Sorge in Grenzen.

Wir konfrontierten zwangsläufig sitzübergreifend unser direktes Umfeld mit dem fiktiven Schicksal unserer verschollenen Freundin. Beate entschloss sich, mit der Stewardess zu sprechen. Als sie sich wieder abgeschnallt hatte und im Gang stand, erschien Ellen am Eingang. Sie strahlte über das ganze Gesicht und ließ sich die rosafarbene Financial Times von der Flugbegleiterin aushändigen.

„Mädels, ihr glaubt kaum, was mir gerade passiert ist“, sagte sie. „Unfassbar!“
Unser Sitzumfeld lauschte gespannt. Sie bat den netten Herrn schräg gegenüber um Hilfe, ihr die Gepäckboxen zu öffnen. Die Flugbegleiterin war schon einmal durch den Gang geschritten und hatte die Boxen geschlossen. Ellen verstaute ihre Tasche, die Einkäufe und die Jacke.

„Jetzt mach schon! Setz dich hin“, drängelte Biggi. „Wir dachten schon, dir wäre was passiert und wir müssten ohne dich nach Hause fliegen.“

Ein junger Familienvater neben Beate auf der anderen Seite des Gangs flüsterte zu uns herüber: „Ich habe Ihre Gespräche gerade mitbekommen, vielleicht sollten Sie für Ihr Fotoalbum ein Bild von Ihrer Freundin von hinten machen, denn es hängt noch eine Fahne Toilettenpapier aus ihrer Jeans heraus." Beate sah mich an. Unsere Gesichter verzogen sich bereits wieder zum Lachen. Beates Lieblingsspruch folgte: „Unsere Elli, die können wir auch nicht für gut mitnehmen."

Ellen hatte sich bereits hingesetzt, aber noch nicht den Beckengurt angelegt. Die Einstiegsluke wurde geschlossen und der Steward ging durch die Reihen, schloss die restlichen Deckenboxen und warf einen prüfenden Blick auf die Anschnallgurte. Wir saßen fixiert auf unseren Plätzen und warteten, dass es endlich losging. Ich versuchte, durch die Lücke zwischen den Sitzen vor mir Bärbel anzuschubsen. Da richtete sich Biggi noch einmal kurz auf und sah zu Beate und mir herüber. Ihr Gesicht war rot und die Schminke völlig verlaufen. Japsend rang sie nach Luft. Ein Lachkrampf bahnte sich an. „Wir können jetzt nicht erzählen, was Ellen gerade passiert ist", prustete sie, „es ist so unfassbar, ihr müsst euch leider bis Düsseldorf gedulden."

Ich hatte gerade die Lachtränen aus den Augenwinkeln getupft und stotterte aufgewühlt: „Der nette Nachbar schräg hinter Beate hat uns gerade darauf aufmerksam gemacht, dass es sicher für unser Fotoalbum ein gelungenes Motiv sei, das heraushängende Toilettenpapier aus der Jeans unserer Freundin abzulichten." Biggi ließ sich in ihren Sitz fallen. Jetzt vibrierte die Sitzreihe vor uns. Ellen sprang in die Höhe wie ein Stehaufmännchen und forderte Bärbel flehentlich auf: „Zieh es ab! Bitte, zieh es schnell ab!"

„Das ist doch wohl nicht benutzt?", rief Bärbel. „Dann mach es lieber selber."

Auf dem kleinen Monitor über uns lief ein Sketch von Mr. Bean: „Mr. Bean beim Friseur". Ich sah Beate an und wir lachten, ich sah zu Mr. Bean hinauf und ich musste lachen, ich sah durch den Ritz der Sitze und hörte die Lachtiraden vor uns. Erst als wir schon lange in der Luft waren, beruhigten wir uns so langsam. Beate und ich waren total gespannt auf das, was Ellen auf der Flughafentoilette von Las Palmas Aufregendes erlebt hatte. Doch uns trennten noch vier Stunden Flugzeit von der Auflösung dieses Geheimnisses.

Wir standen am Gepäcklaufband und warteten auf unsere Koffer. Das Glück war uns hold und keine von uns zählte zu den Urlaubern, die am Band stehen mussten und verzweifelten, weil der schwarze Schlund das Gepäckstück nicht ausspie.

„Jetzt erzählt schon, was ist Ellen so Schreckliches auf dem Flughafen Gran Canaria passiert?", fragte Beate.

„Gleich", antwortete Biggi, „gleich ganz in Ruhe. Lass uns erst mal an die frische Luft."

Biggi und ich begrüßten unsere Männer. Sie holten uns wieder ab. Bärbel steckte sich auf dem Weg zum Parkplatz die langersehnte Zigarette an. Und Biggi erzählte uns im Auftrag von Ellen eine unglaubliche Geschichte. Sie hatte Biggi gebeten, die Story zu erzählen, weil sie nicht noch einmal an alle grausamen Einzelheiten erinnert werden wollte. Gespannt lauschten wir dem Toilettenerlebnis.

„Ellen war in die Toilettenanlage auf dem Flugplatz von Las Palmas gegangen und hatte gerade mein freundliches Angebot ausgeschlagen, ihr die Einkaufstüten und die Jacke abzunehmen. Ihr Drang, die Toilette zu benutzen, war groß. Doch alle Toilettenkabinen waren besetzt. Sie lief hin und her, bis endlich die Erlösung nahte und sich eine Tür öffnete. Jeder kennt sicherlich die Not, der man sich in einer solchen Situation ausgesetzt fühlt. Die Toilettenschüssel vor

Augen, aber bepackt wie nach einem Weihnachtsgroßeinkauf, behinderten die mitgeführten Einkaufstüten. In der Toilettenkabine machte sich das Chaos breit. Der Flug war nun schon zum wiederholten Male aufgerufen worden. Ellen durchsuchte ihre Handtasche nach Desinfektionstüchern. Der Fußboden, wenn auch gekachelt, hatte keinen guten Eindruck gemacht. Ihr Handgepäck hatte sie teilweise über die Türklinke gehängt und hoffte, dass von außen niemand die Klinke herunterdrücken würde. Der Rest wurde von einem wackeligen Haken an der Trennwand zur rechten Seitenkabine gehalten. Als sie sich aus der Enge der Kabine wieder befreien wollte, raffte sie ihr Handgepäck zusammen und bugsierte sich rückwärts aus der Toilettenkabine heraus. In diesem Moment gab ihr kleiner Finger nach, an dem die gelbe Duty-free Tüte mit den Mitbringseln für ihre Kinder hing. Eine Flasche Wodka für ihren Sohn und eine Stange Zigaretten für ihre Tochter. Die Plastiktüte knallte auf den Boden, die Flasche zersprang. Der gute Wodka verteilte sich im Toilettenvorraum. Die Zigaretten schwammen in der Suppe. Doch ihr wisst ja: Ellen verursacht zwar Chaos, aber sie hinterlässt kein Chaos. Sie fing an, sauber zu machen. Zuerst sammelte sie die dicken Scherben auf – es könnten ja mal Kinder die Toilette benutzen und sich dann verletzen. Danach wischte sie die Zigarettenschachteln ab. Die Cellophan-Verpackung hatte die Feuchtigkeit abgehalten und so war der Inhalt gerettet. Erschwerend bei der Aktion war, stetig das Handgepäck im Auge behalten zu müssen, das sie auf dem Waschtisch abgestellt hatte. Sie begann, den Wodka vom Boden aufzuwischen. Der Verbrauch an Toilettenpapier und Taschentüchern war groß. Eine sehr, sehr dicke junge Dame verschönerte sich die ganze Zeit über und widmete sich ihrem Spiegelbild. Sie beobachtete unsere putzende Ellen aus dem Augenwinkel. Ellen war sehr wütend darüber, dass sich die Wuchtbrumme auf das Schminken und Beobachten beschränkte und ihr nicht zur Hilfe kam. Sie vermutete, dass sie es auf ihr Handgepäck abgesehen hatte. Nachdem sich die beleibte Frau ihre Gesichtsverschönerung beendet hatte, stampfte sie, während Ellen noch mitten in der Aufwischphase war, direkt durch die einzige noch verbliebene Wodka-Pfütze. Sie rutschte aus und platschte in den Alkohol. Ihr geschminktes Gesicht zu einer Fratze verzerrt, blieb sie liegen. In diesem Moment hatte Ellen kein großes Mitleid. Da lag das Weibsbild jetzt, wie ein Käfer auf dem Rücken, und versuchte verzweifelt, wieder auf die Beine zu kommen. Ellen half ihr nicht auf. Die Scherben waren ja weg, an denen man sich hätte verletzen können. Die mollige Lady hatte Ellen lange genug im Spiegel beobachtet und sich an ihrer Verzweiflung ergötzt. Muss sie halt aufpassen, wo sie hintritt. Geschieht ihr recht, hatte Ellen gedacht und teilnahmslos weitergewischt. Die Rubensfrau war wütend und extrem nach Alkohol riechend rauschte sie aus der Toilettenanlage heraus. Im Vorbeigehen stieß sie Ellens Handgepäck vom Waschtisch. Ein letzter Ausruf unseres Fluges folgte und alle Passagiere wurden eindringlich gebeten sich zum Ausgang A 30 zu begeben. Ellen raste los.“

Ich musste schon darüber lachen, aber es schlug bei mir recht schnell in Beschämung um, als ich mir vorstellte, wie ich in der Situation reagiert hätte. Ich hätte nicht so gelassen reagiert, da war ich mir sicher. Um so mehr wunderte mich, wie Ellen so souverän und weltmännisch, mit der „Financial Times“ unter dem Arm, über das ganze

Gesicht strahlend, die Toilettenpapierfahne hinter sich her-ziehend, den Airbus betreten konnte. Ich an ihrer Stelle wäre in Tränen aufgelöst gewesen und hätte nur gehofft, aus diesem Albtraum zu erwachen. Beates Kommentar war sehr passend:

„Wir brauchen im Urlaub keinen Mr. Bean, wir haben unsere eigene Mrs. Bean dabei."

Gefangen auf Texel

Lilli wartete gespannt und voller Vorfreude auf den Tag, an dem ihr neuer Kleinwagen ausgeliefert werden sollte. Da stand er jetzt vor der Garage, rot mit weißem Dach, sportlich und niegelnagelneu. Doch nicht nur der Anblick war himmlisch. „Neuwagen riechen immer so gut, eben so neu", schwärmte Lilli. Und wenn nicht das eine oder andere Malheur passiert, bleibt dieser „Neuwagengeruch" auch lange erhalten. Vor allem dann, wenn man zu den Menschen zählt, die den serienmäßig eingebauten Aschenbecher kurzerhand umfunktionieren und die Christophorus-Plakette, den Glückspfennig oder Parkmünzen darin aufbewahrten.

Unsere Autos hatten allerdings leider oftmals sehr schnell einen autountypischen Eigengeruch. Der dunkelgrüne Porsche 911, abgeholt beim Hersteller in Zuffenhausen, duftete nach seiner ersten Fahrt nach Federweißer. Mein Mann hatte die Idee, da wir auf der Rückfahrt verschiedene Weinanbaugebiete durchquerten, vor Ort die Gelegenheit zu nutzen, und einen Kasten dieses spritzigen Weins einzukaufen. Auf halber Strecke schossen die Korken aus den Flaschenhälsen heraus. Unser fabrikneues Auto roch schlagartig nach Kneipe.

Der Passat nahm sofort den Hundegeruch an. So manche Flasche Polsterschaum und Textilfrischer wurde von uns verbraucht, um den Duft eines nassen Hundefells zu neutralisieren. Es half nichts.

Der Smart verlor den säuerlichen Geruch nie wieder, den einst eine im Fußraum ausgelaufene Flasche Weißwein verursacht hatte. Unsere Tochter bekam die Fahrerlaubnis und vermied es, den schicken Stadtwagen zu fahren. Sie glaubte immer, einem Alkoholtest nicht ausweichen zu können, falls sie einmal in eine Polizeikontrolle kommen sollte.

Zurück zu Lilli. Sie hatte einen Hund und ab und zu musste der Vierbeiner in ihrem neuen Auto transportiert werden. Große Decken und Spannbetttücher wurden bereitgelegt und über die umgeklappten Rücklehnen der hinteren Sitzbank gespannt. Dancer war kein kleiner Hund, sondern ein besonders großes, langhaariges Exemplar der Gattung Golden Retriever. Er war wild und ungestüm. Ich fragte mich unwillkürlich, wie lange die Innenausstattung das perfekte und schöne Aussehen von heute behalten würde. Ein neu erworbenes Auto braucht immer auch eine besondere erste Fahrt, eine Jungfernfahrt. Wenn nicht gleich am Tag der Zulassung, dann wenigstens am darauffolgenden Wochenende.

Lilli hatte mit ihrem Mann einen Kurzurlaub auf der holländischen Nordseeinsel Texel geplant. Dancer musste mit. Ich erzählte Lilli von unserem seekranken Beagle Floyd auf der Überfahrt nach Ameland.

„Lass Dancer auf jeden Fall auf der Fähre aussteigen. Man kann ja nie wissen, was passiert", riet ich ihr. Weil der größte Teil des Kofferraums trotz umgeklappter Rücklehnen von Dancer eingenommen wurde, konnte jeder nur eine kleine Reisetasche dazustellen. Dancer freute sich auf das Reiseabenteuer und zum Ausdruck seiner Wonne, dabei sein zu dürfen, tollte er wie wild herum. Er folgte artig dem Befehl, ins Auto zu springen. Sofort begann er, es sich durch Drehen um die eigene Achse und intensives Schaben, auf seiner Decke gemütlich zu machen. So eine erste Autofahrt ist immer etwas Besonderes. Man fährt extrem vorsichtig, hofft noch inständiger als sonst, dass nichts passieren würde. In Gedanken bangt man dem ersten Kratzer entgegen und versucht sich trotz alledem, voll dem Fahrgenuss hinzugeben.

Die Tage auf Texel verliefen entspannt und ruhig. Das Wetter war sonnig und Dancer hatte Spaß am Strand und auf den langen Spaziergängen durch die einmalige Naturlandschaft. Das verlängerte Wochenende war schnell vorbei und die Rückfahrt stand bevor. Der Hund wurde gebürstet und gesäubert, und der letzte Rest Sand aus seinem Fell entfernt. Die beiden Reisetaschen standen gepackt bereit. Bis zum Ablegen der Fähre, die sie wieder ans Festland bringen sollte, war noch Zeit genug, um gemütlich im Garten zu frühstücken. Lillis Ehemann Lars schlug vor, beim Inselbäcker Brötchen zu holen. Dancer hatte einen Blick auf das Reisegepäck geworfen und ahnte die bevorstehende Abreise. In der Absicht, auf sich aufmerksam zu machen, damit man ihn ja nicht vergaß, stand er ständig im Weg. Kurzerhand entschloss sich Lars, ihn mitzunehmen. Autoklappe auf, Hund hinein, und los ging die Fahrt zum Bäcker. Dancer war sichtlich erleichtert, denn wer im Auto saß, durfte mit, sagte ihm seine Hundelogik. Lilli kümmerte sich derweil um den Frühstückstisch und wollte kurz mit den Daheimgebliebenen telefonieren, um ihre Ankunft am späten Nachmittag anzukündigen. Das heiße Wasser gurgelte, tropfte in den Kaffeefilter und schnell breitete sich Kaffeeduft im Haus aus.

Lilli stand am Küchenfenster und verfolgte die kleine Straße, die zwischen den Dünen verschwand. Sie wählte die

Nummer ihrer Schwester und begann, am Fenster stehend, eine Unterhaltung. Die beiden hatten sich einfach immer etwas zu erzählen.

„Ich weiß gar nicht, wo Lars bleibt. Er müsste schon längst wieder da sein", sagte sie. Dann näherte sich ihr Wagen, aber sie machte keine Anstalten, das Telefonat zu beenden. Sobald die niederländischen Korinthenbrötchen in den Brotkorb fielen, war es immer noch früh genug, sich von ihrer Schwester zu verabschieden. Der Wagen schlängelte sich die Straße entlang, bog links auf den schmalen Weg ab, der zum Haus führte. In der Einfahrt, nicht weit vom Küchenfenster entfernt, parkte Lars. Lilli quasselte weiter. Zwischendurch ging sie mit dem Handy am Ohr in die Küche zurück, holte die Kaffeekanne und stellte sie auf den Frühstückstisch.

„Möchte bloß wissen, was Lars da so lange im Auto macht?", sagte sie und sie unterhielten sich weiter. Sie berichtete von dem Krimi, den sie gerade beendet hatte und versprach, das Buch zum nächsten Treffen mitzubringen. Zaghaft hob Lilli die Hand und winkte Lars zu. Er schien auch zurückzuwinken, stieg jedoch nicht aus. Lilli setzte sich an den Frühstückstisch und goss sich einen Kaffee ein. Doch das Geräusch eines Schlüssels im Schloss und das Tapsen von Hundepfoten blieb aus. Lilli stand auf und trat wieder ans Fenster. Gerade erzählte sie ihrer Schwester, dass sie im Garten einige neue Beete angelegt hatte, aber noch nicht so ganz damit zufrieden sei.

„Es fehlen noch Pflanzen", sagte sie. „Mal sehen, welche ich noch ergänzen werde." Abermals winkte sie Lars zu, diesmal aber nicht freundlich grüßend, sondern mit einer energisch auffordernden Geste, endlich ins Haus zu kommen.

„Ich muss jetzt Schluss machen und mal nachsehen, was mit Lars los ist. Irgendwas stimmt da nicht", sagte sie zu ihrer Schwester und verabschiedete sich. Lilli drückte auf die rote Taste und beendete das Gespräch.

Die Scheiben des kleinen roten Wagens waren beschlagen. Lars hatte mit seinem Ärmel eine Fläche auf der Seitenscheibe freigewischt. Wütend gestikulierte er mit den Händen. Lilli wollte die Tür öffnen.

„Mach auf", verlangte Lilli. Doch nichts tat sich. Die Verständigung durch die geschlossene Autotür gestaltete sich schwierig. Lilli brüllte: „Mach die verdammte Tür auf! Was soll das?"

Lars röhrte in ähnlicher Lautstärke zurück: „Es geht nicht, die Elektronik hat versagt. Ich kann auf den Schlüssel drücken, solange ich will. Es geht nicht! Ich komme aus dem Wagen einfach nicht heraus. Die Scheiben lassen sich nicht bewegen und auch die Lüftung funktioniert nicht. Hol den Zweitschlüssel und versuche es von außen."

Lilli raste in die Diele und wühlte sich durch ihre Handtasche, bis ihre Finger endlich den zweiten Autoschlüssel ertasteten. Den Arm ausgestreckt auf das Auto gerichtet, drückte sie wie wild auf den Schlüssel und näherte sich wieder dem Wagen. Ein Blick ins Innere des Autos war nicht möglich, weil Dancer mit heraushängender Zunge nicht unwesentlich dazu beitrug, dass das Kondenswasser von den Scheiben triefte. Nichts passierte. Auch von außen ließen sich die Türen nicht öffnen. Lilli versuchte es immer wieder und riss dabei an den Türklinken. Aber auch ein magischer Zauberspruch fiel ihr nicht ein, um Lars und Dancer aus dem Auto zu befreien.

„Ich rufe beim Vertragshändler an, die werden sicher

wissen, was zu tun ist!", schrie Lilli. Sie wählte die Nummer ihrer Schwester und ließ sich die Telefonnummer des Autohändlers daheim durchsagen. Die Fachleute trösteten sie und sagten, dass das alles nicht so tragisch sei. Sie kämen gleich vorbei und würden das Problem lösen. Als Lilli aber den Standort des verschlossenen roten Autos mit dem weißen Dach durchgab, entwickelte sich das Ganze zu einem komplizierten Problem. Auf Texel gab es nur eine kleine Autowerkstatt und die hatte sich hauptsächlich auf Trecker spezialisiert. Hilfe war von dieser also nicht zu erwarten. Eine Vertragswerkstatt suchte man auf der westfriesisch-holländischen Urlaubsinsel leider vergebens. „Der Wagen muss erst mal auf das Festland, dort kommen wir der Lösung vielleicht einen Schritt näher", sagte der freundliche Monteur aus der Heimat. „Wie sieht es denn mit dem Luftvorrat im Auto aus?", erkundigte sich Lilli. „Mein Mann und mein Hund sind gemeinsam eingeschlossen."

„Ich rate Ihnen, den Wagen nicht unsachgemäß öffnen zu lassen. Das kann teuer werden. Wenn nach einem unsachgemäß durchgeführten Reparaturversuch die gesamte Elektronik zerstört ist, greift auch keine Garantie mehr", lautete die Antwort. Lilli stand neben dem Wagen, hilflos und verzweifelt. Sie konnte nicht genau sehen, was da im Auto so vor sich ging, denn die beschlagenen Scheiben verhinderten die Sicht. Ab und zu drang lautes Fluchen an ihr Ohr. Zwischendurch bellte Dancer. Er wurde von Lars angebrüllt, sich so klein wie möglich zu machen, am besten unsichtbar, und vor allem das gottverdammte Kläffen einzustellen. Lilli ging wieder ins Haus. Der Kontakt zu der kleinen Autowerkstatt wurde hergestellt. Sie einigten sich nach Rücksprache mit dem Vertragshändler, den Wagen abzuschleppen und bis zur Fähre zu bringen. Dort würde man das verriegelte Vehikel auf das Schiff schieben und auf dem Festland würden Hafenarbeiter es wieder herunterschieben. Dann sollten endlich die Erlöser bereitstehen und die verschlossene Blechauster fachkundig öffnen. Schließlich gab es am Festland Vertragshändler für deutsche Automarken.

Als Lilli mit diesem Vorschlag zum Auto zurückkam, stand ein völlig verschwitzter und aufgelöster Lars vor ihr und Dancer tobte, die wiedererlangte Freiheit genießend, ums Haus herum.

„Wie hast du das denn geschafft?", fragte Lilli ganz verwundert. Doch Lars musste sich erst einmal abreagieren und stieß Flüche und Beschimpfungen aus, die hier nicht erwähnt werden sollten. Er hatte die gesamte Innenverkleidung ausgebaut, auf der Suche nach dem Kabel, das die Verriegelung löste. Natürlich hatte ihm dafür kein ordentliches Werkzeug zur Verfügung gestanden, aber das wenige, was er hatte nutzen können und sein Taschenmesser hatten ausreicht.

Der Abschleppwagen nahte durch die Dünen und der Wagen wurde aufgeladen und zur Fähre gebracht. Die Türen ließen sich jetzt zwar öffnen, aber nicht wieder schließen. Die Zündung funktionierte nicht. Der rote Flitzer wurde auf das Autodeck der Fähre geschoben und auf dem Festland wieder herunterbugsiert.

Doch die Fachleute einigten sich, das Auto dort wieder auf einen Abschleppwagen zu laden und nach Hause zu transportieren, in die heimatliche Vertragswerkstatt. Lilli und Lars mieteten für sich und Dancer einen Leihwagen und traten ebenfalls die Heimreise an. Schadenssuche, Fehlerquelle, Schadensersatz und Schadensabwicklung, Garantie und Kulanz lasse ich jetzt mal außen vor. Es wird wohl alles ordentlich abgewickelt worden sein. Lilli fährt heute noch ihren Traumwagen und ist begeistert wie eh und je. Aber Dancer weigert sich ständig, in diesen Wagen einzusteigen.

Zahnschmerzen in Norwegen

Vier Wochen Urlaub lagen vor uns, vier schöne lange Wochen in Skandinavien. Wir wollten bis zum Nordkap fahren und später über Lappland und das seenreiche Finnland wieder zurück. Die Planung der Tour nahm mehr Zeit in Anspruch als die Reise selbst. Einen Teil der Reisekosten mussten wir während der Semesterferien erst noch verdienen.

Die Vorfreude war groß und wir studierten Reiseführer, Straßenkarten und alles an Informationsmaterial, das auch nur entfernt an Skandinavien erinnerte. Sparsamkeit war angesagt und wir entschieden uns, zu zelten und uns selber zu verpflegen. Große Ansprüche in Sachen Essen stellten wir eh nicht. Peter hätte sich gut und gerne vier Wochen lang von Spaghetti ernähren können. Da zum Reisegepäck unsere Angeln zählten, bestand die berechtigte Hoffnung, ab und zu einen Fisch zu grillen. Zum Reisewagen wurde mein roter VW-Käfer auserkoren. Wir staunten beim Probepacken nicht schlecht, als die riesige Menge Gepäck darin verschwand. Damals war für uns, als stolze Besitzer einer noch sehr frischen Fahrerlaubnis, das Autofahren an sich das eigentliche Abenteuer im Urlaub. Wir freuten uns auf die zurückzulegenden Strecken und führten auf der Reise genau Buch darüber, wer wie lange hinter dem Steuer gesessen hatte und waren stets bemüht, die Fahrtabschnitte ehrlich unter uns aufzuteilen. Die lange Strecke vom Ruhrgebiet bis nach Hirtshals, an die nördlichste Spitze Dänemarks, legten wir in einem Rutsch zurück. Dort nahmen wir die Nachtfähre nach Kristiansand, in Norwegen. Die Kosten für eine Kabine sparten wir uns. Für die wenigen

Stunden an Bord reichte ein bequemer Schlafsessel. Aber das Wetter war gigantisch gut. Ein laues Lüftchen wehte über das Meer. Peter holte unsere Hängematte aus dem Auto und verspannte sie auf dem Außendeck. Die Temperaturen sommerlich mild und die See sehr ruhig und über uns ein sternenklarer Nachthimmel. Was konnte es Romantischeres geben?

Aber alle weiteren Erinnerungen an diesen Urlaub kreisten nur um Öljacken, Gummistiefel, Südwester und klamme Schlafsäcke. Es kam vor, dass wir am Abend unser Zelt nicht aufstellen konnten und ein paar Stunden im Auto schliefen. Es regnete sehr viel. Wir stellten fest, dass die kleinen Hütten auf den Campingplätzen eine echte Alternative zum Zelt waren. Diese bescheidenen Unterkünfte kosteten ebenso viel an Gebühren wie ein Zeltplatz. Und, sie waren trocken und schützten uns vor dem Regen. Die Hütten bestanden aus einem Raum und waren meistens ausgestattet mit einem Doppelstockbett, einem Tisch und zwei Stühlen. Ein Griff nach den prall gefüllten Seesäcken, in denen wir die Schlafsäcke gestopft hatten, und ruck, zuck waren unsere Betten gemacht. Hatte der Regen eine Pause eingelegt, erhitzten oder brutzelten wir unser Essen unter freiem Himmel auf dem Gaskocher, der sich auch zu einem Grill umfunktionieren ließ. Bei Regen benutzten wir die Elektroplatte in der Hütte. So konnten wir auch an den ungemütlichsten Regentagen eine Portion Nudeln mit Tomatensoße zubereiten.

Unsere Tour durch Norwegen führte uns zuerst an der Otra entlang bis zur Hardangervidda. Von dort ging es weiter Richtung Sognefjord und danach nahmen wir die Straße an der schärenreichen Küste hoch immer weiter in den Norden des Landes. Das größte Etappenziel, das Nordkap, hatten wir stets vor Augen.

In Tvinde entdeckten wir den schönsten Hüttenplatz Norwegens. Dort verbrachten wir einige Tage. Der Tvindevossen, ein rauschender Wasserfall, war der Mittelpunkt des Platzes. Er hatte eine Fallhöhe von einhundertfünfzig Metern. Es hatte seit Tagen geregnet und der Wasserfall ergoss sich mit ungeheurer Wassermenge in die Tiefe. Das Rauschen war überwältigend. Wir trugen nichts anderes als Ölzeug und Gummistiefel und pendelten zwischen dem Fluss, der wegen des starken Regens wahnsinnig viel Wasser führte, und unserer gemütlichen Hütte hin und her.

Peter schaffte es sogar, einen Fisch an den Haken zu bekommen, der zwischen zwei Spaghettigerichten unseren Speiseplan bereicherte. Ich dagegen verlor etliche Meter Angelschur in den Bäumen. Am Abend hatte er Mühe, mein Equipment für den nächsten Tag wieder einsatzfähig zu machen. Eigentlich war ich froh, dass ich keinen Fisch fing. Immer wenn ich das Gefühl hatte, einen Zug auf der Angel zu spüren, hoffte ich, dass sich wieder mal nur die Angelschur im Ufergestüpp verheddert hatte oder an einem Stein hängengeblieben war.

„Ich glaube, ich habe einen!", rief ich bereits zum dritten oder vierten Mal an diesem Tag. Peter sicherte seine Angel und bahnte sich einen Weg am Ufer entlang, um mir beizustehen.

Ich kämpfte mit dem Fisch. Ließ Leine ab, rollte sie wieder auf. In dem Moment, als Peter meine Angel übernahm, um den Angelerfolg zu beenden, beugte sich die Angelrute tief hinab und peitschte Sekunden später wieder zurück. Die Schnur war gerissen. Erleichtert darüber, dass der Lachs als Sieger aus dem Kampf hervorgegangen war, erntete ich von Peter einen mitleidigen Blick. „Wird schon noch klappen", sagte er. „Du musst Geduld haben."

Ich hatte nicht nur Geduld, sondern ich verbrachte Stunden mit ihm beim Angeln und war einfach nur froh und glücklich, in seiner Nähe zu sein, in der überwältigenden Natur Norwegens. Das reichte mir. Ich war verliebt und alles andere mutierte zur unwichtigsten Nebensache der Welt, besonders das Angeln. Ich war gar nicht in der Lage, die Beute vom Haken zu lösen, geschweige denn zu töten, sollte mir ein Angelerfolg beschert werden.

Der Aufenthalt auf diesem Platz hätte mir noch mehr Spaß gemacht, wenn da nicht die beginnenden Zahnschmerzen gewesen wären. Zuerst versuchte ich mit einer Tablette, die Pein zu bekämpfen. Doch lange hielt die Linderung nicht an. Wir wussten, je weiter wir in den Norden fuhren, desto dünner besiedelt war die Gegend.

„Lass uns hier nach einem Zahnarzt suchen, denn Zahnschmerzen können wirklich nerven. Wir haben noch viel vor", sagte Peter. Wir gingen zu dem kleinen Hüttenbüro und erkundigten uns nach einem Zahnarzt in erreichbarer Nähe. Der Vermieter sprach Deutsch. Wir trafen mehr Norweger, die Deutsch sprachen als Englisch. Wir mussten nicht umständlich mit Gesten erklären, wo mein Problem lag. Eine richtige Wegbeschreibung gab er uns nicht, denn es existierte nur eine Straße. An wenigen Stellen führte ein schmaler Pfad in waldige Regionen hinein. Oftmals war der Weg noch nicht einmal asphaltiert. Also, wir merkten uns die Richtung, in die wir fahren sollten, und vertrauten auf die geschätzte Kilometerangabe.

„Nach circa dreißig Kilometern fahren Sie am besten langsamer, dann müssten Sie das Haus zwischen den Bäumen auf der linken Seite sehen können", sagte der Vermieter. „Sie können es gar nicht verfehlen."

Ich hatte die Unterlagen der Auslandskrankenversicherung in der Tasche und war bereit. Zahnarztbesuche zählten nicht zu meinen liebsten Arztbesuchen, aber ich wünschte mir nichts mehr, als endlich diesen Schmerz loszuwerden. Wir fuhren los. Es regnete mal wieder und vorsichtshalber hatte ich noch keine Tablette genommen, um dem Arzt nicht vorzugreifen. Ich wusste ja nicht, was er mit mir vorhatte. Bevor wir auf die Straße abbogen, hielt Peter noch einmal inne. Der Hüttenplatzbesitzer tauchte neben unserem Auto auf. Er musste uns nachgelaufen sein, denn er war etwas außer Atmen. Er klopfte an die Scheibe.

„Ich habe noch etwas Wichtiges vergessen", keuchte er. „Sagen Sie auf Nachfrage lieber, dass Sie Holländer sind, und sprechen Sie Englisch miteinander. Es ist besser so." Mich beschlich ein ungutes Gefühl, als ich seine Worte hörte. Warum sollten wir uns nicht als Deutsche zu erkennen geben? Seltsam. Doch wie es aussah, hatte uns hier der dunkelste Punkt der deutschen Geschichte eingeholt. Jahrzehnte nach Kriegsende kamen wir damit in Berührung.

Meine Zahnschmerzen waren kurz vor der Unerträglichkeit und mir war es egal, ob mir nun als holländischem Meisje oder deutschem Mädel geholfen werden würde. Hauptsache, mir wurde geholfen. Ich wollte nur die elenden Qualen loswerden.

Nach zwanzig Kilometern beobachtete ich die rechte Straßenseite intensiver. Nur Wälder und Felsen begleiteten uns. Einen Hinweis auf Zivilisation entdeckten wir nicht.

Was hatte der Vermieter gesagt? „Achten Sie auf einen eingeschossigen, flachen roten Holzbau."

Es gab damals in Norwegen in den ländlichen Gebieten keine einzelnen Arztpraxen, vielmehr waren Facharztpraxen aller Art in medizinischen Versorgungszentren gebündelt. Wir hatten Glück, dass eine solche Poliklinik, der auch Zahnärzte angehörten, in unserer Nähe war. Das Wort Klinik rief bei mir eine Assoziation hervor, die mit der Realität, wie sich später herausstellte, nicht übereinstimmte.

Während der Fahrt legten wir uns einige englische Sätze zurecht. Das Sprechen wollte ich lieber Peter überlassen. Ich konnte nämlich nicht dafür garantieren, dass mir nicht doch ein deutscher Fluch herausrutschen würde, wenn der Schmerz sich noch steigerte. Auch das Jammern auf Englisch beherrschte ich nicht.

„Und wenn dann der Zahnarzt etwas merkt, bohrt er extra tief und ohne Betäubung", neckte Peter mich obendrein. Plötzlich sah ich auf der rechten Seite im Wald oberhalb der Straße eine lange, rote Hausreihe,

„Ob es hier ist? Fahr mal ganz langsam. Kann es sein, dass wir schon da sind?", fragte ich.

„Also nach den Kilometerangaben dürften wir noch nicht da sein", erwiderte Peter. In dem Moment sah ich an einem Fenster eine Frau mit einem weißen Häubchen auf dem Kopf.

„Ja, hier sind wir richtig. Sieht alles nach Krankenhaus aus, ich habe gerade eine Krankenschwester gesehen", sagte ich erleichtert.

Peter fuhr noch langsamer. Dann entdeckten wir eine schmale, versteckt liegende Zufahrt und bogen ab. Es gab weder ein Schild, auf dem stand, um was für ein Gebäude es sich handelte, noch irgendeinen Hinweis darauf, was sich hinter den rotgestrichenen Holzwänden verbarg. Auf einem kleinen leeren Parkplatz stellten wir den Wagen so ab, dass man von den Fenstern aus unser deutsches Nummernschild nicht sehen konnte. Wir gingen einen kleinen schmalen Weg entlang, ignorierten das erste Schild, da wir es sowieso nicht zu lesen vermochten, und drückten auf die Klingel neben der nächstgelegenen Tür. Der elektrische Türöffner summte leise und die Pforte öffnete sich. Wir traten hintereinander in einen winzigen Vorraum, der eher einem Windfang glich, und standen vor der nächsten Tür. Gleichzeitig fiel die erste Tür hinter uns ins Schloss. Dann hörten wir den Öffnungsmechanismus der zweiten Tür. Wir betraten eine breite Diele. Die zweite Tür fiel hinter uns zu. Argwöhnisch schauten wir uns in dem großen Raum um. Wir entdeckten mehrere Sitzgruppen, ähnlich einer Hotelhalle. Aber als ich das Umfeld bewusst wahrnahm, beschlich mich ein ungutes Gefühl. Ich nahm Peters Hand ganz fest und beide griffen wir gleichzeitig nach hinten zur Türklinke. Doch es gab keine Klinke. Wir umfassten nur einen Knauf, der sich weder in die eine noch in die andere Richtung drehen ließ, geschweige denn irgendeine Möglichkeit bot, die Tür zu öffnen. Die Gelegenheit zum Rückzug wurde uns verweigert. Wir befanden uns in einem gesicherten Trakt des Krankenhauses. Als wir uns umsahen und einige der Menschen näher betrachteten, vermuteten wir im Bereich einer geschlossenen Psychiatrie gelandet zu sein. Grundsätzlich geht ja von psychisch kranken Menschen keine Bedrohung aus, aber wir waren Deutsche, die sich als Holländer ausgeben sollten und sich mit den Medizinern nur auf Englisch zu unterhalten gedachten. Wir konnten, sollten die Ärzte nur Norwegisch sprechen, unsere Anwesenheit hier gar nicht erklären.

Mit dem Rücken an der Wand blieben wir stocksteif stehen und hielten uns an den Händen. Wir flüsterten miteinander. Englisch zu sprechen, wie eigentlich geplant, ließen wir infolge unserer aufsteigenden Panik außer Acht. Der Anblick, der sich uns bot, war traurig. Ich habe heute noch Jahrzehnte danach dieses Bild in Erinnerung. Aber der Respekt vor den Menschen verbietet es, darüber zu schreiben. Wir hatten keine Angst vor den Personen, die uns neugierig beäugten, sondern Angst davor, dass man uns ihnen zuordnen würde, weil die Möglichkeit bestand, dass wir nicht in der Lage sein würden, unsere Situation verständlich zu machen. Manchen Menschen sieht man die psychische Erkrankung an, anderen aber nicht. Das war unser Problem.

Wir erblickten voller Erleichterung am anderen Ende des Raumes einen Arzt. Er trug einen weißen Kittel, hielt ein Klemmbrett in der Hand und machte sich Notizen. Er entdeckte uns und kam zügig auf uns zu. Wir atmeten auf. Er reichte uns die Hand. Die Begrüßung war auf Norwegisch. Ich war erleichtert und froh. Meine Zahnschmerzen hatte ich kurzfristig fast vergessen. Peter sprach Englisch mit dem Mediziner und versuchte, unsere missliche Lage zu erklären. Der Arzt sah uns ganz verdutzt an und redete in Norwegisch weiter auf uns ein. Wir verzweifelten: „Oh Gott, er versteht uns gar nicht. Wie kommen wir denn jetzt wieder hier heraus? Das darf doch wohl nicht wahr sein!", flüsterte ich. Der Arzt hakte sich bei mir unter und ein norwegischer Redeschwall ergoss sich über mich. Hilflos sah ich zu Peter, der uns langsam folgte. Wir verstanden nicht ein einziges Wort.

Plötzlich entdeckten wir eine Krankenschwester. Sie trug einen weißen Kittel und ein weißes Häubchen. In wenigen Schritten war sie bei uns und begrüßte uns auf Norwegisch. Dann wand sie sich dem Arzt zu und die Art und Weise, wie sie ihm begegnete, ließ stark vermuten, dass er eigentlich ein Patient sein musste. Die Einbildung, Mediziner zu sein, schien ein Teil seiner Erkrankung zu sein. Sich seinem „Rollenspiel" völlig hingebend, sah er in uns neue Patienten. Wer weiß, was er gerade mit uns beredet hatte. Auch wenn die Krankenschwester kein Englisch sprach, so verstand sie, dass wir nicht zum Patientenkreis zählten. Sie vermittelte uns, an Ort und Stelle zu verweilen, nahm den „Patientenarzt" an die Hand und entfernte sich. Wir vermuteten, dass sie jemanden holen wollte, der sich mit uns auf Englisch würde unterhalten können. Die Zeit verstrich und nichts passierte. Es kam uns wie eine Ewigkeit vor. Während der Wartezeit wurden wir in den Kreis der Patienten aufgenommen, die sich in der Diele aufhielten. Nicht, dass Peter und ich dies gewollt hätten. Wir blieben einfach stehen und vermieden jeglichen Blickkontakt. Jetzt kamen die Fremden auf uns zu. Sie drückten uns und tasteten uns ab. Andere umarmten uns. Dann nahm mich eine Patientin an die Hand und zog mich zum Aufzug. Sie forderte mich auf, die Fahrstuhltür zu öffnen. Ich demonstrierte der Frau mit einem Schulterzucken, dass ich auch nicht in der Lage dazu sei. Ich zeige ihr immer wieder meine leeren Hände und demonstrierte, dass ich keinen Schlüssel habe, um die Aufzugtür zu öffnen. Dann kam ein älteres Paar auf uns zu und führte uns durch den Raum. Sie stellten uns anderen Patienten vor, so vermuteten wir. Wir ließen die Bedrängung mit uns geschehen, bewegten uns ganz vorsichtig, leisteten keinen Widerstand und hofften, bald erlöst zu werden.

Dann kam ein netter junger Mann, offensichtlich der diensthabende Arzt. Er war sichtlich amüsiert über unsere missliche Lage. Sein Englisch war alles andere als gut, aber noch nie taten mir derartige englisch-norwegische Sprachfragmente so gut, wie in diesem Moment. Wir konnten uns vorstellen und unsere Lage erklären. Das Grinsen in seinem Gesicht stellte sich nicht ein. Er holte einen Schlüssel aus der Tasche und begleitete uns zurück in die Freiheit. Wir standen wieder auf dem Parkplatz. Der junge Mediziner zeigte auf ein Gebäude weiter hinten auf dem riesigen Areal. Dort sollte sich angeblich die zahnärztliche Abteilung befinden. Bevor wir diese Räume betraten, prüften Peter und ich erst einmal, ob die Türen auch auf beiden Seiten Griffe hatten und sich öffnen ließen.

In den Behandlungsräumen der zahnärztlichen Abteilung trafen wir einen älteren Zahnarzt. Er war der englischen Sprache mächtig. Er begrüßte uns Wahlholländer freundlich und erzählte uns, wie toll es in Amsterdam sei. Wir teilten Gott sei Dank seine Begeisterung für die Metropole an der Amstel. Sie zählte zu unseren Lieblingsstädten und so manches Wochenende hatten wir dort verbracht.

Mein Zahn war nur ein kleines Problem. Der Dentist bohrte kurz und machte eine neue Füllung in meinen Quälgeist. Wir atmeten nichtsdestotrotz erst auf, als wir wieder in meinem roten Käfer saßen und auf dem Rückweg zum Hüttenplatz waren.

Abends lagen wir eingekuschelt in unseren Schlafsäcken, lauschten dem Getöse des Wassers, einer Mischung aus rauschendem Wasserfall, prasselndem Regen und gurgelndem Fluss und malten uns aus, was uns hätte widerfahren können, wenn wir aus der Psychiatrie nicht wieder herausgekommen wären. Mag sein, dass wir dabei etwas übertrieben und unsere Fantasie mit uns durchging, aber ganz so abwegig waren unsere Gedankengänge nun auch wieder nicht. Schließlich gibt es viele Romane und Filme, die diese schauerliche Vorstellung zum Thema hatten.

Ach, wäre er doch zu Hause geblieben!

Mein Vater war viele Jahre bei einem bekannten Getränkehersteller in leitender Position tätig. Der Job gefiel ihm gut. Die Arbeit forderte ihn, besonders in den Sommermonaten, wenn der Durst der Bevölkerung am größten war. Gute Umsatzzahlen und einwandfreie Produktionsbedingungen wurden regelmäßig von der Muttergesellschaft belohnt. Doch mein Vater hatte bisher immer auf den materiellen Teil der Belohnung verzichtet. Die Urkunden wurden aufgehängt und er freute sich über das Lob. Wir verstanden es nie, wie man eine Reise in die USA zur Besichtigung der Weltzentrale in Atlanta ausschlagen konnte. Aber mein Vater liebte es, daheim zu bleiben und seine Freizeit mit unserer Mutter zusammen in Haus und Garten zu verbringen. Die Idylle des Eigenheims war das Zentrum seiner Regeneration. Zu Hause tankte er neue Kraft für sein anstrengendes Berufsleben. Es zog ihn nicht in die Ferne. Wir motivierten ihn stets, wenigstens einmal an einer solch gigantischen Reise teilzunehmen, doch unsere Anregungen verpufften. Er sprach kein Englisch, was für seine Tätigkeit hier im Revier bei einer örtlichen Niederlassung auch nicht nötig war, aber vielleicht hemmte ihn diese fehlende Kenntnis. Uns erschien diese Erklärung jedenfalls einleuchtend.

Als dann ein befreundeter Kollege, der einer anderen Produktionsstätte angehörte, das Angebot zu einem USA-Besuch annahm, schafften wir es, meinen Vater zur Teilnahme zu überreden. Sein Freund war etwas jünger als er und der englischen Sprache mächtig. Das gab ihm die nötige Sicherheit, endlich Ja zu sagen zu der „Reise über den Großen Teich", wie er diese Tour nannte.

Die Exkursion wurde gebucht. Es ging von Düsseldorf nach Frankfurt und von dort im Weiterflug nach Atlanta. Natürlich stand die Besichtigung des Mutterkonzerns in der florierenden Südstaatenmetropole auf dem Programm. Weitere Städte im Reiseplan waren Chicago und New York. Mein Vater war kein rückständiger Mensch, nur weil er aus der beschaulichen Oase einer Kleinstadt kam. Aber ihn zog es eben nicht in die weite Welt. Er entstammte der Generation, die im letzten Stadium des Zweiten Weltkriegs ihre Jugend verbracht hatte und sich aus dem Nichts ihr Leben organisieren und aufbauen musste. Von daher zog er es vor, dass alles in geordneten Bahnen lief. Er heiratete meine Mutter, gründete mit ihr eine Familie und war stets fleißig und strebsam. Wenige Tage, bevor mein Bruder geboren wurde, hatten meine Eltern ein nettes Eigenheim in einer sehr ansprechenden Wohngegend bezogen. Mein Vater war damit rundherum zufrieden.

Freilich machten wir Urlaub. Allerdings waren meine Eltern für Fernreisen nicht zu begeistern. Schon das europäische Ausland zählte nicht zu ihren Reisezielen. Unsere Ferien verbrachten wir im Schwarzwald, in Bayern, auf Borkum oder am Timmendorfer Strand. Es war keineswegs so, dass diese gemeinsam verlebten Urlaube nicht schön gewesen sind. Wir Kinder waren ja froh, was von unserem Land zu sehen. Es gab zudem genügend Familien, die in der wirtschaftlich harten Zeit des Wiederaufbaus überhaupt keinen Urlaub machten. Ich gehörte zu den wenigen in meiner Klasse, die nach den Schulferien von einer Ferienreise berichten konnten. Aber meine Eltern zog es eben nicht ins Ausland. Das Höchste der Gefühle war ein Tagesausflug an die holländische Nordseeküste. Und jetzt führte die erste große Reise meinen Vater gleich in die USA.

Er bestellte sich bei seiner Bank Travellerschecks und US-Dollar. Um die Flugtickets, das Visum und die Hotels kümmerte sich seine Sekretärin. Er brauchte nur noch seinen Koffer zu packen und dabei half natürlich unsere Mutter. Da sich mein Vater immer korrekt kleidete, verschwanden Anzüge und seriöse Kombinationen, wie zum Beispiel eine graue Hose mit dunkelblauem Blazer, in seinem Koffer. Die dazugehörigen weißen und hellblauen Oberhemden sowie die passenden Krawatten legte meine Mutter bereit. Lockere und lässige Kleidung kannte mein Vater nicht. Eine Jeans hat er in seinem Leben nie besessen. Als idealtypischer Repräsentant seiner Generation trat er seine erste große Auslandsreise an. Ein bisschen machten wir uns lustig über ihn, weil er gar nicht wie ein Urlauber aussah, sondern eher wie ein Geschäftsmann auf Reisen. Wir waren alle total gespannt, was er nach seiner Rückkehr berichten würde. Nebenbei, ich habe bis heute nicht verstanden, warum meine Mutter nicht fragte, ihn zu begleiten. Gelegenheit hätte sie dazu gehabt. Vater verabschiedete sich.

Tage später rief ich meine Mutter an und fragte, ob Vater sich gemeldet habe. Hatte er nicht. „Wenn er sich nicht meldet, wird schon alles in Ordnung sein", meinte meine Mutter beruhigend. Vielleicht sollte ich dazu sagen, dass das Zeitalter der Handys noch nicht begonnen hatte, als mein Vater den Vorstoß in die Ferne wagte. Telefonate aus Übersee waren damals teuer und für den Anrufenden auch kompliziert. Ein paar Tage später fragte ich noch einmal nach. Da hatte sich wenigstens die Frau seines Reisebegleiters gemeldet. Sie war so nett gewesen, an meine Mutter die Nachricht weiterzuleiten, dass alles in Ordnung sei.

Eine Telefonkette, ging es mir durch den Kopf. Na toll, warum ruft er Mutter nicht selber an? So geizig ist er doch sonst nicht, überlegte ich. Wenn er sich schon nicht bei Mutter meldete, brauchte ich als Tochter gar nicht auf einen Anruf zu warten. Aber ich schaute jeden Tag in den Briefkasten. Doch es kam auch keine Postkarte, weder aus Atlanta noch aus Chicago oder New York. Ich dachte an Mutters Ausspruch: Wenn er sich nicht meldet, geht es ihm gut.

Der Tag nahte, an dem wir ihn wieder zurückerwarteten. Es war nicht nötig, ihn vom Flughafen abzuholen. Ein Fahrer seines Arbeitgebers war nach Düsseldorf gefahren, nahm ihn in Empfang und lieferte ihn vor unserer Haustür ab. Wir versammelten uns zu Hause. Mein Bruder mit seiner Freundin, mein Mann und ich und natürlich Mutter saßen gespannt im Wohnzimmer und erwarteten ihn. Mutter hatte das Lieblingsessen meines Vaters zubereitet. Das Essen war Mutters größte Sorge gewesen: „Vater mag nicht alles, er ist so empfindlich. Er isst nur das, was ich koche", erklärte sie. Und dann folgte die alte Geschichte, dass Vater nur ihre Köstlichkeiten zu schätzen wisse und er sogar das Essen bei seinen Eltern oftmals verschmäht habe. Seine Mutter hatte ihn seinerzeit in die Ehe übergeben mit den Worten: „Ich weiß nicht, wie du ihn satt kriegen willst. Er ist ein so komplizierter Esser." Ich habe häufig erlebt, dass mein Vater nichts gegessen hat mit dem Spruch: „Ich mag das wohl, aber ich bin im Moment nicht verrückt darauf." Doch da stand er nun vor uns und offenbar hatte er seine Erfahrungen mit ausländischem Speisen gemacht, denn er sah nicht gerade abgemagert aus. Wird er wohl satt geworden sein, dachte ich. Vater war sichtlich erleichtert, uns alle gesund und munter versammelt zu sehen, und war froh, wieder in seine heimischen vier Wände zurückgekehrt zu sein.

Ich kann mich nicht erinnern, bei seinem Reisebericht etwas Besonderes von ihm gehört zu haben. Seine Begeisterung hielt sich absolut in Grenzen. Atlanta sei nicht seine Stadt, Chicago könne man vergessen. Dort herrsche eine viel zu hohe Kriminalität. Und New York ... na ja, beeindruckend, aber einmal gesehen reicht aus. Mehr war nicht aus ihm herauszubekommen.

„Hat es dir denn gefallen?", fragte ich neugierig. „Ja, schon. Aber ich bin froh, wieder hier bei euch zu sein." Das Verhalten meines Vaters war seltsam. Wir schrieben es dem Jet-lag zu. Alle waren gespannt, was mein Vater als Urlaubsmitbringsel auspacken würde. Er öffnete ganz umständlich seine Reisetasche und mein Bruder und ich bekamen je einen Reklame-Aschenbecher aus Atlanta. Ein Werbegeschenk? Nur keine Enttäuschung zeigen, dachte ich. Aber der Aschenbecher kam wenigstens direkt aus den USA, was Vater noch einige Male betonte, um die Besonderheit hervorzuheben. Er erzählte etwas vom Mutterkonzern in Atlanta und von dem gigantischen Tresor, in dem die Originalrezeptur der koffeinhaltigen Erfrischungslimonade aufbewahrt wurde. Hm! Klar gefielen uns die Aschenbecher, aber wir hatten eigentlich mit was anderem gerechnet. Womit genau, weiß ich eigentlich gar nicht, aber mit einem Aschenbecher jedenfalls nicht. Nichtsdestotrotz bedankten wir uns. Vater war müde von dem langen Flug und darum verabschiedeten wir uns alle so nach und nach.

Ein paar Tage später fragte ich meine Mutter, ob er ihr nicht etwas Besonderes mitgebracht habe. Ich konnte mir vorstellen, dass es meinem Vater peinlich gewesen war, sein

Mitbringsel zu überreichen in unser aller Gegenwart. Es war ihm durchaus zuzutrauen, sein Geschenk lieber unter Ausschluss der Öffentlichkeit zu präsentieren. Er liebte keine großen Auftritte. Das kannte ich ja von Weihnachten: Alle Geschenke lagen unter dem Weihnachtsbaum, aber Mutter bekam ihr Weihnachtsgeschenk schon vorher. Sie hatte bei der Bescherung bereits den Ring am Finger oder die Kette am Hals.

„Nein, Vater hat auch mir nichts mitgebracht. Du kennst ihn doch, er geht nicht gerne allein einkaufen. Er weiß nie, was er kaufen soll. Und ehe er mir etwas mitbringt, das mir nicht gefällt, naja ..." Mutter sah mich an und schwieg eine Weile.

„Wir sind in mein Lieblingsrestaurant gegangen und haben dort einen sehr angenehmen Abend verbracht. Er hat mir dabei alles von seiner Reise erzählt. Das ist mehr wert als ein Geschenk."

„Wäre doch mal schön gewesen zu sehen, was Vater auf dem amerikanischen Markt speziell für dich ausgesucht hätte", bohrte ich noch einmal nach.

„Du weißt doch, ich lege keinen Wert auf Geschenke", beendete Mutter das Gespräch.

Die USA-Reise rückte so langsam in den Hintergrund. Wir sprachen kaum noch davon. Vater hatte sein zufriedenes Leben zu Hause wieder aufgenommen und den Ausflug in die weite Welt hatte er abgehakt. Wochen später saß ich mit meiner Mutter gemütlich beim Kaffee. Ganz plötzlich wechselte sie das Thema und sagte: „Jetzt ist es ja schon so lange her. Du warst doch so verwundert, dass Vater mir und auch euch nichts aus den USA mitgebracht hat, bis auf die läppischen Aschenbecher. Du hast ja ziemlich darauf herumgeritten. Nun kann ich es dir ja sagen. Vater ist in Amerika ausgeraubt worden." Es folgte eine lange Pause.

„Atlanta hat ihm gut gefallen", fuhr meine Mutter schließlich fort. „Alles, was mit seinem Job zusammenhing, hat ihn sehr interessiert. Das Pensum war so anstrengend, dass er keine Gelegenheit fand, in Atlanta Souvenirs zukaufen. In Chicago ließ ihm das Besichtigungsprogramm ebenfalls nicht viel Zeit. Etwas geschockt hat ihn zudem der Vortrag über die Kriminalität. Chicago kann auf ein langes, historisch belegtes organisiertes Verbrechen zurückblicken, und die Erinnerung an Gangsterfilme und die zitierten Statistiken regten Vaters Fantasie so an, dass er es vorzog, das Hotel doch nicht auf eigene Faust zu verlassen. Er entschied sich, erst in New York shoppen zu gehen. Dort hatte er einen ganzen Tag zur freien Verfügung.

„Wie, ausgeraubt? Das kann ich nicht glauben", warf ich ein.

„Nach der Stadtrundfahrt war er mit seinem Freund verabredet und sie beabsichtigten, zusammen die Geschenke für ihre Familien einzukaufen. Vorher wollten sie sich noch etwas frisch machen. Vater ging also in sein Hotelzimmer und legte sich, so, wie er es in seiner großen Ordnungsliebe zu Hause auch immer machte, seine Sachen griffbereit auf dem Schreibtisch zurecht. Pass, Schecks, Portmonee mit Kreditkarte, Flugticket, Uhr, Fotoapparat, jedes Teil schön in eine Reihe, damit er nichts vergaß. Er hatte sich gerade seine gesamten Wertsachen aus dem Hotelsafe an der Rezeption aushändigen lassen. Dann ging er unter die Dusche. Als er aus dem Bad in sein Zimmer trat, zog er sich an und wollte seine Uhr anlegen. Auf dem Schreibtisch lagen nur noch sein Pass, das Flugticket und 20 Dollar.

Das war genau der Betrag, den das Taxi zum Flughafen kostete, inklusive Trinkgeld. Dein Vater war so geschockt, dass er nur noch nach Hause wollte. Die Lust zum Shoppen war ihm vergangen. Außerdem hatte er kein Geld mehr. Er ging zur Rezeption und hat mithilfe seines Freundes den Diebstahl gemeldet. Die Reaktion war ernüchternd: Diebstähle dieser Art seien an der Tagesordnung, vermeldete man lahm. Eine Bande mache derzeit die Hotels unsicher. Die Polizei wisse darum und sein Fall sei nur einer unter vielen. Die Frage, ob er die Polizei noch extra dazu rufen wolle, verneinte Vater. Sein Mitwirken bei der Protokollaufnahme hätte bedeuten können, dass es ihm nicht mehr möglich gewesen wäre, seinen Flug pünktlich anzutreten. Die Rezeptionistin teilte ihm mit, dass die Masche der Diebe immer nach dem gleichen Schema ablaufen würde. Es sind organisierte Banden. Sie suchen sich ausländische Touristen aus und lassen ihnen, was sie benötigen, um aus dem Land zu entschwinden, nämlich Pass, Ticket und Geld für das Taxi zum Flughafen. In der Regel geht ihr Plan auf, denn auf den Rückflug verzichten die Bestohlenen meistens nicht, und die ausländischen Botschaften müssen auch nicht angerufen werden, weil man ja noch aus eigener Kraft das Land verlassen kann. Das Vorgehen der Diebe ist übrigens ebenso einfach wie smart: Sie gelangen mit Nachschlüssel in die Hotelunterkünfte. Ist der Gast anwesend, entschuldigen sie sich und sagen, dass sie sich in der Zimmernummer geirrt haben, oder tun ganz erstaunt, dass ihr Gegenüber den Zimmerservice gar nicht gerufen hat. Sollte niemand zu sehen sein, gehen sie in das Gemach und nehmen mit, was leicht zu Geld gemacht werden kann. Das Schlimmste für Vater war das Gefühl, dass sich jemand Fremdes in seinem Zimmer aufgehalten hat, während er unter der Dusche stand. Das empfand er als ganz schrecklich." Mutter lies den ersten Teil dieses Reiseberichtes auf mich wirken und goss sich eine weitere Tasse Kaffee ein.

„Die Diebe haben ihn sicher beobachtet und als Provinzler eingeschätzt, und er hat voll in ihr Profil gepasst."

„Aber warum hat Vater denn nichts gesagt? Er hätte uns diese Geschichte doch erzählen können?", fragte ich.

„Er war so enttäuscht und hat sich zudem sehr geschämt. Die ganze Aktion zum Ende dieser Reise hat ihm jegliche Freude daran genommen. So kam es eben, dass er ohne bemerkenswerte Andenken und Präsente aus den USA heimgekehrt ist und nichts Nennenswertes aufzuweisen hatte. Vater hätte sich von seinem Freund Geld leihen können, aber ihm stand nicht mehr der Sinn danach durch die Geschäfte zu streifen, nur um uns etwas mitzubringen, wodurch er an diesen verwünschten Tag immer wieder erinnert worden wäre."

„War der Schaden denn groß, den er erlitten hat?", fragte ich neugierig.

„Das Bargeld war weg, die Travellerschecks. Für die Uhr und die Kamera gab es eine Entschädigung von der Versicherung, aber natürlich wurde da auch nicht alles erstattet. Das Girokonto war geplündert. Doch weil Vater sofort die Karte hatte sperren lassen, hat die Bank bis auf einen geringen Betrag alles ersetzt. Der finanzielle Schaden ist aber nicht der gravierendste."

Ich habe meinen Vater nie mehr über seine USA-Reise reden hören. Er erwähnte sie nie mehr in meiner Gegenwart. Ich hatte manchmal den Eindruck, als sei er gar nicht fort gewesen.

Einmal Bergen und zurück

Bergen ist stets eine Reise wert. Wir sind begeisterte Nordlandfahrer und immer wenn wir nach Norwegen fuhren, war es ein Muss, auch die fantastische Stadt Bergen zu besuchen. Wir hatten vor einigen Jahren die von Farbe und quirligem Leben geprägte Stadt auf einer Tour auf dem Weg zum Nordkap lieben gelernt.

In diesem Jahr waren wir mit der schönsten und modernsten Ostseefähre, der „Prinzessin Ragnhild", angereist und legten bei fantastischem Sommerwetter in Oslo an. Zuvor hatten wir einen atemberaubenden Sonnenaufgang auf See erleben dürfen. Die Schärenwelt des Oslo-Fjords steigerte die Vorfreude auf unseren lang ersehnten Norwegenurlaub. Der Luxus an Bord der Fähre hatte uns neunzehn Stunden lang verwöhnt, bevor wir in die Einsamkeit und Abgeschiedenheit Norwegens abtauchten. Vor uns lagen, als wir in Oslo an Land gingen, einige Hundert Kilometer, bis wir unser Ziel, einen winzig kleinen Ort an der Sognejordmündung, erreicht haben würden. Nach zwei Tagen Autofahrt, einer Übernachtung auf der Hardangervidda, unendlich vielen Tunneln und Kurzfähren, kamen wir in Risnes, unserem Reiseziel, an. In dem pittoresken Dorf, das nur eine Ansammlung von wenigen Bauernhöfen und Ferienhütten war, hatten wir ein kleines Bootshaus gemietet.

Unser Auto war schnell ausgepackt und wir richteten uns in dem rot gestrichenen Häuschen mit dem weißen First für die nächsten drei Wochen ein. Unsere Kinder waren begeistert: Freiheit pur, Natur ohne Ende, ein eigenes Ruderboot mit Außenborder! Und das Wetter? Egal. In Norwegen spielte das Wetter keine große Rolle, wenigstens nicht für uns. Wir waren voll ausgestattet, vom Skipullover bis zum Badeanzug. Da wir uns sowieso viel auf dem Wasser aufhalten würden, waren Ölzeug und Gummistiefel selbstverständlich mit im Reisegepäck.

Unser Vermieter war ein großer, blonder Norweger. So hatte ich mir stets die Wikinger vorgestellt. Sein Hof lag oberhalb von unserer Hütte am Hang. Er begrüßte uns freundlich, in einem Gemisch aus Norwegisch und Englisch, durchsetzt von einigen Brocken Deutsch. Er erklärte uns die notwendigsten Dinge rund um das Bootshaus. Stolz zeigte er uns auch die große Kühltruhe, die für Angler wichtig war. Die Fische, die wir während des Urlaubs fangen würden, konnten hier problemlos eingefroren werden. So bestand für uns die Möglichkeit, sie am Urlaubsende, sollten wir sie bis dahin nicht verspeist haben, in unserer Spezialbox mit nach Deutschland zu nehmen.

Das Boot interessierte besonders die Kinder. Wir erfuhren wie man es betankte und wie es gestartet wurde. Besonders wichtig schien dem Vermieter zu sein, wie man den Kahn fachmännisch am Steg fixierte. Schade war, dass wir uns nicht mit Arne unterhalten konnten. Er verkörperte für mich den typischen Norweger und ich hätte ihn gerne so einiges gefragt.

In Risnes verbrachten wir unseren Urlaub, rund um die Uhr entspannt und beschäftigt zugleich. Die Tage waren lang. Die bevorstehende Mittsommernacht verwirrte unser Zeitgefühl. Wir schliefen, wenn wir müde waren, kochten, wann immer wir Lust dazu hatten und legten jeglichen Plan für einen geordneten Tagesablauf ab. Wir ergänzten uns perfekt und erlebten zusammen eine Menge kleine und große Abenteuer. Zeit und Ruhe, sich auf die Natur einzulassen, hatte oberste Priorität. Vierzehn Kilometer mit dem Auto den Fjord entlang lag der nächste Ort, Hyllestadt. Um eine kleine Kirche mit Friedhof gruppierten sich ein Verwaltungsgebäude mit Bücherei, eine kleine Schule und einige Wohnhäuser. Etwas außerhalb befanden sich eine Tanksäule und ein Supermarkt, beides in überschaubarer Größe. Die Tankstelle hatte nur eine Zapfsäule, die gleichzeitig für Diesel und Benzin zur Verfügung stand. Und der Supermarkt war nur eine Spur größer als die „Tante-Emma-Läden" bei uns zuhause. Aber er bot alles, das wir zu unserem täglichen Leben brauchten.

Wir planten Tagestouren von unserem Urlaubsdomizil aus. Ein Ausflug führte uns zum größten europäischen Inlandsgletscher, zum Jostedalsbren, und einen weiteren Tagestrip machten wir nach Bergen. Für diese Tour hatten wir uns etwas Besonderes ausgedacht. Diesmal entschieden wir uns, nicht das Auto zu nehmen, sondern mit dem Tragflügelboot in den Hafen von Bergen einzulaufen. Auf diese Weise würden wir unsere Traumstadt wieder neu erleben. An einem Seitenarm vom Seitenarm unseres kleinen Seitenfjords vom Sognefjord lag das Dorf Rysjedalsvika. Es war nur ein winziges Pünktchen auf der Landkarte. Der Ort bestand aus einem Anleger und einem flachen, unscheinbaren Gebäude, in dem das Büro der Schifffahrtsgesellschaft beheimatet war. Alte Baracken aus Holz sowie einige Wellblechhütten und ein Parkplatz sind mir von Rysjedalsvika in Erinnerung geblieben. Bis hierher fuhren wir mit dem Auto. Auf dem Weg übten die Kinder, den Namen dieses Ortes auszusprechen. Er war ihnen so fremd, dass sie ihn nicht sofort behalten konnten.

Unser Wagen war der einzige auf dem überdimensional großen Parkgelände. Im Warteraum hingen riesige Fahrplantafeln. Wir versuchten, die Abfahrtszeiten und die Preislisten zu erkunden, und suchten eine Verbindung mit dem Tragflügelboot von Rysjedalsvika nach Bergen aus. Aber Gewissheit hatten wir nicht, dass wir die Informationen alle richtig gedeutet hatten. Es war leider niemand da, den wir hätten fragen können. Der Ticketschalter war geschlossen. Warten war angesagt. Denn wir hatten im Reiseführer gelesen, dass diese Verbindung nach Bergen täglich angeboten wurde. Wir entdeckten einen Fischer, der ganz in der Nähe auf seinem Boot arbeitete. Er verstand nicht, was wir ihn fragten. Ob wir unser geplantes Unternehmen, Bergen einen Besuch abzustatten, heute würden starten können, erfuhren wir vorerst nicht. Da der Wind sehr stark war, hatten wir uns wieder in unser Auto gesetzt. Ein Pkw mit norwegischem Kennzeichen hielt vor uns. Zwei junge Leute mit Rucksäcken stiegen aus und verabschiedeten sich sehr überschwänglich von der Fahrerin. Ich betrachtete es sofort als Indiz, dass sie von hier aus ihre Reise fortsetzen würden. Gut, sind wir jetzt sechs Passagiere, dachte ich. Es kamen weitere Autos und nahmen ihre Parkpositionen ein.

Wir verließen das Auto und gingen in den dreiseitig verglasten Warteraum. Die Hafeneinfahrt, zu beiden Seiten von hohen Felsen gesäumt, lag vor uns. Der Wartesaal füllte sich mit Passagieren. Einige Leute blieben auch in ihren Autos sitzen. Den Blick gebannt auf das Meer gerichtet, warteten wir in schweigsamer Gesellschaft.

„Wenn ich das richtig gelesen habe, dann müsste gleich das Tragflügelboot um die Klippe biegen und Kurs auf den

Anleger nehmen", sagte Peter. Sofort hörten unsere Kinder auf herumzualbern und drückten sich die Nase an der Scheibe platt. Beide Kinder wären gerne draußen herumgetobt, aber es war einfach zu stürmisch und die Gelegenheit in den Fjord zu fallen war groß. Das Warten in dem geschützten Raum erinnerte mich an das Warten in einer geschlossenen Bushaltestelle im Niemandsland. Zwischendurch gingen wir alle vier ins Freie. Aber die Sturmböen waren zu heftig.

Wie spielten mit den Kindern: „Ich sehe was, was du nicht siehst", als eine adrett gekleidete junge Dame in einem stahlblauen Kostüm mit engem Rock und hochhackigen Schuhen in den Warteraum trat. Nora war gerade an der Reihe.

„Ich sehe was, was du nicht siehst und das ist blau." Und dabei starrte sie auffällig auf die fesche junge Dame, zu deren Outfit ein kess geknotetes Halstuch gehörte. Ihre Haare waren streng im Nacken zu einem Knoten zusammengefasst und ein schräg aufgesetztes Käppchen zierte ihr Haupt. Ich staunte, dass ihr Styling dem Sturm widerstanden hatte. Sie erinnerte an eine Stewardess. Am Revers trug sie einen kleinen Sticker, der das Firmenlogo der Schifffahrtsgesellschaft zeigte, zu der offensichtlich auch unser Tragflügelboot zählte. Claas löste das Rätsel. „Die Schaffnerin", brüllte er. „Die Jacke der Schaffnerin."

„Nein", sagte Nora. „Ich meine den Rock."
Mit einem leisen surrenden Geräusch hob sich am Schalter das Rollo. Der offizielle Teil, der Kartenverkauf, begann. Seltsam, wie gelassen und ruhig sich einige Passagier erhoben und zum Schalter gingen. Viele Deutsche konnten nicht unter den Reisenden sein, denn dann hätte sich ruck, zuck

eine Schlange gebildet. Nicht hier. Schließlich traten wir auch an den Kartenverkaufsschalter und erstanden unser Hin- und Rückfahrticket für vier Personen nach Bergen. Danach warteten wir ebenfalls hinter der schützenden Verglasung darauf, was weiter passieren würde. Plötzlich vibrierten die Scheiben. Die Kinder hielten sich die Ohren zu. Ein riesiges Tragflügelboot kam mit hoher Geschwindigkeit und großem Getöse in die Bucht gerast. Der weiße Katamaran wurde langsamer. Vorne sog er Unmengen von Meerwasser ein und hinten katapultierte er es mit ohrenbetäubendem Rauschen wieder heraus. Damit erzeugte das Boot seine Fortbewegung. Welch eine hohe Geschwindigkeit mit so einem Katamaran möglich sein würde, sollten wir gleich erleben.

Wir gingen an Bord. Nicht nur die nette junge Dame erinnerte an eine Fluggesellschaft. Das Innere des Katamarans sah aus wie ein überdimensionierter Airbus. Allerdings waren die Fenster seitlich um ein Vielfaches größer als bei einem Flugzeug. Es gab Sitzreihen mit Polsterstühlen und Sitzgruppen mit niedrigen Tischen in der Mitte, ebenso Bereiche, die für den Verzehr von Speisen bereitstanden. Die Einrichtung war optisch sehr ansprechend: blaugrauer Teppichboden und die Polster in einer Farbstufe heller. Platz war ausreichend vorhanden. Die Sitzreihen mit der besten Aussicht waren mit Liegesitzen ausgestattet, sodass man völlig entspannt dem rauen Meer entgegensehen konnte, während der Katamaran durch die Wellen pflügte. Wir saßen seitlich links. Backbord sollte ich sagen und wir hatten einen hervorragenden Fensterplatz. Die schroffe norwegische Küste zog an uns vorbei. Die Geschwindigkeit, mit der wir die Landschaft passierten, war beeindruckend.

In zwei malerischen Buchten, die noch kleiner waren als die von Rysjedalsvika, mit der Möglichkeit für das Tragflügelboot anzulegen, machten wir Halt. Weitere Passagiere kamen an Bord. Es waren Einheimische, die ohne Gepäck zustiegen. Aber auch Touristen, die von ihren Hüttenvermietern zu diesen Anlagen gebracht wurden. Wir alle fuhren nach Bergen. Sie konnten von dort mit der Bahn oder dem Flugzeug weiterreisen.

Während der Fahrt schwiegen wir hauptsächlich, weil wir völlig fasziniert waren von der atemberaubenden Landschaft. Wie erreichten Bergen! Die Schären zu beiden Seiten des Katamarans forderten, die Geschwindigkeit zu drosseln. Boote in allen Größen entdeckten wir im Hafen. Eine Fähre der Color Line hatte im Vagen festgemacht und zwei Kreuzfahrtschiffe lagen am Kai. Sie hatten sicher bereits ihre Passagiere in die pulsierende Stadt entlassen.

Wir beobachteten das perfekte Anlegemanöver und fanden uns am rechten Pier mit drei weiteren Tragflügelbooten in guter Gesellschaft. Die Eindrücke der Fahrt noch gar nicht ganz verarbeitet, betraten wir bereits die Stadt. Direkt am Hafen gab es ein Terminal, ähnlich unseren Busbahnhöfen, mit Toiletten, Kiosken, Zeitschriftenläden, Snackbars und kleinen Shops. Auch große Fahrplantafeln reihten sich aneinander. Der komplette Bereich war überdacht, was in Bergen, der regenreichsten Stadt Norwegens, eine gute Möglichkeit war, sich unterzustellen. Doch heute regnete es nicht! Die Sonne strahlte zwar nicht vom Himmel, aber es war trocken und warm. Was Sonne oder Regen mit uns noch vorhatten, war völlig offen, weil sich in dieser Stadt das Wetter sehr schnell ändert.

Die ersten Geschäfte, die uns ins Auge fielen, boten

Angelbedarf an. Da Angeln und Norwegen nun mal zusammengehören, und auch wir perfekt im „Köderbaden" waren, zog es uns in eines dieser Fachgeschäfte. Wir füllten unseren Blinkerbestand auf. Einige spezielle, als Geheimtipp empfohlene Angelhaken, mit besonders ausgefallenen Federn dekoriert, suggerierten, demnächst noch größere Fische zu fangen. Claas kaufte sich von seinem Taschengeld einen besonders exklusiven Blinker, da er sich insgeheim wünschte, den Angelwettbewerb mit seinem Vater in diesem Urlaub zu gewinnen. Was er da noch nicht wusste: Ich sollte in diesem Urlaub den größten Fisch fangen. Ich, die einen Fisch nicht von der Angel befreien konnte und die es zudem nicht fertigbrachte, einen Fisch zu töten. Ich war nicht in der Lage, Fische ohne Handschuhe anzufassen, noch nicht einmal bei der Zubereitung.

In Bergen war Markt, der traditionelle Fischmarkt vor Kopf des Hafenbeckens, und rundherum hatten sich zahlreiche Händler gruppiert. Es gab Stände mit allem möglichen Schnickschnack des täglichen Lebens, norwegische Handwerkskunst und Tische und Stellagen, auf denen sich Rentierfelle stapelten. Weiterhin wurden die typischen Norwegerpullover in allen Variationen angeboten. Obst, Gemüse und Blumen rundeten das Bild ab. Besonders gefiel mir ein Händler mit Kunsthandwerk und norwegischem Weihnachtsschmuck. Ich konnte mich nur schwer davon lösen. Obwohl mitten im Sommer, verschwand meine Beute in Erwartung des nächsten Weihnachtsfestes in meinem Rucksack.

Der Fischmarkt war wirklich etwas ganz Besonderes. Ich muss die angebotenen Meeresfrüchte nicht unbedingt alle essen und schon gar nicht zubereiten können, aber sich anzusehen, was das Meer an Reichtum zu bieten hat, war bemerkenswert. Ich glaube, der Fischmarkt ist das meistfotografierte touristische Objekt in Bergen. Wir sahen viele in die Höhe gehaltene Kameras. In diesem Moment hatten alle Touristen etwas mit den japanischen Urlaubern gemein. An einigen Fischständen wurden japanische Kreditkarten akzeptiert, was mich doch sehr wunderte. Aber meine späteren Recherchen ergaben, dass der dort von Japanern gekaufte Lachs, mit der Kreditkarte bezahlt, schnell auf das Kreuzfahrtschiff zurückgebracht, dort fachmännisch tiefgefroren, als Mitbringsel in Japan sehr beliebt war. Unser Weg führte weiter am Jachthafen vorbei auf die „Deutsche Brücke". Viele schmale, bunte Holzhäuser, die eng aneinandergebaut waren, beherbergten heute moderne Geschäfte, Galerien, Büros, Restaurants, Antiquitätenläden und Kunsthandwerksdepots. Hier befand sich auch mein Lieblingsgeschäft. Ein komplettes Haus, in dem man das ganze Jahr über Weihnachtsartikel einkaufen konnte. Auf mehreren Etagen, in vielen Räumen, alle klein und verwinkelt, wurde Weihnachtsschmuck angeboten. Jedes Zimmer war farblich anders gestaltet und ich kam aus dem Staunen gar nicht mehr heraus. Nora gingen die Augen über und die Fantasie, sich diese wunderbaren Dinge in unserem Haus zu Weihnachten vorzustellen, kannte keine Grenzen. Selbstverständlich kaufte ich mir auch hier ein kleines dekoratives Weihnachtskunstwerk, auch wenn unser Bestand an Weihnachtsdekoration daheim aus allen Nähten platzte. Aber es war ein Erinnerungsstück, und wenn in ein paar Monaten dieser fantastische kleine Elch aus blankem Zinn am roten Seidenbändchen baumelnd an unserem Weihnachtsbaum hing, wäre ich in Gedanken sofort wieder in Bergen.

Was gibt es Schöneres?

Es war gemütlich und idyllisch, sich in diesem Holzhäusermeer aufzuhalten. Aber dieser Teil von Bergen bot außer Einkaufsmöglichkeiten noch einiges mehr. Der Architektur beruflich verfallen, verschaffte uns der Rundgang aufschlussreiche Informationen. Aber auch Nora und Claas interessierten sich und bestaunten die Bauweise, die von Papa persönlich erklärt wurde. So manches Detailfoto wurde geschossen. Die Geschichte der „Deutschen Brücke" fesselte uns und entzog uns dem städtischen Trubel.

Wir fuhren mit der Floyen-Bahn, einer Zahnradbahn, auf den Hausberg von Bergen. Vor uns lag die kleine bunte Stadt mit ihrem Hafen, in dem bemerkenswerte Schiffe vor Anker lagen. Da es inzwischen doch etwas geregnet hatte und jetzt die Sonne hinter den Wolken wieder hervorlugte, bot sich uns ein ganz besonderes Naturschauspiel: Ein farbenprächtiger Regenbogen umspannte die Stadt und den Hafen und verschwand auf beiden Seiten im Meer. Ich konnte meinen Blick gar nicht abwenden.

Unser Aufenthalt in Bergen war heute leider begrenzt. Wir wollten noch eine Kleinigkeit essen und außerdem mussten wir ja pünktlich, wie es der Fahrplan vorgab, am Anleger der Tragflügelboote sein. Mit vier Personen ein Restaurant aufzusuchen, war in Norwegen eine recht kostspielige Sache. Viel Zeit, um nach einem passenden Speiselokal zu suchen, hatten wir nicht. Wir einigten uns auf ein Stück Pizza. Das konnten wir auf die Hand nehmen und langsam zum Hafen schlendern. Claas kämpfte mit seiner Portion und ehe wir die Pizza auf dem Kopfsteinpflaster wiederfanden, hielten wir inne und setzten uns auf eine niedrige Mauer. Den Blick auf den Hafen gerichtet, verspeisten wir unser Fast Food.

„Mama, schau mal da vorne, da legt gerade ein Trag-flügelboot ab", sagte Claas mit vollem Mund. „Ja, sehe ich auch", sagte ich. „Wir nehmen eines der nächsten, wir haben noch etwas Zeit."

„Welches nächste sollen wir denn nehmen?", fragte Peter. „Da liegt ja gar keines mehr am Pier."

„Unseres wird bestimmt gleich anlegen und mit dem fahren wir dann. Lass uns jetzt langsam zur Anlegestelle gehen."

Das Terminal war wie ausgestorben. Alle Shops hatten geschlossen, ebenfalls der Ticketschalter. Wir entdeckten auch keine potentiellen Passagiere mehr, wir waren allein. Weit und breit war niemand mehr zu sehen. Noch einmal studierten wir die Rückfahrpläne und mussten feststellen, dass etwas ganz gehörig schiefgelaufen sein musste. Der Katamaran, den Claas beim Ablegen beobachtet hatte, war der unsrige, und auch der letzte an diesem Tag. Und plötz-lich wurde mir bewusst: Wir sitzen in Bergen fest! Wir waren hier gestrandet. Bergen hat einen Bahnhof, aber unser Feri-endomizil war nicht mit der Schiene verbunden. Überland-busse gab es nicht, über ein Auto verfügten wir nicht. Uns fielen dann zwei Möglichkeiten ein, das Problem zu lösen.

„Wir übernachten in Bergen und fahren gemütlich am nächsten Tag nach Rysjedalsvika zurück", sagte Peter.

„Oder wir nehmen einen Mietwagen und geben ihn irgendwo in der Nähe unserer Hütte am nächsten Tag wieder ab", war mein Vorschlag. Diese beiden Problemlö-sungen vor Augen, gingen wir zurück Richtung „Deutschen Brücke". Dort befand sich das Touristikinformations-büro.

Hier würde man uns weiterhelfen, erhofften wir. Die Kinder spürten unsere Unsicherheit und trugen das Ihre noch dazu bei. Sie mussten aufs Klo und zwar sofort. Sie waren müde und konnten nicht mehr laufen. Sie wollten auf keinen Fall in Bergen übernachten, da die geliebten Stofftiere, der weiße Orang-Utan, mit dem Namen „weißes Baby" und die graue Maus, genannt „Johnny Mauser", einsam und verlassen im Bootshaus saßen und nicht wussten, wie sie die Nacht alleine, ohne ihre Besitzer, verbringen sollten.

Die Idee einer Übernachtung in Bergen wurde sofort im Keim erstickt, als wir die Frage nach einem Hotel ausgesprochen hatten.

„Es ist Sommerzeit, Ferienzeit. In ganz Bergen finden Sie nicht ein freies Zimmer und schon gar nicht für vier Personen." Die Dame sah uns mit großen unschuldigen Augen an und zuckte mit den Schultern. „Wir wären Ihnen ja gerne behilflich, aber es tut uns leid. Nichts zu machen." Mittlerweile spürten wir, was es hieß, wenn ein touristischer Tag in Bergen beendet war. Die Kreuzfahrtschiffe und Fähren und auch die Tragflügelboote hatten abgelegt. Der Markt war geräumt, die Läden fast alle geschlossen. Die Straßenreinigungen hatten die Stadt gesäubert und die Bürgersteige fein säuberlich hochgeklappt. Keine Menschen, kein Leben in der Stadt und die restlichen Touristen hatten sich in ihre Hotels zurückgezogen. Es war beängstigend still um uns herum. Aber gut, nehmen wir die Lösungsmöglichkeit zwei. Suchen wir uns einen Mietwagen. Peter zog die Informationsbroschüre über Bergen heraus und suchte die Mietwagenanbieter. Es gab zwei. Kurz den Stadtplan studiert und los ging es. Den Kindern hatten wir jetzt zum wiederholten Male erklärt, dass alles kein Problem sei und sie einfach mal mitgehen sollten. Wir werden das Problem schon lösen, dachte ich. Das erste Mietwagenbüro, das wir wenig später erreichten, hatte geschlossen. Peter nahm wieder den Stadtplan zur Hand. Nehmen wir den nächsten Mietwagenanbieter. Doch auch diesmal hatten wir kein Glück. Das Büro war ebenfalls verriegelt und verrammelt. Hier hatte der Besitzer die Geschäftstätigkeit bereits aufgegeben. Unfreiwillig liefen wir kreuz und quer durch Bergen, ohne unserer Problemlösung näherzukommen.

„Lass uns zurück zum Touristikbüro gehen", schlug Peter vor. „Wir werden unsere Situation nochmals deutlich machen und hoffen, dass sie uns irgendetwas anbieten können." Die Kosten waren uns mittlerweile völlig egal. Wir hatten unsere Kreditkarten dabei und hätten sie auch ohne zu zögern eingesetzt. Norwegen ist halt teuer und Lehrgeld muss man bekanntlich auch zahlen. Als wir das Touristikbüro betraten, stand ein junger Mann vor uns an der Theke. Freundliche, aber bestimmte Worte drangen auf Norwegisch, Deutsch und Englisch an unser Ohr: „Wir haben bereits geschlossen. Heute können wir nichts mehr für Sie tun!" Der junge Mann zog bedröppelt ab. Aber Peter verschaffte sich hartnäckig Aufmerksamkeit. Ich dachte an Maria und Josef auf Herbergssuche. „Bergen, das Bethlehem des Nordens", dachte ich. Wir fanden Gehör. Aber bei der Frage nach einem Mietwagen schlug die Dame die Hände über dem Kopf zusammen: „Einen Mietwagen in Bergen? Den gibt es nicht. Sie werden in ganz Bergen keinen Mietwagen finden. Diese Stadt erreicht man mit dem Schiff, dem Zug oder mit dem eigenen Auto." Dann fing sie ein schnelles Gespräch mit einer Dame in einem Hinterzimmer an. Wir konnten nichts verstehen und warteten geduldig.

„Ich kann für Sie mal mit dem Flughafen telefonieren. Meine Kollegin glaubt, dort gibt es einen Mietwagen", meinte sie schließlich. Wir stimmten selbstverständlich zu. Ein Hoffnungsschimmer. Die dann folgende Telefonkonferenz zwischen Peter, der Dame vom Touristikbüro und einem Herrn der Autovermietung am Flughafen hatte zum Ergebnis, dass es wirklich nur einen einzigen Mietwagen in Bergen gab und man ihn für uns reservierte. Aber er stand am Flughafen.

„Und wie kommen wir jetzt dort hin?", war die nächste Frage, die im Raum stand. Der „Lufthavn Flesland" liegt ganz weit draußen vor der Stadt, eine halbe Autostunde entfernt. Linienbusse fuhren nicht mehr, ebenso keine Bahn. Nun hatten wir einen Mietwagen in Aussicht, konnten ihn aber nicht nutzen. Die mitdenkende Dame hinter dem Schalter hatte eine Blitzidee.

„Ein Stück die Straße runter liegen zwei große Hotels. Dort befindet sich der Stellplatz für die Zubringerbusse zum Flughafen und da heute noch ein Abflug geplant ist, könnten die Busse dort noch stehen. Gehen Sie schon mal schnell los, ich rufe an, damit man auf Sie wartet und Sie auch ganz sicher mitgenommen werden."

Also, jeder ein Kind an die Hand und losgelaufen. Mittlerweile hatten die Kinder wieder Spaß an der Sache, freuten sich auf unseren Mietwagen und liefen begeistert neben uns her. Als ich in dem modernen Reisebus saß und wir den Fahrpreis für uns vier bezahlt hatten, der in Deutschland dem Tagesmietpreis einer Luxuslimousine entsprach, ging es mir richtig gut und ich konnte mich während der halben Stunde Fahrt zum Flughafen etwas erholen.

Am Flughafen wurden wir freundlich empfangen. Man hatte verständlicherweise gar nicht mehr damit gerechnet, den einzigen Mietwagen an diesem Tag noch vermieten zu können. Zuvorkommend wurden wir in die Geheimnisse eines japanischen Kleinwagens eingeführt. Es war für uns alle das erste Mal, dass wir mit einem Toyota fuhren. Einmal tief durchatmen und die Fahrt Richtung Nordufer Sognefjord begann. Über dreihundert Kilometer lagen vor uns, keine Autobahn, sondern kurvenreiche Landstraßen mit Unmengen von Tunneln. Ich erwähne hier auch extra das Nordufer des Sognefjord, denn auf dem Weg dahin lagen noch mindestens drei Kurzfähren. Wenn sie nicht rund um die Uhr eingesetzt wurden, hätten wir ein neues Problem. Die Fahrstrecke hätte sich um viele Kilometer verlängert, ganz zu schweigen von den Benzinkosten. Unser Straßenkartenmaterial und die Reiseführer hatten wir in der Hütte in Risnes liegen lassen. An der nächsten Tankstelle kauften wir eine neue Straßenkarte von Westnorwegen. Die Fähre, die um Mitternacht ihre Dienste für ein paar Stunden einstellte, erwischten wir noch rechtzeitig. So erreichten wir erleichtert die Nordseite von Europas längstem Fjord. Etwas Glück muss man ja auch haben. Eine kleine Überraschung hatte Peter aber noch zurückgehalten. In Norwegen fährt man nicht mit einem Mietwagen durch die Gegend, schon gar nicht solche Strecken, wie wir sie gerade bewältigten. Es gab für uns keine Möglichkeit, den Mietwagen in der Nähe vom Risnesfjord wieder abzugeben. Peter musste den Wagen folglich am nächsten Tag zum Flughafen zurückbringen.

Die Kinder schliefen tief und fest, auch ohne Kindersitzschale, als wir weit nach Mitternacht wieder an unserem Bootshaus ankamen. Arne hatte nachmittags Kirschen geerntet und eine Schüssel voll für uns bereitgestellt. Urlaubsbekannte aus Hamburg, die ihren VW-Camping-Bus in der Nähe unserer Hütte auf Arnes Wiese abgestellt hatten, hatten einen Wiesenblumenstrauß gepflückt und auf unseren Küchentisch gestellt. Zwei Willkommensgrüße, über die ich mich riesig freute. Das Abenteuer war für uns noch nicht beendet.

Nach dem Frühstück fuhren wir gemeinsam mit dem Mietwagen nach Rysjedalsvika. Mit unserem Auto fuhr ich mit den Kindern nach Risnes zurück. Peter überführte den Mietwagen viele Kilometer wieder zurück nach Bergen und lieferte das Auto am Flughafen ab. Er stieg in den Shuttlebus und fuhr nach Bergen zum Hafen. Dort wartete ein Tragflügelboot auf ihn. Ein neues Ticket musste er auch noch lösen, da das vom Vortag keine Gültigkeit mehr hatte. Von Rysjedalsvika mussten wir ihn wieder abholen.

Daniel, der Sohn der Hamburger Familie und Felix, der Sohn einer nordfriesischen Familie, die bei Arne zu Gast war, und Claas bestückten Daniels Schlauchboot mit zwei Reservekanistern Benzin. Sie legten die Schwimmwesten an und machten sich bei ruhiger See und beständigem Wetter auf den Weg über den Fjord nach Rysjedalsvika. Sie wollten Peter mit dem Boot abholen. Er staunte natürlich nicht schlecht, als die Jungen ihm eine Schwimmweste reichten und ihm den Shuttleservice nach Risnes per Schlauchboot anboten. Es war ein abenteuerlicher und teurer Ausflug nach Bergen. Für die Extrakosten hätten wir eine Woche länger im Ferienhaus verbringen können.

Karibischer Transfer

Seit Wochen stand ich meiner Schwiegermutter als Ein-kaufsberaterin zur Seite. Sie freute sich auf einen Segeltörn in der Karibik. Daheim, in unserem Städtchen, war sie als selbstständige Geschäftsfrau immer korrekt, dezent und eher bescheiden gekleidet. Eigentlich legte sie keinen großen Wert auf Äußerlichkeiten und trennte in Sachen Kleidung zwischen Freizeit und Job. Sie lebte seit vielen Jahren allein. Die Arbeit war ihr Leben. Einmal im Jahr gönnte sie sich einen schönen, ausgefallenen Urlaub. Ihr Ziel war es, so lange sie gesund und fit war, möglichst viel von der Welt zu sehen und fremde Kulturen zu erleben.

Die Reisebegeisterung der Deutschen und die Entwicklung der Touristikindustrie, besonders der Pauschaltourismus, steckte noch in den Kinderschuhen. Es war ein exotisches Wagnis, einen Segelurlaub in der Karibik zu buchen. Im Freundeskreis wurde sie für diesen Mut bewundert und von manch anderen Bekannten belächelt. Der typisch Deutsche in ihrem Umfeld fuhr nach Bayern oder Österreich, an die deutsche Nordsee oder nach Holland. Italien und Spanien kamen als Reiseländer erst langsam in Mode. Doch sie freute sich auf die zauberhafte Insel Martinique in den kleinen Antillen als Ausgangshafen ihres Segeltörn.

Wir stöberten gemeinsam durch die einschlägigen Sport- und Modegeschäfte auf der Suche nach karibiktauglicher, leichter und luftiger Sommerkleidung. Auch spezielle, nur auf Segeln ausgerichtete Dinge standen auf ihrem Spick-zettel. Sie kaufte weiße Bermudas mit maritimen Sticke-reien auf den Gesäßtaschen, dazu weiße T-Shirts. Ebenso zählten beigefarbene Leinenhosen und gestreifte Hemden mit U-Boot-Ausschnitt zu ihrer Einkaufsbeute. Ein neuer Badeanzug musste her, außerdem ein schicker, etwas überdimensionierter, aber koffertauglicher Sonnenhut. Weiterhin erstand sie lederne Segelhandschuhe und drei Paar Segelschuhe in beigefarben, weiß und blau mit den besonderen Sohlen, die an Deck getragen werden mussten. Auch für eine Schlechtwetterphase bereitete sie sich vor. Es machte mir Spaß, sie bei diesen Vorbereitungen zu begleiten, und sie freute sich, ihre Vorfreude mit mir teilen zu dürfen.

Der Abreisetag nahte. Ich holte sie ab und brachte sie zum Flughafen. Sie stand vor mir und sah beeindruckend aus. So kannte ich sie gar nicht. Sie war gekleidet in ein klassisches, Pepita-Reisekostüm mit engem Rock, knieumspielt. Dazu trug sie eine passende Seidenbluse. Ein lässig um den Hals gebundener Schal rundete den Gesamteindruck ab. Doch was mich noch mehr erstaunen ließ: Über ihre schlanken Beine hatte sie die so verhassten Nylonstrümpfe gezogen und ihre Füße steckten in engen Lederschuhen mit Stiftabsatz. Neben ihr stand der gute, prall gefüllte Schweinslederkoffer aus der Zeit, als kaum jemand einen Koffer besaß, und die ebenso edle Schweinslederreisetasche diente dem Handgepäck. Sie sieht gut aus, dachte ich, wie eine Reisende von Welt. Es lagen viele Stunden Flug vor ihr und ich konnte mir nicht vorstellen, dass ihre Kleidung angenehm sein würde. Besonders wenn ich an das Reiseziel dachte, fand ich sie eher unpassend gekleidet.

Am Flughafen besorgte ich einen Koffertransportwagen und stellte mich mit ihr am Schalter ihrer Fluggesellschaft an. Als die Passkontrolle hinter ihr lag, war sie meinem Fokus entschwunden. Ich fuhr wieder nach Hause und sie saß im Flieger der Air-France nach Paris. Später am Tag schien sie einen Münzfernsprecher gefunden zu haben und sie rief mich aus Paris an. Ihren ersten kurzen Reisebericht sprach sie, ohne Luft zu holen, in den Hörer.

„Es hat alles hervorragend geklappt. Der Flug nach Paris zum Flughafen Charles de Gaulle war wunderbar, der Service der Air-France spitzenklasse", sagte sie.

Der Flughafen Charles de Gaulle nahm 1974 seinen Betrieb auf und ergänzte den aus allen Nähten platzenden ersten Pariser Flughafen Orly. Für sie bedeutete es aber, dass sie wieder auschecken und auch ihr Gepäck wieder entgegennehmen musste. Wie sie zum Flughafen Orly wechseln konnte, wusste sie noch nicht, denn von dort ging der Flug nach Martinique weiter.

„Das wird sich ergeben", sagte sie, „ich kann ja fragen. Englisch versteht dort sicher jeder."

Diese Annahme teilte ich nicht. Ich wusste, wie zurückhaltend die Franzosen waren, wenn man von ihnen verlangte, in einer anderen Sprache als ihrer eigenen antworten zu müssen. Die Zeitspanne zwischen Abflug und Ankunft war nicht groß und sie musste sich beeilen. Vom zweiten Flughafen meldete sie sich noch einmal.

„Alles war problemlos. Die Transferbusse standen bereit. Ich musste gar nicht fragen, es ergab sich alles von selbst", berichtete sie. „Ich habe sogar freundliche charmante Franzosen getroffen, die mir mit dem Gepäck behilflich waren." Der Rest ihrer Information stimmte mich allerdings etwas nachdenklich. In ihrer Hektik war sie im Transferbus mit ihren hochhackigen Schuhen gestolpert, die sie nicht zu tragen gewohnt war, und der Länge nach in den Mittelgang gefallen. Die Laufmaschen schlängelten sich die Beine rauf und runter. Am nicht gerade weichen Teppichbelag im Bus schürfte sie sich die Knie auf.

„Den Koffer habe ich schnell wieder aufgeben können und ein Paar neue Seidenstrümpfe habe ich mir in einem Flughafenshop gekauft." Während wir noch sprachen, wurde ihr Flug aufgerufen. Es knatterte in der Leitung und das Telefonat war beendet. Ob sie meine guten Wünsche für die Weiterreise noch erreichten, konnte ich nicht feststellen. Sie hatte das Gespräch beendet. Sie war auf der dritten Etappe zu ihrem Reiseziel. Hoffte ich.

Vor ihr lagen 6850 Kilometer und eine Flugzeit von achteinhalb Stunden. In den nächsten Tagen dachte ich oft an sie und stellte mir vor, wie sie in dem neuen Badeanzug an Deck lag und sich sonnte, mit den neuen Segelhandschuhen kräftig an den Tauen zog oder wie sie mit ihrem Seidenschälchen um den Hals, den Sonnenhut, den sie grazil mit einer Hand festhielt, an der Reling stand und sich den lauen Wind ins Gesicht wehen ließ.

Nach zweieinhalb Wochen erreichte uns ein weiteres Lebenszeichen. Die lang erwartete Postkarte steckte im Briefkasten. Ein großer Dreimaster mit weißen, voll gesetzten Segeln unter azurblauem Himmel im türkisblauen Meer zierte die Postkarte.

„Abenteuerlich, aber gut angekommen, Segler fantastisch. Nette Leute, Supercrew. Gruß an alle, Anne."

Wenn ich an ihre späteren Reiseerzählungen zurückdachte, war es immer der Satz „abenteuerlich, aber gut angekommen", der mir als Erstes einfiel, wenn ich den Namen der Insel, Martinique, hörte. Wir waren gespannt, was sich hinter der Information auf ihrer Postkarte verbarg.

Nachdem die Hinweisschilder „bitte das Rauchen ein-
stellen" erloschen waren und die Aufforderung, sich anzuschnallen, ausgeschaltet wurde, da die Reiseflughöhe
erreicht war, ging meine Schwiegermutter als Erstes, mit
ihren in Orly erstandenen neuen Seidenstrümpfen, auf die
Bordtoilette. Dort versuchte sie, in der Enge der Kabine,
ihre Strümpfe zu wechseln. Es war nicht gerade bequem,
aber es klappte. Der Flug verlief normal und als die Air-
France zum Landeanflug auf dem Flughafen in Fort-de-
France ansetzte, war es schon Nacht. Der Flughafen war
klein und das Terminal nur ein winziger Flachdachbau. Im
Flugzeug selbst war es ihr gar nicht aufgefallen, aber die
meisten Reisenden waren Schwarze. Erst als sie im Terminal stand, wurde ihr das bewusst. Der Flug war sehr
schnell abgefertigt und bevor sie sich orientiert hatte, stand
sie ganz allein da und wusste nicht, wie es jetzt weitergehen
sollte. Sie hielt Ausschau nach einem Mitglied der Crew des
Segelschiffs. In ihren Reiseunterlagen stand, dass ein Besatzungsmitglied der „Ariadne" am Flughafen bereitstehen
würde, um sie abzuholen. Aber niemand war zu sehen. Die
wenigen Passagiere hatten jetzt bereits alle das Flughafengebäude verlassen und meine Schwiegermutter setzte sich
erst einmal auf ein Mäuerchen, rauchte gemütlich eine
Zigarette und wartete. Sie wartete zwei Zigarettenlängen,
aber niemand kam. Schließlich durchquerte sie noch einmal
die winzige Ankunftshalle. Der Informationsschalter hatte
geschlossen und weit und breit waren keine Bediensteten
des Flughafens zu sehen. Ein Rundblick bestätigte, dass es
kein Telefon gab. Wen hätte sie auch anrufen sollen? Der
Flughafen schlief. Ihre Maschine aus Orly war wohl die
letzte, die in dieser Nacht erwartet wurde. Die Lichter erlo-

schen und bei diffuser Notbeleuchtung ging sie wieder nach draußen. Sie wollte im Flughafenumfeld nach einem Taxi suchen. Langsam wurde es ihr unheimlich. Ihren Koffer hinter sich herschleppend, das Modell Koffer mit Rollen gab es noch nicht und Koffertransportwagen entdeckte sie keine, ging sie wieder auf den Ausgang zu. Niemand war zu sehen. Warme karibische Nacht umfing sie. Sie schwitzte und ihr korrekt sitzendes Reisekostüm wurde zur Qual.

Vor dem Flughafengebäude stand ein alter, verrosteter Wagen. Er sah so klapprig und heruntergekommen aus, dass er beim einem deutschen TÜV keine Chance mehr gehabt hätte, jemals wieder am Straßenverkehr teilnehmen zu dürfen. Dieses Klappergestell stand unter der einzigen Straßenlaterne, deren mickeriges gelbliches Licht nur wenig Mut machte. Sie hielt Ausschau nach einem Taxi, aber sie entdeckte keins. Zur Beruhigung ihrer flatternden Nerven rauchte sie eine weitere Zigarette. Plötzlich nahm sie eine Bewegung wahr. In dem Schrottwagen saß jemand. Er musste schwarz sein, schwarz wie die Nacht, und darum war ihr nicht sofort aufgefallen, dass außer ihr noch jemand am Flughafen war.

Ob das ein Taxi ist? Möglich, dachte sie, aber es sieht nicht nach einem Taxi aus. Das Auto trug kein Erkennungs-zeichen eines Taxis. Sie beobachtete den Wagen und war-tete. Nach zwei weiteren Zigaretten nahm sie all ihren Mut zusammen und ging auf die Laterne zu. Ein junger Mann stieg aus, als sie näherkam. Er schien sie beobachtet zu haben. War es möglich, dass er sie die ganze Zeit über beob-achtet hatte. Auf den ersten Blick sah er freundlich aus. Aber ein ungutes Gefühl beschliche sie. Sein äußeres Erscheinungsbild kam dem seines Autos gleich. An seinen

Füßen trug er völlig abgetretene Flip-Flops. Wenn die Reifen auch so ein Profil haben wie die Flip-Flops, wird jede Fahrt zu einem Extra-Abenteuer, dachte sie.

Die beiden standen sich gegenüber, nickten sich freundlich zu. Sie sprach ihn auf Deutsch an, dann auf Englisch, aber er gab ihr keine Antwort. Meine Schwiegermutter versuchte, mit ihrem Volkshochschul-Französisch des Anfängerkurses, ihre Situation zu beschreiben. Sie war aber nicht erfolgreich. Ob der junge Einheimische kein Französisch sprechen konnte oder ihre wenigen Lektionen nicht ausreichten, um sich verständlich zu machen, konnte sie nicht feststellen. Doch die Hinweise auf seinen fahrbaren Untersatz und die Worte „Port, Bateau, Ariadne" reichten aus, um zu vermitteln, was sie wollte. Sie wollte ein Taxi zum Hafen und dort an Bord des Schiffes „Ariadne" gehen. Sie hatte keine Ahnung, in welchem Hafen ihr Segler festgemacht hatte. Der junge Mann lächelte sie an und wurde aktiv. Er hob den quietschenden Kofferraumdeckel und hievte den schweren Schweinslederkoffer hinein. Die Reisetasche stellte er auf den Rücksitz. Dann öffnete er die Beifahrertür und wies sie an einzusteigen.

Anne hoffte innigst, dass er sie nicht missverstanden hatte und sie dieser Einheimische zur Ariadne bringen würde. Meine Schwiegermutter überlegte sich einen Taxipreis. Was würde ich in Deutschland für einen Preis zahlen? Die Strecke kann ja nicht so wahnsinnig lang sein, denn die Insel ist ja recht klein. Ich bin in der absolut schlechtesten Ausgangsposition. Gib nicht zu viel. Das könnte auch nicht gut sein. Demonstriere hier nicht den reichen Touristen. Bezahle nicht im Voraus, sonst könnte er sich unverrichteter Dinge aus dem Staub machen. Geschichten von Raub,

Mord und Totschlag streiften ihre Gedanken. Sie war im Grunde immer positiv denkend und glaubte stets an das Gute im Menschen. Das half ihr jetzt, die schlimmen Gedanken zu verdrängen und sich der Situation zu stellen. Sie kramte in ihrer Handtasche, tastete nach dem Portmonee. Kurz ließ sie ihr Feuerzeug aufleuchten und suchte nach dem passenden Geldschein. Sie zog ihn heraus und behielt ihn in der Hand und wartete. Der Wagen knatterte los, verließ den Lichtkegel der Straßenlaterne und holperte schon nach kurzer Zeit über eine Schotterpiste durch die karibische Nacht. Leichte Euphorie setzte ein, da sie glaubte, der Lösung ihres Problems, endlich die „Ariadne" zu erreichen, sehr nahe zu sein. Zum wiederholten Male kamen ihre Französischkenntnisse zum Einsatz. Doch das Gespräch verlief einseitig. Der Fahrer antwortete nicht. Die Entspannung verwandelte sich langsam wieder in eine unangenehmere Richtung.

Es war schon seit längerer Zeit nichts zusehen, kein Hafen, keine Schiffe, keine Stadt, kein Dorf, kein Auto, nichts. Absolut nichts. Nur die schwachen Scheinwerfer des Autos beleuchteten die Wegstrecke. Es schien, als gäbe es nichts anderes auf der Welt als das klapprige Taxi mit dem Taxifahrer und der dummen deutschen Touristin, die freiwillig auf dem Beifahrersitz Platz genommen hatte und sich durch die Dunkelheit quälte.

Plötzlich hielt das Taxi an. Der Fahrer stieg aus, ging wortlos um den Wagen herum und öffnete die Beifahrertür. Anne hatte nur noch negative Erwartungen im Kopf, ihr schlug das Herz bis zum Hals. Der Fahrer nickte mit dem Kopf zur Seite und aufforderte sie, auszusteigen, zumindest deutete sie so die Kopfbewegung. Er verzog sein Gesicht zu einem breiten Grinsen. Dann hob er seinen dünnen Arm, zeigte vom Auto weg in eine Richtung und murmelte etwas Unverständliches. Meine Schwiegermutter stand stocksteif neben dem Auto und wagte nicht, sich zu rühren. Sie schaute immer in die Richtung, in die er zeigte. Aber es war dort nichts zu sehen. Der Fahrer öffnete die Kofferraumhaube, stellte ihr den Koffer auf den Boden und zeigte abermals heftig winkend immer wieder in die gleiche Richtung.

Und, wie sollte es jetzt weitergehen? Sie fingerte eine Zigarette aus der Schachtel und betätigte das Feuerzeug. Erst beim vierten Versuch klappte es. Sie bot ihrem Fahrer eine Zigarette an, die dieser sofort entgegennahm. Jetzt standen sie beiden neben dem Taxi, rauchten und warteten. Das Standlicht des Autos und das glühende Ende der beiden Zigarettenspitzen waren die einzigen Lichtquellen, die die Nacht erhellten. Immer wieder wies der Fahrer in die gleiche Richtung. Was will er mir sagen? Ist das Schiff schon abgefahren? Wo ist dieser verdammte Hafen? Was ist da in der Dunkelheit? Hat er keine Lizenz? Darf er nicht in das Hafengebiet hineinfahren? Was ist da in der Dunkelheit verborgen? Und dann kam die Erleuchtung. Natürlich! Es liegt auf Reede, es liegt gar nicht im Hafen, die „Ariadne" ankert draußen auf dem Meer. Sie startete eine lebhafte Debatte in allen möglichen Sprachen und nahm auch Hände und Füße zur Hilfe. Das Ergebnis schien in der Tat zu sein, dass der Segler auf dem Meer in der Dunkelheit lag. Der Zigarettenkonsum in dieser Nacht war sehr hoch, denn diese neue Aufregung machte wieder den Griff zur Kippenschachtel nötig. Die beiden standen noch immer gemeinsam mit dem Rücken an das Taxi gelehnt, sahen auf das Meer, das man nicht sehen konnte, und rauchten. Hoffentlich fährt er jetzt nicht weg und lässt mich hier alleine stehen, dachte sie. Beide schienen über eine Problemlösung nachzudenken. Meine Schwiegermutter ohne Ergebnis, der Fahrer aber schien eine Idee zu haben. Er zeigte auf sie und den Koffer und anschließend auf das unsichtbare Meer, dessen Rauschen jetzt leise zu hören war, wenn man sich darauf konzentrierte. Sie nickte heftig zustimmend. „JA, JA, OUI, OUI", rief sie erfreut aus.

Der Fahrer drehte sich um und verschwand in der Dunkelheit. Meine Schwiegermutter hätte sich gerne rittlings auf ihren Koffer gesetzt, aber der enge Rock ihres Reisekostüms hinderte sie daran. Sie zog es vor, sich wieder ins Auto zu setzen, öffnete eine neue Schachtel Zigaretten und wartete. Dann hörte sie Stimmen, die sich dem Taxi näherten. Eine Taschenlampe flackerte auf. Zwei Einheimische, die sich auf den ersten Blick sehr ähnlich sahen, tauchten aus der Nacht vor ihr auf. Sie lächelten, hoben den Koffer wieder in den Kofferraum, und fuhren zusammen ein kleines Stück auf dem Schotterweg zurück. Der Wagen hielt an, die beiden Männer besprachen sich und bogen in einen anderen Weg ein, fuhren einige Meter und blieben erneut stehen. Und hier wartete tatsächlich die Lösung des Problems. Sie waren direkt am Meer. An einem Steg, der ins Dunkle hineinführte, lag vertäut ein Schlauchboot. Es dümpelte seicht auf dem Wasser. Ein Taschenlampenstrahl irrte durch die Nacht und strahlte schließlich das Boot an.

Der seltsamen Art der Verständigung entnahm meine Schwiegermutter, dass die beiden sie mit dieser Nussschale zur „Ariadne" hinausbringen wollten. Wieder machte sich ein Anflug von Panik breit, aber die Erfahrungen der letzten

Stunden tendierten eher in Richtung Vertrauen. Wenn die beiden ihr etwas Böses gewollt hätten, dann hätten sie ihre Chance mehrfach gehabt. Sie entschied sich, das Angebot anzunehmen. Der Bootsbesitzer grinste meine Schwiegermutter an und zeigte kopfschüttelnd auf ihre Schuhe. Natürlich, mit diesen Stiftabsätzen in ein Schlauchboot zu springen würde dem Gleichgewichtssinn und dem Bootsmaterial gleichermaßen nicht guttun.

Der schwere Koffer wurde in das Boot gehievt, die Reisetasche knallte auf den mit einem Holzgitter ausgelegten Bootsboden. Die Lederschühchen in der einen Hand und die andere helfend gehalten vom freundlichen Taxifahrer, stieg sie vom Steg ins Schlauchboot. Es schwankte heftig. Und wieder erwies sich das Reisekostüm als äußerst unpassend. Anne saß auf der wabbeligen Bordwand, krallte sich an der linken Halteschlaufe fest und hoffte auf eine ruhige und nicht so sportliche Überfahrt. Der kleine Außenbordmotor surrte leise und trug das Boot in die Nacht. Und dann kamen Positionsleuchten in Sicht und der Rumpf eines Segelschiffes zeichnete sich gegen den Nachthimmel ab. Hoffentlich ist es auch das richtige Schiff, schoss es ihr durch den Kopf. Der Schlauchbootführer drosselte den Motor auf ein Minimum und umrundete ganz langsam das Schiff. Er sah sie fragend an. Was nun, wie kommst du jetzt an Bord, interpretierte sie in den fragenden Blick.

„Hallo," rief Anne immer und immer wieder. „Hallo!" Die Lautstärke ihrer Stimme steigerte sich. Schließlich brüllte sie das „Hallo", und dann regte sich etwas auf dem Schiff. Die Wache an Deck musste auf sie aufmerksam geworden sein. Von oben hörte sie eine Stimme: „Wer ist da?"

„Hier ist Anne. Ich bin angekommen. Bitte an Bord kommen zu dürfen," spaßte sie, denn die Stimme von oben war für sie wirklich die Erlösung in dieser Nacht. Sie kam ihr bekannt vor. Sie kannte die meisten Mitglieder der Crew von einem Segeltörn auf der Ostsee.

„Nein, die Anne, wer hätte das gedacht, dass du heute noch kommst. Unsere Informationen waren, dass die Maschine aus Paris erst am nächsten Morgen landen würde. Eines unserer Besatzungsmitglieder hat den ganzen Nachmittag am Flugplatz auf dich gewartet und als keine Landung mehr zu erwarten war, ist er zurück an Bord gekommen. Schön, dass du da bist. Herzlich willkommen."

Jetzt war schon etwas mehr Los an Deck. Das eine oder andere Besatzungsmitglied, das noch nicht in der Koje lag, kam an die Reling, um sich diesen Anblick nicht entgehen zu lassen. Anne bot in ihrem Reisekostüm auf Seidenstrümpfen die Strickleiter hochkletternd sicher einen skurrilen Anblick. Die Laufmaschen machten sich auch wieder auf den Weg. Sie krabbelten von den Fußsohlen an den Beinen hoch und runter. Meine Schwiegermutter wurde an Deck gezogen und ein Matrose kletterte geschwind die Leiter noch dreimal hinunter. Beim ersten Mal transportierte er den Koffer, gesichert mit einem Tau an Deck. Dann folgten die Reisetasche und die Schuhe. Beim dritten Mal brachte er das Geld für den Bootstransfer zu dem unten wartenden Schlauchbootfahrer. Dieser drehte nach seiner lukrativen nächtlichen Fahrt ab. Das Surren seines Motors entfernte sich von dem Segelschiff. Anne wurde mit großem Trara begrüßt und ihre spektakuläre Anreise war den ganzen Urlaub über Grund zu Späßen.

Toskanischer Albtraum

Die Sommerferien standen vor der Tür. Wir planten, drei Wochen in die Toskana zu fahren. Das Reiseziel hatte ich vorgeschlagen. Der Roman „Häupter meiner Lieben" von Ingrid Noll begeisterte mich für die Toskana. In zurückliegenden Jahren verbrachten wir unsere Urlaube im Norden Europas und die Vorstellung in wärmere Regionen vorzudringen, gefiel auch Peter. Er hatte den Giro d'Italia am Fernseher verfolgt. Als Rennradsportler und Mountainbiker sah er sich bereits über malerische Bergstraßen und durch unwegsame Olivenhaine radeln. Wir träumten von einem verschlafenen Dorf abseits vom Tourismus. In Gedanken bummelten wir über bunte Märkte, probierten hier und da toskanische Köstlichkeiten und kauften aus der Fülle des Gemüseangebotes für das Abendessen ein. Mein Mann, Urlaubs-Hobbykoch und Fan der italienischen Küche, freute sich sehr auf das Kochen.

Wir planten wie immer Kultur, Erholung und Sport im Urlaub miteinander zu verbinden. Die Toskana bot alles, was wir uns für diese Art Ferien vorstellten. Die Suche nach einem Ferienhaus begann. Es sollte ein gemütliches und alleinstehendes Haus sein, möglichst ohne direkte Nachbarn, in einem Olivenhain gelegen. Unsere Kinder planten, bereits vor dem Frühstück in einen Swimmingpool zu springen. Das Meer sollte in einer überschaubaren Distanz zu erreichen sein. Und all das erwarteten wir, zu einem erschwinglichen Preis zu finden. Ich ging ins Reisebüro und kam mit einem Stapel Prospektmaterial in der Tasche zurück. Die Recherchen erhöhten die Vorfreude auf die sonnigen Urlaubstage und erstreckten sich über eine lange

Zeit. Die erste Woche verging und wir verabschiedeten uns vom Swimmingpool im Garten. Häuser mit Pool waren in der Hauptreisezeit unerschwinglich für uns. Den nächsten Kompromiss, den wir machten, betraf die Nähe zum Meer. Da wir keinen reinen Badeurlaub geplant hatten, musste der Strand nicht gleich um die Ecke liegen.

Wir erstellten eine Rangliste der beliebtesten Häuser, die unsere Reisekasse nicht sprengen würden, und überprüften telefonisch die Verfügbarkeit. Die ersten sechs Häuser standen zu der gewünschten Zeit leider nicht mehr zur Verfügung. Position sieben führte zum ersten Treffer. Wir reservierten das Haus. Eine Nacht wollten wir darüber schlafen, ob es auch wirklich, bei all den Kompromissen, die wir eingegangen waren, die richtige Wahl sei. Der Mietpreis erreichte die Obergrenze unserer Reisekasse.

„Soll es die Toskana wirklich sein?", fragte Peter. Alle nickten. „Ist es okay, dass wir keinen eigenen Pool haben?" Das Nicken war nicht mehr so ganz eindeutig. Wir kamen überein, dass das Haus laut Prospekt und Beschreibung passend und schön sei. Zudem war uns klar, wenn wir noch länger warteten und suchten, würden bald alle Häuser belegt sein. Wir buchten.

Mit voll beladenem Van fuhren wir am ersten Ferientag los Richtung Süden. Die Mountainbikes von Claas und Peter und das Rennrad waren auf dem Radträger befestigt. Beim ADAC hatten wir ein rot-weiß-gestreiftes, reflektierendes Warnschild gekauft, das an den Rädern befestigt werden musste, weil es Pflicht bei der Einreise war. Damit erfüllten wir die italienischen Sicherheitsvorschriften. Claas schraubte sich später dieses Schild in seinem Zimmer an die Wand mit der Bemerkung: „Kann ich das haben? Papa! Das brauchen wir ja wohl nicht mehr."

Unsere Reiseroute führte durch die Schweiz und im Bergdorf Münster übernachteten wir. Am nächsten Morgen passierten wir den Simplonpass und erreichten Italien. Eine Erinnerung wurde wach, denn unsere Tochter Nora hatte auf dem Simplonpass mit drei Monaten ihren ersten Schneekontakt gehabt.

Gegen Mittag erblickten wir das Ortsschild des kleinen verschlafenen toskanischen Dorfes, die Endstation unserer langen Anreise. Die Mittagssonne brannte gnadenlos. Hier irgendwo musste das Ferienhaus liegen, in dem wir die nächsten Wochen verbringen würden.

„Wir sind da", rief Nora. Hätten wir damals schon unsere „Susi" gehabt, hätten wir vernommen: „Sie haben Ihr Ziel erreicht, kehren Sie um, wenn möglich."

Wir hatten mehr als tausend Kilometer hinter uns, aber das Aufspüren unseres Hauses kam mir fast noch länger vor. Wir fuhren in den Ort hinein und wir fuhren am Ortsende wieder heraus. Wir fragten an einer Tankstelle und in einem Supermarkt. Wir fragten auf Deutsch und erkundigten uns auf Englisch. Italienisch beherrschten wir leider nicht und mein vor Jahren besuchter VHS-Italienischkurs trug auch nicht wesentlich zur Verständigung bei. Die Skizze, die wir von unserer Reiseagentur bekommen hatten, musste zu einem anderen Haus oder sogar zu einem anderen Ort gehören.

Die Suche zerrte an den Nerven. Wir hielten am Straßenrand und zeigten den Passanten den Zettel mit der Anschrift des Vermieters, der angeblich ganz in der Nähe unseres Ferienhauses wohnen sollte. Eine ältere Frau wies mit der Hand die Straße hinauf und wedelte dann nach rechts. Ein Fortschritt. Wir wussten zwar noch nicht, wo wir genau den Vermieter oder das Ferienhaus finden würden, aber der Dame schien die Adresse bekannt zu sein. Unser Ziel musste auf der rechten Seite der Dorfdurchgangstraße liegen. Die Chance, bald anzukommen, stieg. Jeder kleine Pfad, der rechts von der Straße abging, war ein Schotterweg, der entweder plötzlich im Nichts aufhörte oder vor einem Tor endete. Wir versuchten immer mal wieder, jemanden zu fragen, aber Schulterzucken und Kopfschütteln waren die stets wiederkehrende Reaktion.

„Und, was machen wir jetzt? So langsam reicht es mir", sagte ich. Wir parkten und vertieften uns nochmals gemeinsam in die Reiseunterlagen. Möglich, dass wir einen winzigen Hinweis übersehen hatten. Als ich durch die staubige Seitenscheibe sah, erblickte ich einen Mann, der in seinem Vorgarten Unkraut zupfte. Eigentlich war es kein Vorgarten, es war ein kleiner Platz, mit Natursteinen gepflastert, und rundherum standen üppig bepflanzte Kübel. Ich stieg aus und hielt ihm den Zettel mit der Adresse entgegen. Sein wettergegerbtes Gesicht verzog sich zu einem Lächeln. Eine lückenhafte Reihe dunkelgelber Zähne zogen meine Aufmerksamkeit auf sich. Ich winkte Peter und forderte ihn auf, auszusteigen. Wir verstanden den alten Mann zwar nicht, aber aus seinen Gesten konnten wir schließen, dass wir unserem Ziel wieder ein Stück nähergekommen waren. Er war tatsächlich der Vermieter, wie sich später herausstellte. Mit Händen und Füßen verständigten wir uns und interpretierten in die seltsame Kommunikation hinein, dass wir warten sollten. Er holte sein Auto und forderte uns auf, ihm zu folgen. Ich atmete auf. Fast angekommen, dachte ich. Endlich.

Wir tauchen in eine riesige gelbe Staubwolke ein und fuhren im Blindflug hinter seinem schmutzigen Wagen her, dessen Farbe man kaum erkennen konnte. Es ging einen schmalen kleinen Weg entlang.

„Ich bin mir sicher, dass wir an dieser Stelle bereits vor Stunden einmal waren", sagte ich. „Gleich müssten wir dieses alte gammelige Tor in der Ferne sehen können." An der Schwelle, die wir gerade überfuhren, hatten wir allerdings kehrtgemacht, weil wir es nicht gewagt hatten, über diesen Huckel, umgeben von Gestrüpp zu fahren. Die Sträucher wurden überzogen mit einer dicken gelben Patina. Das Auto unseres Vermieters hielt an. Er stieg aus und öffnete das Tor. Die Staubwolke, die wir selbst gerade verursacht hatten, überrollte uns. Der Weg wurde steiler und enger. Die Spur war uneben und an vielen Stellen durchfurcht. Der Staub nahm uns jegliche Sicht. Es war extrem warm im Autoinnern, aber die Fenster mussten geschlossen bleiben.

„Die Fenster bleiben zu", befahl Peter. Die Kinder quengelten, glaubten, im Auto ersticken zu müssen. Der Weg wurde noch enger und dazu auch noch kurviger und holperiger. Die Äste kamen unserem Auto sehr nahe und Kratzer waren nicht zu vermeiden. Doch dann endete der schmale, überwucherte Hohlweg und vor uns lag ein Olivenhain. Mittendrin entdeckten wir wie durch einen Weichzeichner ein unglaublich schönes Haus. Peter betätigte mehrmals kräftig die Scheibenwaschanlage. Der Scheibenwischer quietsche über die Scheibe und drängte den Matsch, den Wischwasser und Staub geschaffen hatten, nach außen. Und dann sahen wir es genau. Vor uns lag unser Haus.

Es sah aus wie im Prospekt. Der kleine italienische Vermieter, den ich jetzt erst einmal genauer betrachtete, hatte zottelige schwarze, staubige Haare und war bekleidet mit sehr alten zerlumpten Klamotten. Er wirkte auf mich eigentlich gar nicht so, wie ich mir einen italienischen Vermieter vorgestellt hatte. Aber wir hatten ihn ja auch bei der Haus- und Hofarbeit überrascht. Er passte so gar nicht zu dem schönen Haus. Sein breites Lachen und seine geschwellte Brust signalisierten eindeutig Stolz auf die Perle, die er uns gerade präsentierte. Er zeigte uns den Wasseranschluss draußen an der Hauswand und wies auf die üppig bepflanzten Blumenkübel hin. Wir deuteten es als Hinweis, diese regelmäßig zu gießen. Schließlich ging er auf die schmale Veranda zu. Er öffnete die Blendläden der hohen Türen, ließ die Sonnenstrahlen in das Hausinnere. Dann überreichte er uns den Hausschlüssel und einen kleinen Zettel mit einer Telefonnummer. Er zeigte auf den winzigen weißen Schnipsel Papier, spreizte den kleinen Finger und den Daumen einer Hand ab und hielt sie sich ans Ohr. Ein Zeichen, zu telefonieren, sollten wir ihn sprechen wollen. Er winkte uns zu. Seine staubige Fortbewegungsmöglichkeit produzierte weitere große gelbe Staubwolken und er verschwand zwischen den völlig staubgepuderten Sträuchern.

Das Haus gefiel mir gut. Von der Terrasse, die sich über die ganze Hausfront erstreckte, konnte man durch vier doppelte Flügeltüren das Erdgeschoss betreten. Es bestand aus einem großen Wohnraum. Drei der Doppeltüren gehörten zum Wohnzimmer und durch die vierte konnte man auch von der Küche aus nach draußen treten. Im hinteren Teil sahen wir eine verzierte schmiedeeiserne Wendeltreppe, über die wir das Obergeschoss erreichten. In dieser Etage befanden sich außer dem Bad noch je ein Zimmer für die Kinder sowie unser Schlafzimmer. Die Fenster waren alle nach vorne gerichtet, da das Haus sich hinten an den Hang des Olivenhains anschmiegte. Von unserem Schlafzimmer führten drei Stufen hoch zu einer Tür, die uns einen direkten Austritt ermöglichte.

Wir richteten uns das Urlaubszuhause ein. Dazu zählte nicht nur, das Auto auszuladen und das Kofferauspacken. Bevor wir damit begannen, räumten wir jede Menge überflüssiges Dekorationsmaterial weg. Die Dinge verschwanden in einem leeren Schrank. Erst am letzten Urlaubstag würden wir diesen Klimbim wieder hervorholen und im Haus verteilen.

Die Kinder erkundeten die Umgebung und wir setzten uns mit einem Gläschen Wein auf die schmale Terrasse und stießen auf einen verheißungsvollen Toskana-Urlaub an.

Die Nacht war schwül und warm. Gut geschlafen haben wir alle nicht. Jede Öffnung, die das Haus zu bieten hatte, ließ die Nachtluft hereinströmen, aber sie brachte keine Abkühlung. Die Kinder kamen immer wieder in unser Schlafzimmer und stöhnten: „Mir ist so warm, ich kann überhaupt nicht schlafen. Ich habe Durst."

Da sie sich im Haus noch nicht so gut auskannten und die Wendeltreppe für ein übermüdetes Kind ein Risiko darstellen konnte, ging ich in die Küche und holte Wasser. Mit der warmen Nachtluft strömte Hundegebell herein. Auf der anderen Bergseite, eigentlich sehr weit entfernt, mussten mehrere Hunde wohnen. Ich vermutete, es könnte ein Tierheim sein. Sie bellten in unterschiedlichen Tonlagen ununterbrochen. Zwischendurch jaulten sie auch herzerweichend. Ich lag unter meinem dünnen Tuch, nassgeschwitzt, fühlte mich total unwohl, konnte nicht schlafen. Das Atmen fiel mir schwer. Das tragische Bellen beschäftigte mich und zog in meine Träume ein. Meine Fantasien kreisten um das Wohl der armen Geschöpfe. Was war mit ihnen nur los? Warum bellten sie unaufhörlich?

Als die Sonne aufging, erhob ich mich, legte mich draußen in eine Hängematte und versuchte zu lesen. Doch die Temperaturen waren in dieser extrem frühen Morgenstunde bereits unerträglich hoch. Wir frühstückten in Badekleidung. Die Kinder nahmen sich gleich den großen Schlauch vor, planschten und kühlten sich ab. Sie machten es sich zur Aufgabe, unser Auto, so gut es ihnen möglich war, vom Staub zu befreien. Jetzt bemerkten wir, wie schön es wäre, einen Swimmingpool zu haben. Aber es war müßig, darüber nachzudenken. Wir hatten uns ja dagegen entschieden.

Den ersten Tag nutzten wir, um uns einzugewöhnen. Am Nachmittag fuhren wir dann in den Ort, um Lebensmittel einzukaufen. Eine abenteuerliche Fahrt von vier Kilometern bis zur Straße begann. Unser schönes Auto bekam neue Kratzer, und da der Weg ausgefahren war, mussten wir höllisch aufpassen, nicht mit der Ölwanne unter unserem Wagen oder dem Auspuff aufzusetzen. So ein Defekt hätte mir in dieser Gegend gerade noch gefehlt. Die unerträgliche Hitze im Auto, das bereits viele Stunden der Sonne ausgesetzt war, zog nicht ab. Die Fenster mussten geschlossen bleiben, da der Staub unser Auto erbarmungslos einhüllte.

„Unser nächster Wagen bekommt auf jeden Fall eine Klimaanlage", entschied Peter. Auf der Hauptstraße kurbelten wir sofort alle Fenster herunter und atmeten tief durch. Aber der Fahrtwind, der uns entgegenblies, hatte die höchste Wärmestufe meines Föhns, und das war keine übertriebene Feststellung. Im Supermarkt deckten wir uns vor allem mit Getränken ein. Wie kam es nur, dass wir uns, besonders unsere Kinder, für Tiefkühlkost interessierten? Tiefkühlgerichte standen gar nicht auf unserem Speiseplan. Das Käuferinteresse an tiefgefrorenen Waren war groß. Aber alle Kunden schienen sich hier nur kurz erfrischen zu wollen. Ich beugte mich in diesem Lebensmittelmarkt tief in die Gefriertruhe hinein, stapelte Pizzakartons um, nur um mich abzukühlen.

Die kurze Parkzeit hatte das Auto wieder sehr aufgeheizt, obwohl es auf einem überdachten Parkplatz gestanden hatte. Aber wir mussten einsteigen und wieder zu unserem „Toskana-Zuhause" zurückfahren. Wie wird erst unser Auto nach diesem Urlaub aussehen, dachte ich. Doch Peter fuhr sehr umsichtig und kannte bald jeden Zweig und Ast persönlich, dem er geschickt auszuweichen versuchte. Einige Male bin ich ausgestiegen und habe kurzerhand das Gestrüpp beiseitegehalten, damit er ungehindert das Auto daran vorbei steuern konnte. Aber in diesen Momenten zog der Staub auch in das Innere des Wagens ein.

Am nächsten Tag war, auf Drängen der Kinder, ein Strandtag geplant. Am Wasser kann man diese gigantischen Temperaturen besser aushalten, dachte ich und freute mich schon sehr auf das Mittelmeer. Doch vor uns lag die zweite schlaflose heiße Nacht, mit aggressivem, manchmal auch sehr kläglichem Hundegebell und gnadenlosen Nachttemperaturen.

Bepackt mit allem, was man für einen Aufenthalt am

Strand benötigt, traten wir die fünfunddreißig Kilometer lange Autofahrt zum Mittelmeer an, wobei die erste Teilstrecke ja bereits mehrfach von mir beschrieben wurde. Es war wieder unerträglich heiß. Die Fenster des Autos blieben geschlossen. Der Fahrtwind war nicht nur heiß, sondern getränkt vom widerlichen Gestank des Zweitaktergemischs der hier zu Hunderten herumkurvenden Motorroller. Wie können die Menschen hier nur leben und atmen? Auf so einem Motorroller musste man von den Abgasen einfach ersticken. An jeder Ampel wartete ich, dass jemand von seinem Roller ohnmächtig herunterrutschte. Die komplette Versilia, die Küstenlandschaft entlang der nordwestlichen Toskana, an die die Provinzen Lucca und Massa-Carrara angrenzten, lag unter einer Dunstglocke. Im Ruhrgebiet würde man eine solche Wetterlage als Smog bezeichnen. Jeglicher Autoverkehr wäre in der Heimat sofort verboten worden.

„Wann kommt denn endlich das Meer in Sicht?", fragte Claas. „Wer als erstes das Meer sieht, bekommt gleich ein Eis", rief er.

„Abgemacht", bestätigte ich seine gute Idee und hoffte, die Kinder so beschäftigt zu wissen. Der Autoverkehr wurde dichter. Ich vermutete, jeder Tourist, der sich in dieser Region aufhielt und keinen eigenen Pool hatte, wollte heute einen Strandtag machen. Wir schlichen an unendlichen Kolonnen parkender Autos entlang. Den Wunsch, einen Parkplatz im Schatten zu bekommen, konnten wir vergessen. Als es uns dann endlich gelungen war, in einer Seitenstraße einer Seitenstraße einen Parkplatz in der glühenden Sonne zu finden, stellten wir dort den Wagen ab. Wir rafften unsere Strandsachen zusammen und machten uns auf in die Richtung, in der wir das Meer vermuteten. Gesehen hatten wir es bis jetzt noch nicht. Auf der Promenade angekommen, stellten wir fest, dass der Strand hermetisch abgeriegelt war. Man konnte ihn nicht betreten, ohne vorher einige Hürden genommen zu haben. Geschäfte, Kioske, Restaurants, Eisdielen, Kassenhäuschen und Zäune, sorgfältig aneinandergereiht, ohne auch nur die geringste Lücke zu hinterlassen, bildeten eine geschlossene Mauer. Undurchdringlich für jeden Badegast, wenn er nicht vorher sein Ticket für den Strand gekauft hatte. Der Eintritt zum Strand kostete für eine vierköpfige Familie pro Tag ein kleines Vermögen. Dann hatten wir noch kein Eis gegessen, keinen Kaffee getrunken, geschweige denn einen Liegestuhl oder einen Sonnenschirm genutzt. Der Vorteil war, es gab Umkleidekabinen, eine Toilette und eine alte Dame mit einem riesigen Strohhut. Sie trug einen buntgeblümten Kittel, wie ich ihn in den sechziger Jahren oft an meiner Oma gesehen hatte. Ausstaffiert mit einem Besen war sie ununterbrochen damit beschäftigt, den schmalen Plastikweg, der fast bis zum Wasser führte, vom Sand zu befreien. Wenn sie unten angekommen war, schaute sie einmal in die Runde, entspannte ihre Nackenmuskulatur und ging wieder hoch bis zu den Umkleidekabinen. Dort fing sie mit dem Sandkehren wieder von vorne an.

Wir standen sprachlos an diesem Strandabschnitt. So hatte ich mir die italienischen Strände nicht vorgestellt. Das Meer lag vor uns und sah mit seiner ruhigen ebenen Wasserfläche aus wie ein Ententeich. Es war spiegelglatt. Niemand machte eine Welle, denn kein einziger Urlauber war im Wasser.

„Wo sind denn die Wellen?", fragte Nora.

„Ohne Wind keine Wellen", antwortete Peter.

„In Spanien waren doch immer so hohe schöne Wellen, eine richtige Brandung. Das ist doch das gleiche Meer", stellte Nora fest und wollte damit auch gleich kundtun, dass sie in Erdkunde aufgepasst hatte.

„Wir sind hier aber nicht in Spanien, sondern in der Toskana, und wenn ihr euch abkühlen wollt, dann heute eben ohne Wellen. Ich kann es nicht ändern", sagte ich genervt.

„Man kann nicht immer alles haben im Leben", sagte Peter. Er schien noch genervter zu sein als ich. „Dafür haben wir heute Smog vom Feinsten, sogar hier am Strand", entgegnete er gereizt. Ich sah, dass eine feine Dunstschicht auch über dem Wasser lag.

Der Himmel wolkenlos, die Sonne gnadenlos, zückten wir wieder das Portmonee und mieteten zwei Liegen und einen Sonnenschirm für Peter, der nicht sonnenhungrig war, und es auch nicht lange in der Sonne aushalten würde. Schon Minuten später hatten wir unsere Mietobjekte um zwei weitere Liegen und einen Sonnenschirm erweitert. Der Sand war so heiß, dass man ihn ohne Schuhe nicht betreten konnten, aber auch Sandalen oder Flip-Flops versagten den Dienst. Jedes Sandkorn, das die Füße berührte, war heiß und schien Brandwunden zu hinterlassen. Gut, dass die Kinder Söckchen in den Turnschuhen trugen, denn es war ratsam, sie anzubehalten. Wir saßen erst mal auf den Liegen, passten auf, dass wir dem Sand nicht unnötig zu nahekamen, und planten in Gedanken den weiteren Verlauf des teuren Strandtages. Jetzt wurde mir auch der Sinn der Tätigkeit der alten Dame bewusst. Es gab für den Badegast nur einen sicheren Weg ins Wasser, nämlich den über den Plastiksteg, wenn er gerade vom heißen Sand befreit war. Dieses Material, aus dem der Steg bestand, war insofern hitzeresistent, da man darauf stehen konnte, ohne Schmerz zu empfinden.

Den ein Meter breiten Streifen am Wasser entlang konnte man betreten, ohne sich die Füße zu verbrennen. Dieser Strandbereich wurde von vielen Urlaubern dazu benutzt, einen Strandspaziergang zu machen. Er war ein hoch frequentierter Trampelpfad.

Die Kinder liefen mit Sonnenschutzfaktor dreißig eingecremt und trotzdem noch ein T-Shirt auf der nackten Haut mit ihren Söckchen an den Füßen bis an die Wasserkante und stürzten sich ins kühle Nass. So sah es für mich von Weitem aus. Aber ganz enttäuscht kamen sie wieder zu unserem Strandlager hoch.

„Mama, dass Wasser ist nass, es ist aber echt wie in der Badewanne, kein bisschen kühl", sagte Nora. Sie zog mich hinter sich her. Aber am unteren Ende des Stegs war ich leider nicht in der Lage, den Sand zu betreten. Ich hüpfte wie ein Wassertropfen auf einer heißen Herdplatte über die letzten zwei Meter bis zum Meeressaum. Die Wassertemperatur unterschied sich nicht wesentlich von der Lufttemperatur, wie ich oben an den Umkleidekabinen auf einer Tafel später las. Beides lag weit über dreißig Grad. Zwischen den fein säuberlich aneinandergereihten Liegen und dem Meer sah ich einen dunklen Fleck auf dem Sand. In der Mitte dieses Bereichs ragte eine dünne Stange empor, die oben von einem Duschkopf geziert wurde. Hier bekam der Badegast, der sich gerade aus dem salzigen lauwarmen Meer herausbewegte, die Gelegenheit, sich mit Süßwasser abzuspülen. Der Wasserstrahl war so dünn, dass es recht lange dauern würde, bis jedes Körperteil einen Tropfen

Wasser abbekommen hatte. Aber es schien kühl zu sein, was aus dieser Quelle tröpfelte. Kinder spielten hier und spritzen sich nass, denn niemand musste sich Salzwasser abspülen, weil niemand im Meer plantschte.

Immer positiv denken, überlegte ich. Jetzt meckern belastet nur die Urlaubsstimmung. Wir nahmen die Gegebenheiten so, wie sie waren, und versuchten, das Beste daraus zu machen. Zum wiederholten Male hatte ich einen afrikanischen Strandverkäufer von meiner Liege geschubst. Mir fielen keine Argumente gegen einen Kauf von Ketten, Uhren und Sonnenbrillen mehr ein. Ich wollte einfach nur meine Ruhe haben. Außerdem fand ich es sehr dreist, sich einfach auf meine Liege zu setzen, während ich dort mit dem Kopf im Schatten des Sonnenschirms lag und meine Beine mit einem Badetuch abgedeckt hatte und las. Sobald ich einen von diesen Verkäufern erblickte, stellte ich mich schlafend, denn es war mehr als lästig, sich immer wieder mit ihnen beschäftigen zu müssen. Unfreundlich wollte ich auch nicht sein. Es entsprach nicht meiner Natur. Irgendwie taten mir die Verkäufer leid. Sie verrichteten ja schließlich auch nur ihren Job, wenngleich die Penetranz, die sie an den Tag legten, auch als Verkaufsmasche angesehen werden konnte. So manch ein Tourist hat etwas gekauft, nur um seine Ruhe zu haben. Was mich aber sehr wunderte: Sie schlichen sich immer zwischen den Liegen hindurch an und ihnen schien der heiße Sand an den bloßen Füßen nichts auszumachen. Was sind wir nur für degenerierte Mitteleuropäer, schoss es mir durch den Kopf, können noch nicht einmal barfuß durch heißen Sand laufen. Auf der Rückfahrt zu unserem „Toskana-Zuhause", wie es die Kinder liebevoll getauft hatten, vernahmen wir einen recht unangenehmen Geruch.

„Riechst du das auch?", fragte ich Peter. Wir senkten die Scheiben ein kleines Stück. „Da verbrennt jemand seinen Müll. Oder wir fahren in der Nähe einer Müllverbrennungsanlage vorbei", sagte er.

„Schließ die Fenster, das ist ja nicht auszuhalten! Wie kann man bei einer solchen Wetterlage auch noch Abfälle verbrennen?", entfuhr es mir. „Es findet ja gar kein Luftaustausch statt. Bin ich froh, wenn wir gleich wieder unser etwas höher gelegenes Areal erreicht haben."

Es roch nicht nur ekelig, sondern auch brenzlig. Rauch lag in der Luft. Das stinkende Zweitaktergemisch hatten wir jetzt hinter uns gelassen, aber der Brandgeruch verstärkte sich. Und dann hörten wir die ersten Löschhubschrauber. Es loderte tatsächlich irgendwo ein Feuer, was nicht heißen musste, dass nicht doch jemand zusätzlich so ignorant war und seinen Müll verbrannte. An dem Hubschrauber war an vier Seilen ein länglicher Sack befestigt, der mit Löschwasser gefüllt sein musste. Wir beobachteten, wie über einem entfernten Waldstück der Sack geleert wurde. Wir standen viele Minuten an einer Ampel und konnten beobachteten, wie ein Helikopter direkt über einem großen Bottich schwebte, den Sack eintauchte und ihn wieder füllte.

„Eigentlich kommen diese Löschhubschrauber nur zum Einsatz, wenn der Brandherd für die normalen Löschzüge nicht zu erreichen ist", sagte Peter.

„Oder wenn es sich um Waldbrände handelt", sagte ich. Es war ein Waldbrand. Wir sahen den Löschhubschrauber viele Male. Manchmal hörten wir auch nur die Geräusche der Rotoren und hofften, es möge nicht unser Olivenhain sein, der gerade dem Feuer zum Opfer fiel. Abends, bei einem Glas Wein auf der kleinen Terrasse, machte sich bei mir eine seltsame Beklommenheit breit. Wir saßen hier und machten Urlaub, schwitzend und klebrig, lauschten dem Zirpen der Grillen, dem unerträglichen Hundegebell, welches jetzt noch ergänzt wurde durch die Geräusche der Rotoren der Löschhubschrauber. Wir atmeten den Brandgeruch ein, von einem Brandherd, den wir nicht orten konnten und hofften, es sei nicht unser Berg. Den ganzen Tag über hatten wir unser Haus dicht verdunkelt, alle Blendläden zugeklappt, um die Sonneneinstrahlung so gering wie möglich zu halten. Damit hofften wir, nachts etwas besser Schlaf finden zu können.

Doch ich hatte Angst, dass wir den akuten Brandgeruch drinnen nicht frühzeitig wahrnehmen würden, wenn das Feuer sich nahe an unser Haus herangeschlichen hatte. Wir öffneten also wieder alle Fenster und Türen. Wir gingen ins Bett und schwitzten eine weitere Nacht. Mit Einbruch der Dunkelheit wurden auch keine Löschhubschraubereinsätze mehr geflogen. Und mit dem ersten Morgengrauen flogen die Hubschrauber wieder über unsere Köpfe hinweg.

Den Tag verbrachten wir am Haus mit Lesen und Relaxen, was aber nicht so einfach war. Jederzeit glaubte ich das Knistern eines Waldbrandes zu vernehmen. Wir bewegten uns kaum, weil die Hitze unerträglich war. Die Kinder spielten in der Nähe des Hauses und beschäftigten sich hervorragend mit dem Schnitzen von Stöcken, der Bearbeitung von Steinen und ihren mitgebrachten Spielsachen. Zwischendurch widmeten sie sich ausgiebig dem Wasserschlauch.

Irgendwann gegen Abend fingen wir alle gemeinsam an zu kochen. Es gab Hähnchen, Paprika, Zucchini, Auberginen, alles portionsgerecht geschnitten, angebraten in Olivenöl, geschichtet mit gekochten Nudeln, gewürzt mit scharfer Chilisoße und mit Käse überbacken. Wir hatten den Tisch auf der schmalen Veranda gedeckt und da es schon sehr dämmrig war, zündeten wir eine dicke Kerze an. Gemütlich wollten wir den Tag mit unserem Lieblingsessen ausklingen lassen.

Wir saßen alle am Tisch und Peter goss uns die Getränke ein, als sich Claas Hand in meinen Arm krallte und er mich mit riesig aufgerissenen Augen anstarrte.

„Mama, ich habe Angst! Guck mal, da vorne." Mir blieb fast das Herz stehen. Auch Peter war total erschrocken. Vor unserem Tisch, höchstens zwei Meter von der Tischkante entfernt, stand eine riesige, überdimensional große Dänische Dogge und sah sabbernd und grunzend zu uns herüber. Die Augen reflektierten das Kerzenlicht und der Anblick war furchterregend.

„Ganz ruhig. Bleibt ganz ruhig", sagte Peter, „macht jetzt keine schnellen Bewegungen und keine Geräusche mit dem Stuhl. Wir stehen jetzt langsam auf und schleichen ins Haus, am besten rückwärts. Los, ihr zuerst", sagte er zu Claas und mir. Ich ergriff Claas Hand. Vorsichtig schoben wir den Stuhl zurück und gingen die wenigen Schritte ins Haus. Das Riesenvieh behielten wir im Auge. Ich schloss schnell die Flügeltüren. Das Gleiche machte Peter auf der anderen Tischseite mit Nora.

Die Dogge schien uns zu beobachten. Langsam bewegte sie sich auf unseren Tisch zu. Unser Abendessen musste sie angelockt haben.

„Das sehe ich gar nicht ein, dass dieses Vieh jetzt unseren tollen Auflauf frisst. Ich gehe noch mal raus und verscheuche das Monster und versuche, unseren Auflauf zu retten. Sobald ich wieder drin bin, schließt ihr schnell die Tür hinter mir", sagte Peter. An Abendessen war nicht mehr zu denken. Wir hatten ein neues Problem. Wo kam dieser große Hund her? Jetzt konnten sich die Kinder nicht mehr frei bewegen, weil wir jederzeit damit rechnen mussten, dass dieser große Köter frei herumlief. Ich hatte ebenfalls Angst. Der Urlaub schien zum Albtraum zu mutieren.

„So geht es nicht. Ich habe ja den kleinen Zettel mit der Telefonnummer und wir werde gleich morgen bei dem Vermieter anrufen und ihm mitteilen, dass hier so ein großer Hund frei rumläuft", sagte Peter. „Und wenn er uns nicht versteht?", fragte ich.

Auf einmal fiel mir ein, dass die Außentür unseres Schlafzimmers offenstand. Ich raste die Wendeltreppe hinauf, knallte die Tür zu. Mir schlug das Herz bis zum Hals. Peter musste später überall im Haus nachsehen, ob das Vieh nicht zwischenzeitlich vom Hang aus seitlich in das Obergeschoss eingedrungen war.

Eine der schrecklichsten Urlaubsnächte in der Toskana lag vor mir. Wir öffneten nur die Fenster im Obergeschoss und gingen schlafen. Es war stickig und heiß, es roch nach Qualm, und wir alle bekamen kein Auge zu, da wir ständig an das Ereignis des Abends denken mussten. Dann stand Claas vor meinem Bett.

„Mama, ich habe unten was gehört. Ist der Hund noch da? Kann ich nicht lieber in dein Bett kommen?" Ich rückte zur Seite und der kleine warme Kinderkörper erhöhte die Temperatur unter meinem Laken um einiges. Wenig später hörte ich Nora.

„Wenn Claas in deinem Bett ist, möchte ich auch, ich habe auch Angst, ich will nicht alleine in meinem Zimmer sein."

„Komm rein," sagte Peter und rückte auch noch etwas zur Seite. Wir lagen zu viert nebeneinander und starrten in die Dunkelheit. Die Hunde auf der gegenüberliegenden Bergseite bellten und bellten und bellten. Und plötzlich hörten wir es alle. Jemand lief um unser Haus herum. Die Schritte waren ganz deutlich auf dem Kies zu hören. Das Geräusch entfernte sich und kam wieder. Dann hörten wir ein schabendes Geräusch an der Außentür unseres Schlafzimmers.

Ist die auch wirklich verriegelt, dachte ich. Ich stand vorsichtig auf und prüfte, ob der Riegel auch umgelegt war. Nach einer ungemütlichen, beengten Nacht, die alles andere als erholsam war, standen wir zeitig auf, frühstückten im Haus und Peter wählte die Nummer unseres Vermieters. Ihm war es egal, ob er ihn verstand oder nicht, er brüllte in den Hörer und mischte einige italienische Worte in seine Beschwerde ein. Er verlangte, dass die Sache sofort geklärt werden müsse, oder wir würden auf der Stelle abreisen. Der Vermieter hatte uns verstanden. Es dauerte nicht lange und sein Auto fuhr vor. Er entschuldigte sich, so hörte es sich wenigstens an. Er hatte erstaunlicherweise kapiert, was unser Problem war. Er ging den Olivenhain hinunter und forderte uns auf, ihm zu folgen. An einer kleinen Mauer, die mit einem hohen Zaun aufgestockt war, blieb er stehen und schon kamen sie angerannt, die Riesenhunde. Drei oder vier Dänische Doggen stoben, laut bellend, auf den Zaun zu und gebärdeten sich wie wild. Der Vermieter erklärte uns, so verstanden wir es, dass er mit dem Besitzer sprechen würde und die Hunde nicht mehr frei herumlaufen würden. Na, wer es glaubt, dachte ich. Wir verbrachten keine entspannte Minute mehr auf diesem Gelände. Von jetzt an waren wir immer ganz nah am Haus und ließen die Kinder nicht mehr aus den Augen. Als wir von einem Tagesausflug nach Pisa zurückkehrten, konnten wir nicht aus unserem Auto aussteigen, denn jetzt liefen zwei Doggen auf uns zu und schienen uns erwartet zu haben. Wir fuhren ganz nah an das Haus heran, um unsere Einkäufe auszuladen. Wieder rief Peter bei dem Vermieter an und beschwerte sich.

Der Waldbrand kam näher, der Geruch wurde stärker, die Hunde bellten lauter und die Doggen liefen nachts durch unseren Kies, obwohl wir uns mehrfach beschwert hatten. In dieser Nacht lag ich im Bett und dachte: Wenn Peter jetzt sagen würde, „Komm, es reicht. Wir fahren nach Hause", wäre ich noch in der Nacht aufgestanden und hätte gepackt. Doch wir hielten durch und machten noch einige tolle Ausflüge.

Der schönste war der in die Seealpen, denn er führte uns sehr hoch in die Berge. Die Temperaturen waren super angenehm. Wir erkundeten Lucca, entdeckten San Gimignano, Siena, Pisa und Florenz. Wir besichtigten die Steinbrüche von Carrara und auch in den Strandbädern der Versilia waren wir noch einige Male. Unser Vermieter hatte die türkisfarbene Schlange, aus der die einzige Erfrischung für unsere Kinder sprudelte, abmontiert und das Wasser im Garten abgedreht. Doch das konnte ich noch akzeptieren, denn das Löschen der Waldbrände nahm viel Wasser in Anspruch.

Einmal Toskana und nie wieder, schwor ich mir. Doch im Oktober des nächsten Jahres flog ich mit Nora eine

Woche nach Florenz. Bei angenehmeren Temperaturen verbrachten wir dort eine schöne Zeit. Es war halt eine Städtereise und es war Herbst. Nie wieder würde ich noch einmal ein Haus an einem Olivenhain anmieten, das stand für mich so fest, wie das Amen in der Kirche.

Dänischer Beagle-Urlaub

Ein langes Jahr ohne einen Urlaub lag hinter uns. Wir hatten beide hauptsächlich gelernt und uns auf unsere Diplomarbeiten konzentriert. Nach dem Abgabetermin waren wir urlaubsreif.

Wir fuhren nach Dänemark an die Nordseeküste. Es war Oktober. Und es war kalt. Klassisches Herbstwetter erwartete uns. In der gewählten Urlaubsregion würde nicht viel los sein. Aber genau das suchten wir, einen Ort, an dem wir eins werden konnten mit der Natur und fernab von jeglichem Tourismus einige Tage würden ausspannen können. Zu unserem Glück fanden wir genau das Häuschen, das wir uns vorgestellt hatten. Vorteilhaft bei der Auswahl war der Umstand, dass im Oktober, wenn es regnete und stürmte, kaum Urlauber Interesse an der Nordseeküste hatten. Und so hoch in den Norden fuhr eh niemand aus unserer Region.

Unser freistehendes Traumhaus lag direkt hinter den Dünen. Wir freuten uns darauf, vom Wind zerzaust und durchgefroren mit einem Gläschen Rotwein in der Hand vor dem knisternden Kaminfeuer zu sitzen und die wohlige Wärme zu spüren. Relaxen war angesagt. Dazu gehörte das Umblättern von Buchseiten und das Kraulen unserer Hunde. Die nächsten Nachbarhäuser waren weit entfernt und schienen unbewohnt zu sein. Die Fensterläden der meisten Ferienhäuser waren geschlossen und sie sahen so aus, als hätte man sie winterfest verlassen.

Wir freuten uns auf lange Spaziergänge am Meer und darauf, endlich mal wieder ausgelassen mit unseren Beaglen, Kipling und Floyd, am Strand spielen zu können.

Durch einen winzigen Windfang betraten wir den Wohnraum, der geprägt war von einem riesigen, offenen Kamin aus Naturstein und einer weichen, kuscheligen Sitzgruppe. Es gab zwei Schlafzimmer. Eines bezogen wir, in das Kinderzimmer stellten wir unser Gepäck. Die Betten waren schnell hergerichtet: Spannbettuch, Schlafsack, Kuschelkissen, fertig. Ich stapelte meine Bücher auf dem Beistelltisch, denn ich hatte enormen Nachholbedarf und die Nase voll von Fachliteratur. Peter räumte den Weinvorrat und das Hundefutter ein. Ein Schränkchen musste etwas beiseitegerückt werden und beide Hunde hatten auch gleich ihre mit warmen Decken gepolsterte Schlafstätte gefunden. Peter schichtete einige Holzscheite auf und schnell loderte das erste Kaminfeuer. Die Idylle schien perfekt.

Die erste Gassi-Runde am Tag machten unsere Hunde allein. Wir öffneten die Terrassentür und von der Küche aus liefen die Hunde in die freie Natur. Kipling und Floyd tobten eine kurze Zeit und dann rasten sie los. Ein kleiner Weg schlängelte sich bis zum Strand. Die Hunde waren sofort aus unserem Blickfeld verschwunden. Das Dünengras war hoch und sie schienen es zu durchpflügen. Da der Beagle als Merkmal seiner Rasse eine hochstehende Rute mit einer kleinen weißen Schwanzspitze hat, entdeckten wir die beiden dennoch. Im Abstand von etwa zwei Metern bewegten sich zwei Beagleschwanzspitzen Richtung Strand. Unsere Urlaubsbegleiter bogen nie vom Weg ab und rasten durch die Dünenlandschaft. Das harte Gras wird sicher gepikst haben und schien sie davon abzuhalten, den schmalen Weg zu verlassen. Umso besser: Ein Ruf und ein Pfiff in die richtige Richtung, und beide Beagle-Ruten kamen wieder auf unser Haus zu. Floyd war noch jung und folgte nicht so gut, aber er lief immer brav hinter Kipling her.

Der erste große Strandspaziergang stand bevor. Eingepackt in dicke Jacken, mit Schal, Mütze und Handschuhen ausgerüstet, ging es los. Jeder hatte sich eine Hundeleine umgehängt und einige Wurfutensilien dabei. In den Taschen steckten Erdnüsse für uns und Hundekuchen für unsere Vierbeiner. Die unendliche Weite dieses herbstlichen Strandes begeisterte uns. Das Meer war rau und aufgewühlt und der Wind nahm uns den Atem. Wir suchten Muscheln und Steinchen, entdeckten kurioses Strandgut, machten lustige Fotos von uns und von den Hunden vor malerischer Kulisse. Die Wellen türmten sich auf und trafen mit ungeheurem Getöse auf den Strand. Wir knabberten unsere Erdnüsse und belohnten einen ausgeführten Befehl unserer Beagle mit einem Hundeleckerchen. Floyd verbellte einen abgestürzten Drachen, der halb vom Sand verdeckt ein Relikt des vergangenen Sommers zu sein schien. Die Kunststoffhaut blähte sich auf, fiel wieder in sich zusammen und stellte für unseren kleinen Floyd eine riesige Bedrohung dar. Er bellte aus tiefster Kehle und sprang wie wild herum, bis Kipling, der ältere und coolere unserer beiden Beagle, schnuppernd auf das Objekt der Gefahr zuging und es achtlos passierte.

Am Strandabschnitt, der unserem Haus am nächsten lag, trugen wir Strandgut zusammen, das als Brennmaterial dem Kamin hätte dienen können.

„Man weiß ja nicht, wie lange unser Holzvorrat reicht", spekulierte Peter. Wir fanden die seltsamsten Holzstöckchen. Manche waren von Wasser, Salz, Sand und Luft so bearbeitet, dass sie wie Knochen aussahen. Die Krimifantasien gingen mit mir durch und nicht selten erschauderte ich, wenn ich mir die Gebilde ansah.

„Das sieht wie ein Unterschenkelknochen aus", sagte ich. Meine spekulativen Gedanken hielten mich gefangen.

„Was machen denn die beiden da vorne?", fragte Peter. „Sie wälzen sich jetzt schon eine ganze Weile an ein und derselben Stelle. Ich schau mal nach." Er ging in schnellem Schritt auf die Hunde zu. Sie hatten einen verendeten Wasservogel gefunden. Die Verwesung war schon stark fortgeschritten und damit auch der Gestank, den der Vogel verbreitete. Aber unsere beiden Hunde fanden gerade das ganz herrlich, denn sie hatten sich bereits minutenlang darin genüsslich gewälzt. Wir konnten sie nicht mehr anfassen. Dieser erbärmliche Geruch schlug mir auf den Magen.

„Wie muss das erst in einem geschlossenen Raum sein? So kommen die beiden mir nicht in unser Haus!", rief ich Peter zu. Peter brüllte gegen den Wind das Kommando für die Hunde, von ihrer Beute abzulassen. Aber nichts passierte. Ich leinte beide Hunde an und zog sie mit aller Kraft von der Beute weg. Dann warf ich ihm meinen Oberschenkelknochen zu und damit hebelte er die Überreste der Ente hoch. Wir gingen vom Strand aus wieder auf die Dünen zu. Dort schleuderte er diesen gammeligen Rest in hohem Bogen in die Dünen hinein. Der Strandspaziergang war beendet. Hundebaden war angesagt. Anfänglich versuchten wir noch, mittels Stöckchenwerfen Kipling und Floyd zu motivieren, das Stöckchen aus dem Meer herauszuholen, um so durch ein Bad in den Fluten den gröbsten Duft nach Aas abzuspülen. Aber Kipling trabte nur durch die seicht auslaufenden Wellen und bekam gerade mal etwas nasse Pfoten. Floyd war wasserscheu ohne Ende, tat zwar so, als wolle er begeistert das Stöckchen apportieren, zog aber die Vollbremse, wenn auch nur eine Kralle seiner Pfoten dem

Wasser zu nahekam. Am Ferienhaus wieder angekommen, fixierten wir sie am Regenrohr. Ich bereitete den ersten Eimer mit Badewasser vor.

„Wasser alleine reicht da aber nicht, gegen den Gestank musst du Schaum einsetzen", riet Peter. Wir badeten unsere beiden Naturburschen nicht sehr oft und hatten somit auch kein Hundeshampoo eingepackt. Es sind ja keine weißen Pudel. Ich öffnete das Badezimmerfenster einen Spalt und fragte: „Was meinst du: „Wash and go" oder Shampoo für strapaziertes Haar mit anschließendem Seidenglanzeffekt?" Wir entschieden uns für „Wash and go". Floyd freute sich, als ich über die Terrasse auf ihn zukam und den Eimer neben ihm abstellte. Genüsslich schlürfte er einen großen Schluck des handwarmen Wassers. Die Hundebadeaktion war anstrengend. Wir brauchten mehr als drei Stunden, bis das letzte Halsband geschrubbt war, beide Hunde tödlich beleidigt auf ihren Decken lagen und die letzten Spuren dieser großen Wäsche beseitigt waren. Peter heizte den Kamin an. Mir krümmten sich, trotz des warmen Wassers, die Finger vor Kälte. Wir regenerierten uns schnell und hatten die arbeitsintensive Aktion nach einem Gläschen Rotwein und einem leckeren Abendessen fast wieder vergessen.

Am nächsten Morgen entschloss ich mich, etwas länger liegen zu bleiben. Peter stand auf, öffnete die Terrassentür und entließ die beiden Hunde in den kühlen Morgen.

„Wird heute ein schöner Tag", sagte er. „Der Himmel verspricht gutes Wetter." Ich rollte mich noch einmal für ein paar Minuten im warmen Schlafsack ein und hoffte, bald das Knistern des Kaminfeuers zu hören. Peter kroch auch noch einmal zum Aufwärmen in unseren großen Doppelschlafsack. Wir wärmten uns gegenseitig und warteten auf das Tapsen der Hundepfoten, auf das Schnüffeln und die Aufforderung zum Frühstück.

Doch nicht die erwarteten Geräusche ließen uns hochschrecken, sondern Gestank katapultierte uns aus dem Schlafsack. Floyd stand vor unserem Bett und forderte, seinen Napf zu füllen. Wer von den beiden die gute Idee gehabt hatte auf der ersten Gassi-Runde des Tages die Dünen zu erklimmen und diesen vergammelten Rest der alten Ente zu bergen, ließ sich nicht mehr feststellen. Aber beide Hunde hatten sich darin gewälzt. Den eklig stinkenden Entenkadaver hatten sie auf der Terrasse abgelegt.

Die Prozedur vom Vorabend wiederholte sich noch vor unserem Frühstück. Peter verpackte die kläglichen Reste der Ente in eine Plastiktüte, verknotete sie sorgsam und versenkte sie in der Tiefe des Mülleimers, der draußen an der Außenwand stand. Wir hofften, dass damit das Problem erledigt sei und unsere Hunde nicht noch einmal eine Beute finden würden, die unsere Geruchsnerven so arg strapazierte. Doch es sollte nicht die letzte große Waschaktion gewesen sein, die uns in diesem Urlaub erwartete.

Touristische Attraktionen gab es während unseres Aufenthaltes nicht. Wir besuchten kein Museum und keine Ausstellung, besichtigten keine Stadt und keine Denkmäler. Unser einziges Ziel war ab und zu ein niedliches kleines Hafenrestaurant, wenn wir keine Lust hatten, in der Küche zu stehen. Ansonsten lebten wir im Einklang mit dem Wetter und dem Meer. Es war schon erschreckend, wie besitzergreifend man mit der Zeit wird. Wir sprachen von „unserem" Haus, „unserem" Strand, „unserem" Meer,

„unserem" Weg, sogar von „unserem" Himmel. Wir begegneten keinem Menschen und glaubten bald, dass wir all dieses Schöne mit niemandem würden teilen müssen. Um unseren Holzvorrat etwas in die Länge zu ziehen, brachten wir nach jeder Strandwanderung etwas von „unserem" Strandholz mit und stapelten es an der Hauswand um die Ecke. Ich bildete mir ein, dass es anders roch als die Holzscheite, die für uns im kleinen Schuppen aufgestapelt bereitlagen.

Der Kamin war der zentrale Punkt in diesem Urlaub. Wir ließen das Feuer fast nie ausgehen. Da wir oft nachts sehr spät den Weg vom Sofa in den kalten Schlafsack fanden, denn die Schlafräume waren nicht beheizt, konnten wir morgens oftmals das Kaminfeuer mit der Glut der Nacht wieder neu entfachen. Wenn wir nicht aufpassten, brannte das Feuer komplett herunter und erkaltete. Wen die Wahl am Morgen traf, das neue Kaminfeuer zu entzünden, entschied sich nicht immer schnell. Heute fiel das Los auf mich. Mein erster verschlafener Blick galt den Hunden. Kipling schlief tief und fest. Er schnarchte leise. Aber er lag nicht, wie es vorgesehen war, auf seiner Hundedecke. Er hatte sich den Luxus erlaubt, auf das Sofa umzuziehen. Diese Schlafstätte galt bei uns als absolutes Tabu. Einen Hund auf dem Sofa wollte ich zu Hause ebenfalls nicht. Auch wenn die Handhabung im Urlaub etwas großzügiger hätte ausfallen können. Wir wollten unsere Vierbeiner gar nicht erst an etwas gewöhnen, das wir später bereuen würden. Und außerdem waren wir ja hier nur zu Gast, auch wenn wir alles als das „Unsere" bezeichneten. Kipling lag allerdings nicht wie ein normaler Hund auf dem Sofa. Er lag auf dem Rücken, alle Extremitäten von sich gestreckt, die Pfoten und seine Rute. Seinen Kopf hatte er zur Seite gedreht und es schien als garantierte er damit seine stabile Lange. Die Lefzen hingen zu beiden Seiten entspannt herunter und gaben den Blick auf sein rosafarbenes Zahnfleisch und ein makelloses Hundegebiss frei.

Ich brüllte nicht sofort los, sondern erfreute mich an dem witzigen Anblick und schlich zurück ins Schlafzimmer, um den Fotoapparat zu holen. Kipling hatte mich bemerkt, ließ sich mit einem Seufzer auf die Seite fallen und glitt, sich reckend und streckend, wie in Zeitlupe vom Sofa. Aber sein Blick verriet, dass er realisierte, dass ich ihn bei etwas Verbotenem erwischt hatte. Schuldbewusst rollte er sich auf seiner Decke ein und schlief weiter. Doch wo war Floyd?

Er lag nicht auf seiner Decke. Auch auf dem Sofa entdeckte ich ihn nicht. Er hatte sich auch nicht hinter einem der großen Sofakissen versteckt. Leise rief ich nach ihm. Nichts rührte sich. Ich öffnete die Tür zu unserem Kofferzimmer. Aber hier entdeckte ich ihn ebenfalls nicht.

„Floyd", rief ich leise ins Schlafzimmer hinein, schließlich wollte ich Peter nicht wecken. Aber auch hier rührte sich nichts. Ein kurzer Blick unter das Bett reichte, mehr Möglichkeiten hatte er nicht, um sich in diesem Zimmer zu verstecken. Es sei denn, er wäre in unser Bett gesprungen, was eine absolute „Aufenthaltsverbotszone" für unsere Hunde war. Doch man weiß ja nie, Kipling hatte schließlich auch gerade bewiesen, dass er durchaus mal schlecht hören konnte. Aber auch im Bett lag er nicht. In der Küche war Floyd ebenfalls nicht und im Bad hatten wir ihn auch nicht vergessen. Floyd war weg.

„Peter, wer hat die Hunde gestern Abend zuletzt herausgelassen, viel wichtiger, wer hat sie wieder hereingelassen?", rief ich.

„Keine Ahnung", nuschelte Peter und zog sich den Schlafsack über den Kopf. „Ist das Feuer schon an?", fragte er.

Mein Gott. Hoffentlich hatten wir gestern Abend nicht vergessen, den Hund wieder hereinzulassen. Kipling war da, aber war der Kleine mit ihm zusammen wieder ins Haus hineingeschlüpft. Ich konnte mich nicht erinnern. Hoffentlich hatte das arme Tier nicht die ganze Nacht frierend vor der Terrassentür gesessen. Mein schlechtes Gewissen plagte mich. Ich riss die Außentür zur Terrasse auf und brüllte seinen Namen in den kalten Morgen. Aber das Einzige, was von draußen hereindrang, war fürchterliche Kälte. Ich wurde panisch, lief zurück ins Haus und zerrte an Peters Schlafsack, um ihn dazu zu bewegen, sofort aufzustehen.

„Los, steh auf! Wir müssen Floyd suchen." Ich stand an der Schlafzimmertür, schaute noch einmal zu Kipling herüber, als ich aus dem Augenwinkel eine Bewegung wahrnahm. Ich glaubte meinen Augen nicht zu trauen. Der Anblick war schrecklich. Ich konnte kaum glauben, was ich sah. Kipling auf dem Sofa und der Gedanke an ein paar Hundehaare, die vom Sofa entfernt werden mussten, war dagegen mehr als harmlos.

Floyd lag im Kamin. Die Asche musste noch angenehm warm sein. Er hatte seinen Kopf leicht gehoben und die Ohren etwas angespannt. Sicher wollte er nur sehen, ob es schon Frühstück gab. Dann gähnte er ausgiebig und stand auf. Der ehemals gut zu einem Drittel weiße Hund war kohlrabenschwarz. Zwei kesse Hundeaugen blickten mich erwartungsvoll an.

Mir entfuhr ein Schrei, der nicht nur Peter dem Schlafsack katapultierte. Auch Kipling lief aufgeschreckt durch den Raum. Jetzt verfließ Floyd seine angenehme Schlafstätte und sprang in das Zimmer.

„Ab auf deine Decke, sofort!", brüllte ich und versuchte, ihn am Halsband zu erwischen. Es war genau die falsche Reaktion. Er entwischte mir, glaubte, wir spielten Fangen. Der dreckige Hund lief kreuz und quer durch den Raum, sprang elegant über das Sofa, schüttelte sich und lief in die Küche, um erst mal den Wassernapf bis auf den Grund zu leeren. Da stand ich jetzt in unserem Traumhaus, im Nachthemd, vor einem kalten Kamin, in einem völlig verdreckten Wohnraum, mit einem schmutzigen Hund, knurrendem Magen, den Tränen nahe. Und das nannte sich Urlaub.

Peter und ich teilten uns die Schadensbeseitigung. Er badete Floyd, ich suchte den Staubsauger und begann mit meiner Lieblingsbeschäftigung, dem Putzen.

„Wovon erholen wir uns hier eigentlich? Von einem anstrengenden Jahr oder von den ständig wiederkehrenden Hundebade- und Putzaktionen?", fragte ich Peter am Abend. Er grinste und setzte sich mit einer Flasche Wein und zwei Gläsern zu mir vor den Kamin. Er hatte ein hervorragendes Pastagericht zubereitet. Unsere beiden Beagle lagen ausgestreckt vor uns und ließen sich das Fell wärmen. Am Ende des Tages haben wir über die Aktion von Floyd sogar gelacht. Wir liebten unsere Hunde und ich konnte ihnen vieles verzeihen, vor allem diese unfreiwillige Putzaktion.

In dem winzigen Krämerlädchen, in dem wir alle paar Tage unsere Lebensmittelvorräte auffrischten, gab es auch eine Fleischtheke.

„Sollen wir uns mal was Gutes kochen?", fragte Peter und zeigte auf einen Brocken rotes Fleisch, das in einer Blutlache auf einem weißen Tablett vor uns lag.

„Nein, auf gar keinen Fall, so was esse ich nicht." Ich sah Peter an und er grinste.

„Ich habe nichts gegen einen Schweinebraten bei Oma und auch nichts gegen einen leckeren Sauerbraten bei Mutter, aber lass uns hier lieber bei Pasta bleiben. Was ist das überhaupt für ein Fleisch?"

Es war ein Schweineherz, das da so unappetitlich dekoriert vor mir lag und mir wurde auf der Stelle schlecht.

„Das nehmen wir!", entschied Peter. Der Verkäufer verstand nicht, was Peter gesagt hatte, und mit Gesten, Nicken und Zeigen traf er erneut die Wahl. Mein Gezeter war groß.

„Oh, nein", rief ich. „Das esse ich nicht, niemals! Ich gehe spazieren, wenn das in der Pfanne brutzelt. Ich will den Gestank nicht im Haus haben. Ich bin auf Diät." Peter fand, es sei eine gute Idee und es machte ihm sichtlich Spaß, mich zu ärgern.

„Lass mich mal machen, du wirst dich noch wundern, wie köstlich so ein Schweineherz schmeckt." Seine Kochkünste in allen Ehren, dachte ich, aber das esse ich nicht. Erst vor der Haustür lüftete er das Geheimnis.

„Ich kenne doch deine Essgewohnheiten und deine Geschmacksnerven. Hast du wirklich geglaubt, dass ich das für dich zubereiten werde? Das ist für unsere Hunde, wir gönnen ihnen heute mal etwas Gutes. Immer nur Dosen- oder Trockenfutter. Ich bin mal gespannt, wie sie diese köstliche Mahlzeit verschlingen werden." Ich zeigte mich versöhnlich. Aber es gefiel mir nicht, dass Peter das Fleisch später in unserer Küche abkochen würde. Wer weiß, wie das stinkt, dachte ich.

Wir packten unsere Einkäufe aus und räumten alles in die passenden Schränke ein. Die Hunde liefen stets um uns herum und warteten darauf, dass aus den so herrlich raschelnden Tüten und Verpackungen eine Kleinigkeit für sie abfiel. Vor allem Floyd hatte in dieser Hinsicht eine penetrante Art, was das Betteln um Leckerchen anging. Sobald er das Rascheln von Papier hörte, kam er kurz nachsehen, ob für ihn möglicherweise etwas dabei war. Er ließ sich keine Einkaufstasche entgehen. Auch das Geräusch einer sich öffnenden Kühlschranktür holte ihn aus jedem Tiefschlaf.

Peter entfernte die Rascheltüte von dem Schweineherz und hielt den Batzen, auf Wachspapier gebettet, Floyd entgegen: „Na, was hältst du davon?", fragte er. Doch bevor der Satz seinen Mund vollständig verlassen hatte, schlug Floyd seine Reißzähne in das Stück Fleisch und schleuderte dieses kleine Schweineherz mit ruckartigen Bewegungen hin und her. Er ließ es fallen, schnappte wieder zu, wirbelte den Kopf, wild vor Begeisterung von einer Seite zur anderen. Er drehte sich um seine eigene Achse und sprang, wie von einer Tarantel gestochen durch die Küche. Peter und ich brüllten beide durcheinander unsere Befehle. Aber Floyd ignorierte uns. Ich riegelte ihm den Weg zum Wohnraum ab, er schlug mir das Herz vor die Jeans, knallte es vor die Küchenschranktüren, mal rechts, mal links. Das Blut bespritzte die komplette Küche voll. Die weiße Einbauküche sah aus, als hätten wir in ihr das Schwein selber geschlachtet, dessen Herz Floyd gerade durch die Gegend wirbelte.

Peters gute Idee blieb auch seine gute Idee, vom Kauf bis zur endgültigen Abnahme der gereinigten Küche durch mich. Ich stand ihm gerne auch die Pluspunkte und die Ehre zu, die Kipling und Floyd ihm bei ihrer delikaten Mahlzeit zollten.

Der Urzustand der Küche war wiederhergestellt. Doch ich glaube, eine Speziallampe, wie ich sie aus den Fernsehkrimis kannte, zur Identifizierung von Blutspuren, hätte jeden Kriminologen ein Massaker vermuten lassen.

So unwahrscheinlich sich das jetzt auch anhören mag, unsere Hunde hatten einen regelrechten Wellnessurlaub. Ob sie es wohl auch so gesehen haben? Sie wurden nämlich noch einmal gebadet.

Die Heckklappe von unserem Auto öffnete sich und beiden Hunde sprangen sogleich hinein. Man brauchte sie nie aufzufordern. Wer im Auto saß, war auf jeden Fall dabei und musste nicht zu Hause zu bleiben. So viel hatten beide in ihrem kleinen Hundegehirn abgespeichert. Wir fuhren zu einem neuen Strandabschnitt. Der Wind war an diesem Tag sehr stark und ich hatte schon angemerkt, dass wir die Wanderung heute nicht so ganz weit ausdehnen sollten. Eine schnell zurückgelegte Strecke, wenn der Wind von hinten unterstützend wirkte, konnte auf dem Rückweg mit Wind von vorne gut mehr als die doppelte oder sogar die dreifache Zeit kosten, ganz zu schweigen von der enormen Anstrengung. Vom Wind getragen oder auch von der grenzenlosen Freiheit beflügelt, liefen die beiden Hunde los und wir marschierten hinterher. In der Ferne sahen wir etwas Großes, Dunkles am Strand liegen. Auch unsere Hunde hatte das seltsame Objekt entdeckt und rannten darauf zu.

„Komm, lass uns die beiden an die Leine nehmen, wer weiß, was das da vorne liegt", rief ich. Ob der Wind uns einen Streich spielte und unsere Befehle nicht zu den Hundeohren trug, ich weiß es nicht, sie folgten nicht, obwohl wir uns heiser riefen. Wir kamen dieser dunklen Masse näher und näher, aber wir konnten nicht ausmachen, was dieses riesige Objekt vor uns am Strand war. Erst, als wir direkt davorstanden, erkannten wir, dass es ein gestrandeter und verendeter Wal war. Viele Tiere hatten sich schon an seinem Kadaver bedient, und der Anblick, der sich uns bot, war schauderhaft. Da wir mit dem Wind gingen, rochen wir diesen unbeschreiblich durchdringenden Verwesungsgestank erst, als wir in unmittelbarer Nähe standen.

Unsere Hunde gebärdeten sich wie wild, sie wurden mir richtig unheimlich. Kam jetzt so etwas Ursprüngliches wie der Jagdinstinkt durch? All unsere Rufe, von dem Aas abzulassen, wurden missachtet. Peter nahm dann Floyd ins Visier und ich Kipling. Wir stellten uns hinter den Wal, holten einmal tief Luft, und jeder spurtete zu seinem ausgewählten Hund und ließ die Leine einklicken. Wie zogen mit aller Kraft die Hunde von dieser gigantischen Masse verwesenden Fleisches weg. Da fiel mir ein, dass wir diese beiden Beagle in unserem schönen sauberen Auto zum Haus fahren mussten. Zum Glück hatten wir alte Hundedecken im Auto, die wir nach der Fahrt zu unserem Haus in die Mülltonne steckten. Wir fuhren mit geöffneten Fenstern und hielten unsere Köpfe zum Atmen nach draußen in den Fahrtwind. Diesmal nahmen wir das Shampoo für strapaziertes Haar und späteren Seidenglanzeffekt, denn „Wash and go" war aufgebraucht. Zwei Taschenbücher nahm ich ungelesen wieder mit nach Hause. Die Endreinigungsgebühr für das Haus hätten wir uns auch sparen können, so viel, wie wir geputzt haben.

New York zum Schnäppchenpreis

New York, so fern, so unerreichbar! Ich las immer mal wieder die Reiseangebote in der Tageszeitung und manchmal brachte ich auch aus dem Reisebüro einige Prospekte mit, um abends, gemütlich im Bett liegend, gedanklich in die Ferne zu schweifen. Die gigantischen Möglichkeiten, Informationen über das Internet zu bekommen, konnte ich damals noch gar nicht erahnen. Und dann hielt ich ein sonderbares Angebot in der Hand: „Finanzieren Sie die Jubiläumsausgabe der bayerischen Polizeizeitschrift mit einer Anzeige und alle Inserenten erhalten die Gelegenheit, an einer fünftägigen New-York-Reise zum absoluten Sonderpreis teilzunehmen.“

„Solange der Vorrat reicht“, stand klein gedruckt am Rande. Wir hatten ein kleines Fachgeschäft für Haustextilien in einer westfälischen Kleinstadt und der Werbeerfolg einer solchen Anzeige wäre natürlich gleich null gewesen, vor allem, da das Jubiläumsblatt nur in München, circa siebenhundert Kilometer von unserem Geschäftssitz entfernt, verteilt werden sollte. Mein Mann überredete seine Mutter, diese Anzeige aufzugeben. Der Vergleich, ob wir nun eine heimische Schülerzeitung oder das Vereinsblatt des Kaninchenzuchtvereins mit einer Anzeige unterstützen oder diese besagte Anzeige aufgeben, sei für die Steigerung des Geschäftserfolges völlig unerheblich, waren seine Argumente. Die Anzeigenkosten waren minimal im Vergleich zu dem Schnäppchenpreis der Reise. Sie ließ sich überreden und gab diese Anzeige auf. Wir sahen uns in Gedanken bereits die Fifth Avenue entlangbummeln. Vielleicht haben wir ja Glück und zählen zu den Auserwählten. New York, wir kommen!

Von da an wartete ich auf den Postboten, der die Reisebestätigung bringen sollte, aber nie war ein Brief aus München dabei. Na, für uns hat dann der Vorrat sicherlich diesmal nicht gereicht und die Anzeigenkosten sind in den Sand
gesetzt, dachte ich. Doch ich irrte mich. Vierzehn Tage
nach Anzeigenaufgabe kam eine Buchungsanfrage und
wenige Tagen später die Reisebestätigung und – tatsächlich
ohne Haken und Ösen – zu dem Spottpreis, wie angekün-
digt. Der Flug ging von München nach Paris und von dort
weiter nach New York zum Kennedy-Airport. Wir mussten
also nur die Anreise nach München organisieren. Diese
Kosten hatten wir vorher natürlich berücksichtigt. Trotzdem blieb der Reisepreis unschlagbar.

Wir hatten einen schnellen Porsche. Autofahren war
unsere Leidenschaft und der Benzinpreis nach heutigen
Verhältnissen im Keller. Die Fahrt nach München war kein
Problem, eher eine Herausforderung. Damals achteten wir
noch genau darauf, dass der Fahrerwechsel eingehalten
wurde, nicht um den anderen zu entlasten, nein, wir wollten
die Fahrstrecke ehrlich unter uns aufteilen. Am liebsten
wäre jeder von uns die Strecke allein gefahren.

Wir waren glücklich, saßen im Flugzeug Richtung New
York, umzingelt von bayrischen Mitreisenden. Jedem einzelnen war das „Bayer sein" auch sofort anzusehen war. Die
Krönung war allerdings ein Paar, das uns eher verkleidet
vorkam. Der Herr trug eine kurze Lederhose, mit rot-weiß-
kariertem Hemd, einen Trachtenjanker mit Hirschhorn-
knöpfen und einen Seppelhut mit einem Gamsbart dekoriert. Die Beinbekleidung bestand aus handgestrickten
Trachtenstrümpfen, die die knackigen behaarten Waden
freigaben. Die Dame in seiner Begleitung hatte dazu ein

passendes Dirndl ausgewählt. Wir, die mit unserer Kleidung sicher keinen Eindruck schinden konnten, trugen Jeans mit Schlag, unten ausgefranst und Baumwollshirts mit Kapuze. Wir wurden ebenso beäugt, wie wir unsere Mitreisenden musterten. Aber all das kümmerte uns nicht, wir hatten was wir brauchten: Einen Fensterplatz, dazu im Raucherabteil und flogen zum ersten Mal in unserem Leben „über den großen Teich". Ein Raucherabteil. Heute undenkbar. Aber es sind auch bereits mehr als vierzig Jahre vergangen seit diesem Trip. Damals war uns das Rauchen wichtig.

Wir wohnten im Tudor Hotel nahe dem Hudson River direkt in Manhattan. Verschiedene Ausflüge gehörten zur Reise dazu und das auch noch mit ständiger Begleitung eines deutschsprachigen Reiseleiters, falls es erwünscht war. Gern wären wir auf eigene Faust durch New York gestreift, aber uns erschien es sinnvoller, sich der Gruppe anzuschließen. Wir nutzten die Reiseleitung, denn in nur fünf Tagen wollten wir so viel wie möglich besichtigen und über New York erfahren.

Wir standen auf der Aussichtsplattform des World Trade Centers und warteten, dass King Kong sich an der Fassade zeigte. Bei Nacht auf dem Empire State Building, das gigantische Lichtermeer zu Füßen, zählten wir die unendlich vielen Flugzeuge, die gleichzeitig im Luftraum über New York ihre Runden drehten. Wir machten eine Bootsfahrt auf dem Hudson River und bestaunten die Freiheitsstatue. Auf einer Taxifahrt durch Harlem hielten wir an New Yorks ältestem Steakhouse und aßen ein riesengroßes Steak. Peter machte ein Foto davon und wir stellten zum Größenvergleich eine Coca-Cola-Flasche dazu. Dann bestiegen wir einen Greyhound-Bus und fuhren nach Washington. Wir besichtigten das Museum für Luftfahrt, bestaunten die Mondfähre des ersten Mondflugs und selbst Mondgestein durften wir berühren. Weiter stand auf dem Programm ein Besuch im Weißen Haus und im Kapitol. Abends speisten wir im besten Fischrestaurant am Potomac. Leider mussten wir für diesen Ausflug die Tour zu den Niagarafällen ausfallen lassen. Aber man kann bekanntlich nicht immer alles haben. In New York tauchten wir in die Kneipenszene ein und besuchten einen typischen Jazzclub. Selbst vom Indian Summer bekamen wir einen kleinen Eindruck. Rockefeller Plaza und Bloomingdales zum Shoppen durften auch nicht fehlen. Viel geschlafen haben wir auf jeden Fall nicht. Wir fotografierten um die Wette, ich mehr die Sehenswürdigkeiten, Peter mehr die Architektur, und unser leer mitgenommener Koffer füllte sich mit Souvenirs. Eine besonders gute Erinnerung habe ich an ein Geschäft, das so groß war wie unser ortsansässiges Karstadt-Kaufhaus. Und hier gab es in drei Etagen nur Schallplatten. Wir waren stolz, Platten kaufen zu können, die es auf dem deutschen Markt noch gar nicht gab. Die nächsten Feten waren gerettet.

Es waren lange aber faszinierend und erlebnisreich Tage, gespickt mit Eindrücken und Erfahrungen. Wir haben New York nicht nur gesehen, wir haben New York gespürt mit allen Sinnen.

Müde drückten wir uns in den Flugzeugsitz und warteten auf den Rückflug. Doch der Abflug verzögerte sich. Unser Flieger stand auf dem Kennedy-Airport und bewegte sich nicht von der Stelle. Seit mehr als einer halben Stunde leuchtete das Symbol auf, das uns aufforderte, das Rauchen einzustellen und sich anzuschnallen. Eine steigende Unruhe machte sich breit. Die Stewardess lief aufgeregt den Gang auf und ab, wurde immer wieder von Passagieren angehalten und gefragt, warum wir denn nicht endlich starten würden.

„Der Luftraum ist noch nicht freigegeben, Überlastung", sagte sie.

„Unmöglich, wir sind doch noch gar nicht auf der Startbahn, wir befinden uns noch in Parkposition", sagte Peter.

Wie gerne hätten wir jetzt eine Zigarette geraucht, aber wir befolgten natürlich die Anweisungen. Dann, nach mehr als einer Stunde Verspätung, meldete sich der Kapitän zu Wort. Er begrüßte uns herzlich an Bord und teilte den Reisenden mit, dass noch zwei Passagiere fehlten. Diese würden aber jeden Moment an Bord erscheinen und dann erwartete er auch die Starterlaubnis. Er wünschte uns auch im Namen der Crew einen guten Flug und einen angenehmen Aufenthalt an Bord.

Ich dachte, jetzt kommt gleich ein abgehetzter, gestresster, dynamischer Geschäftsmann im dunkelblauen Anzug mit Aktenkoffer und Zeitung unter dem Arm an Bord. Aber dem war nicht so. Das Bayern-Pärchen in Trachtenkleidung torkelte durch den Mittelgang. Ob sie den Bustransfer verpasst oder nur zu tief ins Glas geschaut hatten, da ihnen die Flugangst anzusehen war – keine Ahnung. Aber sie waren auf jeden Fall die Ursache unserer Verspätung.

Der Flug war lang. Der Flug wurde unbequem. Wir hatten natürlich wieder einen Fensterplatz im Raucherabteil und unsere Plätze waren genau am mittleren Notausgang. Die Beinfreiheit war hier etwas eingeschränkter als auf den anderen Plätzen. Ich bin zwar klein und meine Sitzprobleme hielten sich in Grenzen, aber Peter hatte seine Schwierigkeiten. Wohin mit seinen langen Beinen? Ihm bereitete das steife Sitzen Probleme. Doch wir hatten keine Wahl. Um uns die Beine zu vertreten, blieb nur die Möglichkeit, ab und zu einmal durch den Mittelgang des Flugzeugs zu schreiten. Aber diese Spaziergänge wurden auch von anderen Mitreisenden genutzt.

Wir mussten schon lange über dem europäischen Kontinent sein, doch eine dichte Wolkendecke verhinderte jegliche Sicht auf die Erde. Die Maschine drosselte ihre Geschwindigkeit und die Signalzeichen oberhalb der Sitze forderten auf, das Rauchen einzustellen. Anschnallen war angesagt. Die ersten Anzeichen dafür, dass der Landeanflug eingeleitet wurde. Es ruckelte etwas und das Fahrwerk wurde ausgefahren. Mehrere Male machten wir einen Druckausgleich. Und dann riss die Wolkendecke auf und wir sahen die Flughafengebäude vom Münchner Flughafen, die Landebahn und die Wiesen. Alle warteten darauf, dass die Maschine endlich aufsetzte und wieder fester Boden zu spüren war. Doch die Maschine landete nicht. Sie startete durch und gewann schnell an Höhe. Das Gemurmel und die Aufregung an Bord waren unerträglich. Der Kapitän meldete sich zu Wort.

„Wir bitten um Ihr Verständnis, aber der Landeanflug musste abgebrochen werden, da mehr als die Hälfte der Landebahn in Richtung Perlach in dichten Bodennebel eingehüllt ist. Wir befinden uns jetzt in einer Warteschleife über München und hoffen, in den nächsten Minuten die Landeerlaubnis zu bekommen."

Ich habe die Kreise nicht gezählt, aber es müssen einige gewesen sein, denn erst nach einer halben Stunde knisterte es wieder in den Lautsprechern. Aus dem Cockpit meldete sich abermals eine männliche Stimme.

„Es ist in der nächsten Zeit keine Besserung der Wetterverhältnisse zu erwarten, unser Flug wird umgeleitet nach Nürnberg."

„Super", war Peters Kommentar, „was sollen wir denn in Nürnberg? Unser Auto steht in München. Aber Hauptsache, wir kommen erst mal runter und ich kann mir die Beine vertreten."

Wie lang die Flugstrecke nach Nürnberg war, wusste ich nicht, aber viel Zeit durfte es bei der recht kurzen Entfernung wohl nicht gewesen sein.

„Merkst du, was ich merke?", fragte ich Peter. Er hatte sich das Kuschelkissen in den Nacken gequetscht und war leicht eingedöst. „Wir fliegen schon wieder im Kreis", sagte ich. Eine freundliche Damenstimme erklang aus den Lautsprechern.

„Entschuldigen Sie die Unannehmlichkeiten, die Sie leider zu erwarten haben, aber auch in Nürnberg wird uns keine Landeerlaubnis erteilt, da Bodennebel eine Landung unmöglich macht. Unsere Maschine wird umgeleitet nach Frankfurt."

Die Unruhe an Bord war jetzt sehr groß. Wie kamen die Reisenden von Frankfurt nach München? Was machten die Lieben, die jetzt in München am Flughafen standen und die New York-Urlauber in Empfang nehmen wollten?

„Hoffentlich haben sie auch genug Sprit an Bord", rief gerade jemand von hinten, „nicht, dass wir noch irgendwo mitten in Deutschland notlanden müssen."

Damit rechnete ich natürlich nicht, aber ein unangenehmes Gefühl ergriff mich schon. Peter konnte jetzt gar nicht mehr sitzen. Er verlagerte sein Gewicht von einer Pobacke auf die andere, denn aufstehen durfte wir nicht mehr. Die Symbole für die Anschnallgurte blieben die ganze Zeit über aktiv. Er ging dann trotzdem auf die Toilette und einige andere Passagiere taten es ihm gleich. Eine Stimme aus den Lautsprechern erklang.

„Wenn wir gleich in Frankfurt gelandet sind, dann haben wir für alles gesorgt. Sie können das Flugzeug verlassen und in das Flughafenterminal gehen. Dort werden Sie natürlich auf Kosten unserer Fluggesellschaft versorgt werden. Es werden Ihnen Getränke und eine Mahlzeit bereitgestellt. Wenn sich die Wettersituation auf dem Münchner Flughafen gebessert hat, werden wir Sie anschließend sicher nach München fliegen. Ansagen auf dem Münchner Flughafen werden entsprechend informieren. Wir werden gleich noch einen kleinen Getränkeservice durchführen.“

Frankfurt, dachte ich, da sind wir ja schon fast zu Hause. Mein Zeitgefühl hatte mich jetzt verlassen, ich glaubte, der Jetlag machte sich schon bemerkbar und die anstrengenden Tage in New York saßen mir auch noch in den Knochen. Irgendwann erreichten wir den Luftraum von Frankfurt, die Flughöhe wurde geringer, aber wir landeten nicht, wir kreisten. Ist ja klar, wenn außerplanmäßig eine so große Maschine mal eben schnell landen will, muss es schon gut organisiert sein, bei einem so großen Flughafen wie im Rhein-Main-Gebiet, dachte ich. Wir kreisten und kreisten. Mir ging erneut die Frage nach dem Sprit durch den Kopf. So unwahrscheinlich es jetzt auch klingen mag, aber wir bekamen auch für Frankfurt wegen Bodennebel keine Landeerlaubnis. Es meldete sich der Kapitän mit gewohnt fester und forscher Stimme und verkündete, dass wir ein letztes Mal die Flugroute ändern müssen und in Kürze auf dem Flughafen Köln/Bonn landen würden.

„Und da steigen wir aus, egal, was ist", entschied Peter, „und sie können mir dann anbieten, was sie wollen, ich steige aus und bleibe in Köln. Von dort aus sind es nur noch fünfundsiebzig Kilometer nach Hause."

Das Angebot der Fluggesellschaft war, dass die Passagiere das Flugzeug in Köln/Bonn verlassen durften und man ihnen Hotelzimmer in Köln reserviert hatte. Die Maschine sollte nicht entladen, sondern nur aufgetankt werden. Am nächsten Tag sollten alle Passagiere nach München geflogen werden. Wer besondere Termine in München habe und unbedingt heute noch zurückmüsse, könne auch mit dem Zug die Rückfahrt antreten. Man möge sich an den noch zu benennenden Schaltern melden. Aber das in den Laderäumen unseres Flugzeugs schlummernde Gepäck würde auch in diesem Fall nicht ausgeladen werden.

Wir landeten in Köln, verließen die Maschine, meldeten uns ab, um nicht auf einer Vermisstenliste aufzutauchen, nahmen unser Handgepäck, gingen zu einem Autovermieter und fuhren mit einem Mietwagen nach Hause.

Ich weiß nicht, wie viele Stunden ich anschließend geschlafen habe – es müssen einige gewesen sein. Doch unser New-York-Trip war noch nicht abgeschlossen. Am nächsten Tag fuhr Peter mit dem Mietwagen nach Düsseldorf zum Flughafen, gab das Auto wieder ab und buchte einen Linienflug mit der Lufthansa nach München, um unseren Porsche wieder abzuholen, der noch ganz einsam und verlassen in einer Münchner Tiefgarage stand.

Von unseren beiden Koffern brachte er nur einen mit und dann auch noch den mit der schmutzigen Wäsche. Auf den hätte ich gerne verzichtet. Der Koffer mit unseren

Schallplatten und Reisesouvenirs war verschwunden. Peter hatte einen Nachforschungsantrag gestellt und vierzehn Tage später kam der Koffer mit der Post. Unser ausgerechneter finanzieller Vorteil bei Buchung der Reise schmolz dahin und eine Kostenbeteiligung der Fluggesellschaft wurde abgelehnt mit der Begründung, wir hätten ja wie alle anderen Gäste auch in Köln übernachten und gemeinsam mit ihnen zurück nach München fliegen können. Diese abenteuerliche Rückfahrt hat aber im Nachhinein unseren Aufenthalt in New York in keiner Weise geschmälert. Die Erinnerungen an New York, die Stadt, die niemals schläft, rückte alles andere in den Hintergrund.

Kurioses in den Norfolk Broads

Nach einem sogenannten Testurlaub auf Ameland mit unseren Freunden, einem Ehepaar mit zwei Kindern, planten wir einen gemeinsamen Englandurlaub. Eine Woche wollten wir in den Norfolk Broads verbringen und zwei Wochen auf einem Bauernhof in Cornwall nahe der Stadt Penzance. Die Fahrt bis hinauf nach Mittelengland in die Norfolk Broads war recht lang und wir wagten es, ohne eine Übernachtung die Strecke zu bewältigen.

Gegen Mitternacht starteten wir, in der Hoffnung, dass die Kinder in ihren Kindersitzen wenigstens bis zum Morgengrauen schlafen würden. Für fünf Uhr morgens hatten wir eine Autofähre von Calais nach Dover reserviert. Von dort aus sollte es aber nicht schnurstracks gen Norden gehen, wir wollten auf unserer Tour einige kleine Stopps einlegen.

Der erste Besuch galt einem uralten Castle, eher einer Ruine. Wir stiegen aus, vertraten uns dort die Beine und ließen die jahrhundertalte Geschichte, die noch im Gemäuer steckte, bei einem kleinen Spaziergang auf uns wirken. Nebelschwaden lagen über den Wiesen und eine gespenstische Atmosphäre hüllte das Anwesen ein.

Die nächste Pause machten wir in dem mittelalterlichen Dorf Rye. Es verkörperte für mich das alte England, das mich am meisten faszinierte. Die Dorfstraßen waren mit dickem Kopfsteinpflaster befestigt, die Häuser klein, niedlich und ganz ursprünglich in ihrer Bausubstanz erhalten. Es war abenteuerlich, durch diese kleinen Gassen zu gehen. Ich versuchte, mich in vergangene Zeiten zurückzuversetzen. In diesem Dorf wurde auch der Film: „Ritter der

Kokosnuss" gedreht, einer der ersten Monty-Python-Filme. Die Filmleute, zuständig für die Kulissen, mussten das Dorf nicht besonders für die Filmaufnahmen herrichten, hatte ich gelesen. Ein paar Ballen Stroh, in den Gassen verteilt, reichten schon aus. In diesem Ort haben wir gemütlich zusammen gefrühstückt. Es gab ein „original english breakfast", mit allem Drum und Dran: Scrambled eggs on toast, sausages, bacon, baked beans, orange juice, orange jam und einige köstliche sweets. Aber auch das Restaurant war „very british": alte dunkel antike Möbel, rotsamtig gepolsterte Stühle mit hohen Rückenlehnen, ziseliertes Silberbesteck und mit englischen Jagdmotiven verziertes Geschirr. Unsere Freunde, die zum ersten Mal in England verweilten, waren begeistert.

Die Fahrt ging weiter, Richtung London. Englands Hauptstadt ist von einem Autobahnring umgeben. Wenn man in den Norden will, und die Norfolk Broads liegen nördlich von London, war es nicht nötig, mitten durch die Stadt zu fahren. Man fährt einfach außen herum. Mir hätte es schon Spaß gemacht, einmal quer durch London zu fahren. Wir hatten diese Metropole lieben gelernt und schon viele Tage in dieser Stadt verbracht. Es hätte mir sehr gefallen, am Buckingham-Palast vorbeizufahren und das Victoria-Memorial einige Male zu umrunden. Vielleicht hätten wir Lord Nelson am Trafalgar Square kurz zuwinken oder den Glockenschlägen von Big Ben am Houses of Parliament lauschen können. Aber das hätte dann doch wohl, auch im Hinblick auf die Geduld unserer Kinder, zu viel Zeit gekostet. Im Vorfeld waren wir uns einig, den Autobahnring zu nehmen, da die Fahrt ohnehin schon recht lang werden würde. Wir machten noch einen kurzen Stopp auf einem Parkplatz und verabredeten, dass Manni, der Fahrer des zweiten Wagens, immer direkt hinter uns fahren sollte. Es ist nicht so ganz einfach, alle Abzweigungen richtig zu erwischen, erst recht nicht, wenn man Neuling in Sachen Linksverkehr ist und mit sechs Spuren gleichzeitig zu kämpfen hat. Doch plötzlich war das vertraute Nummernschild in unserem Rückspiegel verschwunden. Unsere Freunde waren nicht mehr zu sehen.

„Wir sind doch gar nicht schnell gefahren. Der Verkehr ist doch auch überschaubar. Wie kann man da den Kontakt verlieren? Das darf doch nicht wahr sein!", rief Peter. Wir hatten für diesen Fall nicht vorgesorgt und keinen Treffpunkt ausgemacht. „Na, das kann ja heiter werden. Ob wir unter diesen Bedingungen heute noch in den Norfolk Broads ankommen, wage ich zu bezweifeln", sagte er.

„Was machen wir denn jetzt?", fragte ich und faltete die Straßenkarte auseinander.

„Lass uns auf den ersten Parkplatz fahren, der an der Landstraße liegt, wenn wir diese Autobahn verlassen haben. Dort werden wir unser Auto so platzieren, dass Manni uns einfach sehen muss. Ich habe oft mit Manni die Straßenkarte studiert", schlug Peter vor. Wir fanden diesen Parkplatz und stellten unübersehbar unser Auto ab und warteten. Die Zeit verging und nichts tat sich. Die Kinder wurden langsam unruhig und wollten weiter. Ich hatte bereits das ganze Repertoire meiner englischen Kinderlieder mehrfach mit ihnen gesungen. Doch die klassischste aller Fragen, die Eltern auf einer Reise mit Kindern fürchteten, wurde jetzt auch von unseren Kindern gestellt.

„Mama, wann sind wir denn endlich da?" Wir warteten. Ob es eine glückliche Fügung war oder eine höhere Macht ihre Finger im Spiel hatte, ich weiß es nicht. Aber nach gut einer Stunde Wartezeit fuhr ein Mercedes mit deutschem Autokennzeichen auf den Parkplatz. Ob unsere Freunde auf eigene Faust die Londoner Sehenswürdigkeiten passiert oder sonstige Abstecher gemacht hatte? Wir wussten es nicht und ich hatte keine Lust, nachzuvollziehen, wie es zu dieser Verzögerung gekommen war. Ich war froh, dass unser Reiseteam wieder komplett war. Doch bevor wir unsere Tour fortsetzen konnten, mussten die Männer erst noch einmal durchdiskutieren, warum wir uns verloren hatten und die Straßenkarte wurde auf der Motorhaube unsere Autos ausgebreitet. Die Männer beugten sich darüber. Es ließ sich im Nachhinein nicht mehr feststellen, ob Manni zu unaufmerksam gewesen war oder Peter dann doch zu forsch auf das Gaspedal getreten hatte. Endlich fuhren wir weiter.

Die Strecke zog sich wie Kaugummi in die Länge. Ich glaubte, wir würden heute niemals mehr ankommen. Eine Pieselpause wechselte die nächste ab. Doch dann passierten wir das Ortsschild, das zu dem winzigen Dorf gehörte, in dem wir unsere angemieteten Hausboote übernehmen sollten. Die Reiseagentur hatte den Unterlagen eine hand-schriftliche Skizze beigelegt, die es uns erleichtern sollte, den Standort der Boote zu finden. Doch was ist schon ein-fach? Wir kurvten durch unwegsames Gelände. Hatten wir die Karte richtig gelesen, hätten wir jetzt angekommen sein müssen. Zwischendurch sahen wir einen Fluss, aber der Weg hörte im Nichts auf. Wieder zurück, das Ganze noch einmal von vorne. Ob das unser Fluss war, den wir da gerade überquert hatten? So langsam kamen wir alle an unsere Grenzen. Wir wollten endlich da sein, angekommen sein, auspacken, das Boot in Beschlag nehmen und ausruhen. Fertig. Urlaub machen.

Wir parkten. Die Männer stiegen aus und betrachteten die kleine Skizze von allen Seiten und drehten sie mehrmals in der Hand. Es wurde wieder beraten und diskutiert. Ich blieb im Auto sitzen und sang zum gefühlten hundertsten Mal: „What shall we do with a drunken sailor?", ein Lied, das unsere Kinder sehr liebten. Zudem sollte es sie auf die englische Sprache einstimmen. Ich war schon ganz heiser. Wir starteten einen neuen Versuch, den kleinen Flussanleger zu finden. Plötzlich sah ich ein kleines Hinweisschild mit einem gezeichneten Boot darauf. Es war total von üppigem Grün zugewuchert. Man konnte es eher erahnen, als sehen.

„Halt!", rief ich. „Hier müssen wir links abbiegen." Peter stoppte, setzte den Blinker. Der Pfeil zeigte eindeutig nach links. Wir verließen den asphaltierten Weg und die Straße wurde zur Schotterpiste. Als sich vor uns das Gebüsch lichtete, dauerte es nur noch Minuten und wir sahen den Fluss. Zwei große, hellblaue Hausboote lagen an einer Spundwand an dicken eisernen Pollern festgemacht. Das mussten unsere Boote sein. Die Müdigkeit war kurzfristig wie weggeblasen und die Freude nahm wieder überhand. Wir waren angekommen.

Der Vermieter hatte uns schon vor zwei Stunden erwartet. Die Männer erledigten in einer winzigen Baracke die Formalitäten und Ellen und ich fuhren die Autos auf Anweisung recht nahe an die Boote heran, um bequem das Gepäck an Bord zu schaffen. Ich zog die Handbremse bis zum Anschlag an. Die Einweisung zur Benutzung der Boote durch unseren Vermieter begann. Natürlich auf Englisch.

Wir mussten uns echt konzentrieren. Denn es war schon von Bedeutung auseinanderzuhalten wo sich Frischwasser- und Benzintank befanden, damit es später keine bösen Überraschungen gab. Da Wichtigste für uns war, wie man ein Hausboot steuerte. Peter und ich hatten einen Sportbootführerschein, aber große praktische Erfahrungen mit Hausbooten hatten wir nicht. Der Vermieter versicherte uns: Wer Auto fahren kann, kann auch dieses Boot steuern.

„No problem! No problem at all", sagte er unentwegt. Die Kinder hielt es natürlich nicht mehr in ihren Kindersitzen, sie wollten endlich aussteigen, hatten die Nase voll vom Autofahren, und die Aussicht, gleich als Kapitän agieren zu können, machte sie wieder munter. Ich befreite Claas aus seiner Sitzschale. Er setzte seine Kapitänsmütze auf.

„Eye, eye Captain", sagte ich im Befehlston. „Antreten zur Schwimmwestenübernahme." Dann war Nora an der Reihe. Ihre blonden Zöpfe schauten unter einer kleinen, knappen Seemannsmütze hervor. Sie plante von jetzt an, ein Bootsmann zu sein.

„Was soll das denn? Warum tragen eure Kinder Schwimmwesten?", fragte Ellen. „Wir sind doch noch gar nicht auf dem Fluss. Die Kinder sind doch alle vier im Schwimmverein und können doch schwimmen. Oder haben deine beiden noch keine Schwimmabzeichen?"

„Egal", sagte ich. „Unsere Kinder tragen Schwimmwesten. Da gibt es keine Diskussionen."
Katrin und Markus schafften es, sich durchzusetzen und mussten keine unbequemen Schwimmwesten angelegen. Mit der „Schwimmwestensituation" wollte Ellen sich später beschäftigen.

Die Boote waren nahezu identisch und wir entschieden

uns für das linke. Claas und Nora kletterten auf unser Boot und erkundeten es. Sie ergriffen die Feudel, die bereitstanden, und balancierten über den schmalen Umlauf, tauchten sie ins Wasser und fingen an, das Boot zu wischen. Ob mit oder ohne Schwimmweste, ich ließ sie nicht aus den Augen, während wir unser Auto entluden.

Kathrin und Markus sahen sich diese Aktivität unserer Kinder eine Weile von Land aus an und begannen dann ebenfalls mit einer Putzaktion, natürlich auf dem eigenen Boot. Wir brachten die Gepäckstücke und die vielen Plastiktüten mit Lebensmitteln, die wir gerade vorher in einem gigantischen Supermarkt gekauft hatten, an Bord.

Plötzlich hörten wir alle einen ohrenbetäubenden Schrei. Kathrin war über Bord gefallen und planschte verzweifelt im Fluss. Markus lag auf dem Bauch an Deck, ließ seinen Kopf über die Bordwand hängen.

„Kathrin, pass auf! Haie! Da kommt einer, pass auf, er greift jetzt von hinten an." Markus wusste ganz genau, wie er seine Schwester ärgern konnte, und lachte sich halb tot. Kathrin, auch noch ein Kindergartenkind, wie Claas, konnte zwar schwimmen, war aber völlig überfordert. Ellen nahm Anlauf und sprang, so wie sie war, mit allem, was sie an Reisekleidung trug, kopfüber in den Fluss und rettete ihre Tochter. Lange Zeit habe ich darüber nachgedacht, wie sie es wagen konnte, einen Kopfsprung zu machen. Woher wusste sie, dass der Fluss tief genug war? Unsere Boote hatten nur einen sehr geringen Tiefgang.

Kathrin lag heulend auf dem Boden. Es war Gott sei Dank nichts passiert. Sie hatte noch nicht einmal Wasser geschluckt. Markus erhielt eine gehörige Standpauke, allein weil er seine Schwester dermaßen geärgert hatte.

Ohne seine „Haiaktion" wäre sie vielleicht einfach die zwei Meter zu der Leiter geschwommen, die an der Spundwand befestigt war.

Na, das fängt ja gut an, dachte ich. Ich war froh, dass jede Familie ein eigenes Boot hatte, die Verantwortung den eigenen Kindern gegenüber war schon groß genug. Ich habe Kathrin und Markus übrigens die ganze Woche nicht mehr ohne Schwimmwesten gesehen, es sei denn, unsere Ausflüge führten uns ins Landesinnere.

Wir verlebten entspannte Tage an Bord unseres kleinen Bootes. Es war wirklich superleicht zu steuern, die Anlegestellen waren traumhaft, romantisch und abenteuerlich. An einem Abend machten wir direkt am Bootssteg eines Pubs fest. Dort konnten wir im Familyroom mit den Kindern zu Abend essen und durch den Garten gleich wieder an Bord gehen. Im Pub selbst waren Kinder nicht erlaubt.

Auch das Kochen in der winzigen Kombüse machte Spaß. Wer auf so kleinem Raum für vier Leute gekocht hatte, dem kam die eigene Küche zu Hause, und sei sie auch noch so klein, wie eine Großraumküche vor.

Wir näherten uns Great Yarmouth, einer kleinen Hafenstadt an der Nordsee. Da der Tag schon weit fortgeschritten war, beschlossen wir, nicht bis zum Hafen zu fahren, sondern einige Meilen vorher anzulegen, um dort die Nacht zu verbringen. Der Fluss war hier sehr breit und an der linken Seite mit Metallspundwänden begradigt. Dicke Eisenpoller boten die Möglichkeit, die Boote hintereinander festzumachen. Schilder wie „Übernachten verboten" entdeckten wir keine.

Viel zu erobern gab es an dieser Anlegestelle nicht. Vom Boot aus betrat man direkt eine Wiese, an die sich eine eingezäunte Kuhweide anschloss. Braune Rinder standen dort am Zaun und blickten neugierig zu uns herüber. Manni betreute an diesem Abend die Kinder an Land und machte sich einen Spaß daraus, mit ihnen die Kühe zu besuchen. Der kleine Trupp zog fröhlich singend Richtung Kuhweide.

„What shall we do with a drunken sailor", beherrschten mittlerweile alle Kinder. Sie kannten schnell alle Strophen auswendig. Die Fünf trugen Badesachen, Schwimmwesten und Gummistiefel. Jedes Kind hatte eine andere Kopfbedeckung übergestülpt. Es war schon eine kleine skurrile Gruppe, die laut juchzend, rufend und singend hinter den Rindviechern herlief. Manni hatte vorgeschlagen, die Tiere zu melken. Er bat die Kinder, ihm zu helfen, ganz frische Milch für das Abendessen zu besorgen. Er selber sah nicht minder abenteuerlich aus. Er war bewaffnet mit einem winzig kleinen Henkeltopf aus der Kombüse, trug auch nur eine Badehose und Gummistiefel und hatte sich eine Kochschürze umgebunden. Die Kinder waren begeistert. Aber die Rinder entfernten sich schnell von dieser seltsamen Gesellschaft und suchten das Weite. Selbstverständlich bemerkten die Kinder nicht, dass keines der Rinder über einen Euter verfügte und die ganze Aktion selbst aus diesem Grund schon zum Scheitern verurteilt war.

Ellen, Peter und ich bereiteten in dieser kinderlosen Zeit das Abendessen vor. Wir waren gerade fertig, als die Meute wieder eintraf.

„Wir trinken heute lieber Milch aus dem Kanister", sagte Nora. „Die Kühe wollten sich nicht melken lassen."

Wir hatten eine große Picknickdecke auf das dicke Gras der schrägen Uferbefestigung gelegt und es war angerichtet. Claas hatte Hunger und ließ sich recht stürmisch in unserer Runde nieder. Die Spaghetti lagen bereits auf den Tellern.

Er berührte seinen Teller und seine Spaghetti-Portion hüpfte in einem hohen Bogen ins Gras. Er heulte, als er erfuhr, dass kein Nudelrest mehr im Topf war. Spaghetti gehörten zu seiner Lieblingsspeise. Jeder gab von seiner Portion etwas ab, damit auch Claas an diesem Abend satt wurde. Später saßen wir noch lange an Deck und ein mit Sternen übersäter Himmel wölbte sich über uns. Es war eine ganz besondere Nacht, die Nacht der Sternschnuppen. Jeder von uns sah an diesem Abend die Erscheinungen am Himmel und jeder hielt seine Wünsche geheim, um die Erfüllung nicht zu gefährden. Doch bei aller Romantik planten wir auch den nächsten Tag und legten einen weiteren Streckenabschnitt fest. Wir wollten in den Hafen von Great Yarmouth hineinfahren und von dort in die Mündung des River Ern einbiegen.

In den frühen Morgenstunden wurde ich von einem sehr unangenehmen Geräusch geweckt. Regentropfen platschten auf unser Boot. Ich blieb vorerst ganz ruhig in meiner Koje liegen und wollte das Aufstehen noch etwas hinauszögern. Wenigstens solange die Kinder noch schliefen, wollte ich noch etwas lesen. Die kitschige kleine Gardine, die das Bullauge verdeckte, schob ich zur Seite und spingste in einen grauen Morgen. Ich glaubte, meinen Augen nicht zu trauen. Elli stand mit klatschnassem Nachthemd, das ihr an den Beinen klebte, am Ufer. Der einzige Regenschutz war ihre neue blau-weiße Segeljacke, in die sie locker geschlüpft war. Ihre dünnen Beine ragten aus den blauen Gummistiefeln heraus. Sie hielt ein Seil in den Händen und zog und zerrte daran. Ich schob den Vorhang ganz zur Seite und sah, dass es das Tau war, mit dem sie am Abend zuvor ihr Boot festgemacht hatten. Schnell schoss ich aus meiner Koje hoch.

Die Lage ihres Bootes irritierte mich. Es hing vertäut in schräger Position an der Spundwand. Ich weckte Peter.

„Schau aus dem Fenster, Ellen und Manni haben arge Probleme, los, sie brauchen unsere Hilfe." Wir zogen unsere Regensachen über die Schlafanzüge, stiegen in die Gummistiefel und legten den Kindern, die jetzt auch hellwach waren, vorsichtshalber die Schwimmwesten an. Gemeinsam schafften wir es, das Boot wieder ganz seicht in das Wasser eintauchen zu lassen, und der stetig steigende Wasserstand unterstützte das Vorhaben. Ellen und Manni hatten nicht berücksichtigt, dass der kleine Fluss in Great Yarmouth in die Nordsee mündete und die Gezeiten weit in die Flussmündung hinein ihre Auswirkung hatten. Klar hatten wir darüber gesprochen, aber was es in letzter Konsequenz bedeutete, schien ihnen nicht bewusst gewesen zu sein. Das Wasser war also abgelaufen, der Wasserstand gesunken. Das Boot der beiden, da es falsch vertäut war, blieb an der Spundwand fixiert in leichter Schräglage hängen, als der Wasserstand sank. Elli fiel dann morgens aus der Koje und wusste gar nicht, wie ihr geschah. Trotz der misslichen Situation mussten wir alle darüber lachen. Wir hatten am Vorabend über die Auswirkungen von Ebbe und Flut gesprochen, weil die Streckenplanung nämlich zeitlich genau auf die Tide abgestimmt sein musste. Fuhren wir bei Ebbe in den Hafen von Great Yarmouth hinein, konnte es sein, dass man die Durchfahrt nicht in der zur Verfügung stehenden Zeit schaffte und ohne Wasser unter dem Kiel mitten im Hafen liegen blieb. Dann musste man in Schräglage warten, bis die Flut kam und das Boot wieder manövrierfähig machte.

Wir bereiteten die Angeln vor und versuchten für unser

Abendessen zu sorgen. Zeit blieb uns genug, denn bis Fluthöchststand dauerte es noch mindestens eine Stunde. Der Regen hörte auf und die Sonne lugte bald wieder durch die Wolkendecke. Mehrere Boote hatten an diesem Flussabschnitt übernachtet, alle wollten sicher, bei ausreichendem Wasserstand, durch den Hafen und in den nächsten kleinen Fluss hineinfahren. Es war also reger Verkehr. Die Kinder mussten unter Deck bleiben, denn ein ins Wasser geplumpstes Kind, ob mit oder ohne Schwimmweste, hätte bei der Hafendurchfahrt nur Probleme bereitet.

Das große Schiebedach konnte man sehr weit zurückbewegen, und die Kinder saßen unter freiem Himmel und hatten ihre mitgebrachten Spielsachen ausgebreitet. Peter hielt das Steuer und ich war auf Beobachtungsposten. Wir liefen in den Hafen ein, blieben genau zwischen den vorgesehenen Fahrwassermarkierungen. Schnell erblickten wir die Ausfahrt aus dem Hafen, die in die Flussmündung des River Erne führte. Der erste Gedanke, das haben wir geschafft, führte nur zu einer kurzzeitigen Entspannung. Wir schipperten auf eine kleine Brücke zu.

„Fahr langsam, drossele die Geschwindigkeit!",
rief ich Peter zu. „Oh Gott, das sieht aus, als würde die Brücke für uns zu niedrig sein!"

„Langsam, langsam, ich glaube, das passt nicht!", rief ich noch einmal.

„Wie hoch sind denn unsere Decksaufbauten?", fragte Peter und ich konnte nur die Schultern zucken. Die Steinbrücke kam näher. Auf dem linken Brückenpfeiler stand die minimale Durchfahrtshöhe.

„Das müsste passen", sagte Peter. Doch mein Augenmaß sagte mir etwas anderes. Der Wasserstand war zu hoch. Es würde nicht passen.

„Zurück! Wir stecken gleich unter der Brücke fest, egal, was auf dem Schild steht", rief ich.

„Du hast recht, es passt nicht", rief Peter. „Schnell, schließ das Schiebedach. Wenn es sich senkt, dann reicht es vielleicht!" Ich drehte wie eine Wahnsinnige an der Kurbel, drehte und drehte, und das Dach bewegte sich nach vorne und senkte sich damit auch gleichzeitig ab. Claas schrie plötzlich auf: „Mama, meine Angel liegt in der Rille, pass auf, das Dach macht gleich meine Angel kaputt!"

Ich sprang rüber, riss die Angel aus der Fuge und drehte weiter die Kurbel. Peter drosselte die Geschwindigkeit auf ein Minimum und musste höllisch aufpassen, dass er keine Uferberührung bekam.

„Hoffentlich sieht Manni auch, dass wir so langsam werden", sagte er, „sonst sitzen wir nicht nur gleich unter der Brücke fest, sondern Manni fährt uns auch noch ins Heck."

Das leise „Plopp", das die Tupperdose gemacht hatte, als ihr Deckel aufsprang, als sie auf den Boden fiel, hatte ich in der Hektik gar nicht wahrgenommen. In letzter Sekunde schloss sich das Schiebedach und wir glitten ganz sacht unter der Brücke hindurch. Höchstens zwei oder drei Zentimeter Luft waren noch zwischen unserem Boot und der Brücke. Peter musste sich am Steurstand tief bücken, um nicht mit dem Kopf anzustoßen. Es lag der neue kleine Fluss vor uns, den wir in den nächsten Tagen erobern wollten. Wir hatten vereinbart, eine der nächsten Möglichkeiten zu nutzen, kurz anzulegen, um die Weiterfahrt zu besprechen und eventuell noch in Great Yarmouth einzukaufen. Ich schob ganz entspannt das Schiebedach wieder auf.

Das Gekreische unserer Tochter drang an mein Ohr.

„Iiiih... Mama, komm schnell, mir wird gleich schlecht", rief sie, „das ist ja ekelig." Ich eilte natürlich sofort zur Hilfe, aber bei dem Anblick, der sich mir bot, wurde auch mir schlecht. Mir drehte sich förmlich der Magen um. Ich merkte gleich, wie sich die Herpesbläschen an meinen Lippen entwickelten. Der harmlos herumstehenden Tupperdose, die beim Zudrehen des Schiebedachs heruntergefallen war, fehlte der Deckel. Der Inhalt, rosa, mintgrün, gelb und hellblau eingefärbte, Hunderte oder vielleicht sogar Tausende kleiner Maden bevölkerten unser Boot. Hektisch krümmten sie sich und bewegten sich blitzschnell fort. Wir, nein, Claas und Peter, hatten sie in einem kleinen einheimischen Angellädchen erworben; sie waren der Geheimtipp für einen erfolgreichen Fischfang, und dieser Geheimtipp machte sich jetzt auf unserem Boot breit. Sofort steuerten wir die nächstmögliche Anlegemöglichkeit an. Unsere schwimmende Ferienwohnung wurde festgemacht und die Jagd begann. Wir haben gefegt, geschabt, geputzt, zusammengekehrt, was eben nur ging, und alle Maden über Bord geworfen.

Ein uniformierter Ordnungshüter stand plötzlich an der Anlegestelle. Er forderte uns auf, diesen Platz zu verlassen. Es sei ein reservierter Anleger und wir könnten hier nicht bleiben, auch nicht für kurze Zeit, ermahnte er uns. Wir wiesen auf unser Problem hin, doch er hatte kein Einsehen. Er wird wohl insgeheim die Augen verdreht haben über diese „Stupid German Tourists". Also leiteten wir wütend unser Ablegemanöver ein und die Fahrt ging zwangsläufig weiter. Peter fuhr und Ellen, Claas und ich setzten die Säuberungsaktion fort. Nora hatte vorsichtshalber vor lauter

Ekel das Boot gewechselt. In dem nächsten sicheren Hafen machten wir erst mal eine längere Pause. Ich wischte und putzte und ich ekelte mich so sehr, dass ich glaubte, nie wieder auf diesem Boot etwas essen zu können. Die Maden wurden weniger. Gerade als ich dachte, es sei alles erledigt, zeigten sich wieder neue kleine Angelfreunde. Die ganze restliche Woche lang kamen sie immer wieder an den unmöglichsten Stellen zum Vorschein. Sie hatten selbst den Weg in den Kühlschrank gefunden.

Ich dankte Ellen für ihre Hilfe, sie war sicher froh, dass sie sich auf ihr eigenes Boot zurückziehen konnte.

Wo sind nur die Schneeketten?

Im Vorbeigehen entdeckte ich, dass die Schneeketten nicht an der Stelle im Keller standen, an der ich sie vermutet hatte. Ich machte mir weiter keine Gedanken darüber. Peter war für die Dinge verantwortlich, die mit dem Auto zu tun hatten, wenn eine Reise bevorstand. Die Skier standen bereits in der Nähe der Kellertür, da ich sie vom Service abgeholt und sie nicht wieder in die letzte Ecke des Kellers gestellt hatte. Nur die aktuellen Skistöcke, aus der sich mittlerweile angesammelten Menge von Stöcken, suchte ich noch heraus und prüfte, ob in den Taschen auch die richtigen Skischuhe steckten. Warum entsorgten wir nicht alle die Ausrüstungsgenstände, die ausgemustert sind? Warum sammeln wir nur alles, überlegte ich und nahm mir vor, nach dem Urlaub dieses Problem anzugehen.

Bevor mich Peter nach Schneefeger, Enteisungsspray und Frostschutzmittel fragte, stellte ich diese wichtigen Dinge in die vordere Reihe des Regals direkt am Kellerausgang. Meinen Part im Keller in Sachen Urlaubsvorbereitung betrachtete ich damit als erledigt.

„Du musst nur noch die Ketten suchen, alles andere habe ich schon vorbereitet", teilte ich Peter mit.

Wir wollten Weihnachten in Spindlermühle, in Tschechien, verbringen. Es sollte das erste Weihnachtsfest nach vierundzwanzig Jahren ohne unsere Kinder sein. Claas weilte in Kanada und Nora beabsichtigte, ihn über Weihnachten und Silvester zu besuchen. Wir hatten geplant, nachts früh loszufahren, damit wir die unbekannten Gegenden in Thüringen, Sachsen, Polen und Tschechien bei Tageslicht durchfahren konnten. Es wurde vier Uhr, bis wir den Wagen fertiggepackt hatten und startklar im Auto saßen, allerdings ohne Schneeketten. Sie waren unauffindbar. Peter war kein ordnungsliebender Mensch, aber er hatte ein gutes Gedächtnis und fand sich in seinem Chaos immer zurecht. Er war sich hundertprozentig sicher, dass die Kettenbox immer direkt neben der zweiten Keller-Eingangstür gestanden hatte, immer, bis auf die wenigen Male, an denen wir sie benutzt hatten.

„Im Januar, im Montafon, hatten wir sie auf jeden Fall dabei", sagte er. Wir erinnerten uns beide, sie in diesem Urlaub eingeladen, aber nicht benutzt zu haben. Aber ohne Ketten wäre Peter nie in die winterlichen Berge gefahren. Wo hatten wir sie nur nach dem Januarurlaub abgestellt? Hatten wir sie verliehen? Keine Ahnung. Auf jeden Fall waren sie unauffindbar.

Claas und Nora hatten mit Philipp, einem gemeinsamen Freund, im Februar an der Salomon X-Wing Challenge teilgenommen. Für diese Tour nach Obertauern hatten sie sich einen schnellen BMW ausgeliehen und die entsprechenden Originalketten mitgebucht, da war ich mir sicher. Ich konnte mich an Fotos erinnern, wie Philipp bei heftigstem Schneetreiben die Ketten aufzog, aber es waren nicht unsere Ketten gewesen. Danach war Claas mit seinem Freund Fabian noch einmal im Zillertal. Sie fuhren mit Fabians Auto und auf diesen Wagen passten unsere Ketten nicht. Wem sollten wir sie sonst ausgeliehen haben? Also, wo sind diese verdammten Ketten, dachte ich.

Wir fuhren los, mit einem Zwischenstopp an unserer Garage, in dem Peters Motorrad stand. Vielleicht standen sie dort im Regal oder hingen zum Trocknen an der Wand?

Doch leider war auch diese Vermutung falsch. Peter war sichtlich sauer, dass unsere Schneeketten verschwunden waren. Seine Schweigsamkeit begleitete mich die ersten zweihundert Kilometer gen Osten. Seine Gedanken schienen nur um diese verdammten Schneeketten zu kreisen. Die nächsten zweihundert Kilometer saß ich am Steuer und Peter schlief. Es regnete seit unserer Abfahrt kontinuierlich.

„Warum brauchen wir Schneeketten? Wir können froh sein, wenn überhaupt etwas Schnee liegt", sagte ich. „Die Straßen werden sowieso frei sein." Peter erwachte. Sein erster Gedanke galt den Schneeketten. Hoffentlich hatte er nicht davon geträumt. Mittlerweile waren wir bis Jena gefahren und machten dort eine Pause, um zu frühstücken. Unser Thema: Wo waren die Schneeketten? Er schlug vor, in Dresden eine ADAC-Geschäftsstelle aufzusuchen und dort einen Satz Ketten auszuleihen. Diese Idee beruhigte ihn. Angesichts des strömenden Regens machte ich einen erneuten Versuch, ihn zu überzeugen, dass in diesem Urlaub keine Ketten nötig sein würden. Aber ich hatte leider keinen Erfolg. Er zückte sein Handy und seine ADAC-Mitgliedskarte und ich holte die Kfz- Papiere heraus. Er wurde dreimal hin und her verbunden, bis er einen kompetenten Gesprächspartner gefunden hatte. Dann folgte nur noch der Austausch von Daten: Reifengröße, Fahrzeugtyp, Adresse, Öffnungszeiten, usw. usw. Da ich gerade nichts Passendes zur Hand hatte, schrieb ich die Adresse des Dresdner ADACs auf die Rückseite einer leeren CD-Hülle. Peter war von da an zufrieden, denn er hatte für sich eine Problemlösung eingeleitet. Unsere „Susi", wie wir damals das Navigationsgerät liebevoll nannten, wurde programmiert, und weiter ging die Fahrt Richtung Dresden. Vor uns lagen bis zu diesem Zwischenziel circa einhundertachtzig Kilometer.

Wir verließen die Autobahn und schon der erste Eindruck, den ich vom Auto aus gewinnen konnte, begeisterte mich. Dresden nahm ich sofort gedanklich in mein Städte-Besichtigungs-Programm auf. Diese Stadt wollte ich unbedingt mal richtig einige Tage lang besuchen. Auch Peter nickte zufrieden und wir planten schon unsere nächste Städtereise, vielleicht im Frühjahr? Die wunderschönen alten Häuser, die modere Architektur, der Blick auf die Elbe und die Elbbrücken, der Zwinger und vieles mehr faszinierte uns. Doch die Öffnungszeiten unseres vorrangigen Ziels zwangen uns, zuerst die ADAC-Geschäftsstelle aufzusuchen.

Ich blieb im Auto sitzen. Ich dachte, es geht ja ohnehin ganz schnell. So ein paar Ketten ausleihen, vor allem da sie für uns reserviert waren, dauert höchstens zehn Minuten. Ich plante, Nora und Claas eine SMS zu schreiben und ihnen mitzuteilen, dass wir in Dresden waren und wie uns der erste Eindruck begeistert hatte. Freunde von uns waren ebenfalls unterwegs in den Weihnachtsurlaub und auch ihnen teilte ich unseren Zwischenstopp in Dresden mit. Prompt kam die Antwort.

„Sind kurz hinter Stuttgart und haben gerade eine Pause genossen, mit superschönem Schnee und einer wahnsinnig schönen Winterlandschaft."

Mir ging gleich durch den Kopf, gut, dass ich nichts über das Wetter geschrieben hatte. Es regnete nämlich immer noch. Unsere Freunde haben den Schnee und ich wusste, sie hatten keine Ketten dabei. Der Allradantrieb ihres Autos musste im Allgäu ausreichen. Wir haben strömenden Regen und leihen uns gerade auf Umwegen Schneeketten aus. Sie hatten Schnee und verschwendeten keinen Gedanken an Ketten. Verkehrte Welt. Peter hatte mir eine kleine Stadtrundfahrt versprochen und darauf richtete sich jetzt meine Vorfreude. Es dauerte wirklich nur zehn Minuten und Peter stellte die Kettentasche hinter seinen Rücksitz. Er hatte eine Straßenkarte von Tschechien und Südpolen gekauft, die uns unabhängig von unserem Navigationsgerät machte. Er liebte es, oftmals andere Wege zu fahren als die, die sich unsere „Susi" ausgedachte. Und da ist eine Straßenkarte natürlich wichtig als Ergänzung. Außerdem schien unsere Navigationshilfe leicht suizidgefährdet, da sie ab und zu verrückt spielte. Es schien, sie versuchte sich immer mal wieder aufzuhängen. Bis hierher hatte ich das Thema „Schneeketten" als nervig bis amüsant betrachtet.

Peter drehte den Zündschlüssel und nur ein leichtes Kracken war zu hören, sonst gar nichts. Nach mehrfachen Versuchen, unser Auto zu starten, war ich den Schneeketten, die Schicksal gespielt hatten, richtig dankbar. Denn ohne den Schneekettenverlust in unserem Keller wären wir nie auf diesem Parkplatz mitten in Dresden vor einer ADAC-Geschäftsstelle gelandet. Die Ursache für unser lahmgelegtes Auto war mir zu dem Zeitpunkt zwar noch nicht bekannt, aber es kamen eigentlich nur Batterie oder die Elektronik infrage, die defekt sein konnten. Ich hoffte, dass es nur die Batterie sei. Schneller und besser als hier konnte uns wirklich nicht geholfen werden. Ich schlug vor, in das ADAC-Büro zu gehen und dort um Hilfe zu bitten.

„Warte auf mich, ich gehe mit", sagte ich. „Dort gibt es bestimmt einen Kaffee."

Doch leider musste ich im Auto sitzen bleiben, denn wir konnten den Wagen nicht mehr verriegeln. Drückten wir alle Knöpfchen der Türverrieglung herunter, sprangen sie wieder hoch, wenn wir die letzte Tür von außen abschließen wollten. Mit letzter Kraft und wie in Zeitlupe quälte sich die Scheibe an der Beifahrerseite gerade nach oben und der wieder stärker einsetzende Regen blieb draußen. Es dauerte nicht lange und ein ADAC-Service-Wagen kam. Natürlich war die Batterie defekt. Gott sei Dank! Der nette junge Mann war der Meinung, nach sechs Jahren und einer stattlichen Anzahl von Kilometern durfte eine Batterie durchaus ihren Dienst aufgeben.

Wir kauften dann zu einem Schnäppchenpreis von 115 Euro all inclusive eine neue Batterie, die uns auch an Ort und Stelle eingebaut wurde. Eine defekte Batterie scheint wohl eines der am meisten vorkommenden Probleme zu sein, denn der Servicewagen hatte eine stattliche Auswahl dabei. Ich hätte auch noch mehr für diese Batterie bezahlt. Ich war so froh, dass dieser Schaden uns nicht im tiefsten Polen, in das uns unser Weg noch an diesem Tag führte, erwischt hatte, oder in den einsamen Gegenden des Riesengebirges. Ich atmete regelrecht auf, weil wir unsere Tour nach Tschechien fortsetzen konnten. Der Aufenthalt beim Dresdner ADAC und die ausgefallene Stadtrundfahrt waren zu verschmerzen. Es regnete weiter. Peter hatte seine Schneeketten und unser Auto eine neue Batterie.

Die deutsch-polnische Grenze rückte näher und wir standen im Stau. Stopp and go und zäher Verkehrsfluss wechselten sich ab. Dann wurde es mehr stopp als go und wir vermuteten einen Unfall. Zuerst glaubten wir, dass die Beamten an dem Grenzübergang ihre Arbeit sehr genau nahmen und so gewissenhaft kontrollierten, dass zwangsläufig solch ein Mammutstau entstehen musste.

„Man merkt nichts davon, dass Polen bereits in der EU ist", sagte Peter. „So penible Grenzkontrollen müssten sich eigentlich erledigt haben."

Wir schienen uns der Grenze zu nähern und sahen niemanden. Weit und breit war kein Grenzbeamter in Sicht. Der vorher noch zweispurige Stau wurde einspurig. Das Verkehrshindernis war eine riesige Baustelle. Die Autobahn auf polnischem Gebiet wurde runderneuert und war aus diesem Grund komplett in beide Richtungen gesperrt. Der gesamte Grenzverkehr wurde auf eine Landstraße umgeleitet. Und unsere „Susi" hatte es uns verschwiegen. Als wir auf das Stauende zufuhren, hatte ich zufällig auf die Uhr gesehen und somit konnte ich sagen, dass wir in neunzig Minuten drei Kilometer zurückgelegt hatten. Es war zwar noch relativ früh am Nachmittag, aber es dämmerte bereits. Es nieselte. Der wolkenverhangene Himmel machte die Hoffnung auf eine winterliche Landschaft im Riesengebirge zunichte. Den kleinen Abstecher nach Polen empfand ich einfach schrecklich. Die erste Viertelstunde fuhren wir an einem großzügig angelegten Gewerbegebiet vorbei, mit riesigen Tankstellen, Einkaufszentren und Supermärkten. Die Straßen waren perfekt ausgebaut und modern. Nach einem groß angelegten Kreisverkehr sagte Peter: „Man merkt schon, dass Polen in der EU ist und europäischen Standard anstrebt." Doch er hatte den Satz noch nicht ganz ausgesprochen, da wurden wir von Schlaglöchern nur so hin und her gewirbelt. Wir fuhren durch einen Landstrich, der geprägt war von einem großen Kraftwerk. Und ich, als Kind des Ruhrgebiets, habe mich immer wieder gefragt:

„Wie kann man hier nur leben und atmen?" Eine trost-
losere und dreckigere Gegend hatte ich bisher noch nicht
gesehen. Inzwischen war es dämmerig geworden und wir
kamen an einen kleinen polnisch-tschechischen Grenzübergang. Es war wiederum weit und breit niemand zu sehen.
Wir fuhren zögerlich auf die Grenze zu, warteten. Kein
Grenzbeamter erschien. Ganz langsam fuhren wir weiter
und rechneten damit, jederzeit angehalten zu werden. Aber
nichts passierte.

Wir waren in Tschechien. Sofort war der Straßenbelag
perfekt, die Ortsdurchfahren waren einladend. Die Weih-
nachtsbeleuchtung strahlte uns entgegen und eine hauch-
dünne Schneeschicht zeigte sich am Straßenrand im Licht
der Scheinwerfer. Aber es nieselte immer noch leicht. Ab
und zu mischten sich Schneeflocken in den Niederschlag.
Die nassen Schneeflockengebilde klatschten auf unsere
Windschutzscheibe. Ein winzig kleiner Funke Hoffnung auf
ein verschneites Skigebiet stellte sich bei mir ein.

Mittlerweile waren wir mehr als zwölf Stunden unterwegs. Die letzte Strecke ins Gebirge hinein zog sich lang
dahin. Endlich war Spindlermühle ausgeschildert. Noch
siebenunddreißig Kilometer, dann wollten wir von „Susi"
hören: „Sie haben Ihr Ziel erreicht, jetzt haben Sie Ihr Ziel
erreicht, bitte kehren Sie um, wenn möglich."
Doch „Susi" gab keinen Ton mehr von sich, sie hatte sich
schließlich, nach mehrmaligen Versuchen, aufgehängt. Die
Straße war mit Schneematsch bedeckt und es war nicht
leicht zu fahren. Ein holländischer Pkw fuhr vor uns her,
vorsichtig und langsam. In den nächsten Tagen werden wir
noch öfter gelbe Nummernschilder sehen, dachte ich, und
auch holländische Klänge auf der Piste hören. Peter schaffte

es, den Wagen zu überholen. Es war nervig, wenn der hochpeitschte Matsch ununterbrochen auf unsere Frontscheibe klatschte.

Wir erreichten Spindlermühle und waren müde und total fertig. Ich freute mich auf unser kleines Feriendomizil und auf ein leckeres Abendessen. Wo liegt jetzt unsere schnuckelige Pension Karolina, mit dem Appartement und dem „Küchlein", wie die tschechische Übersetzung in unserer Reisebestätigung für Zimmer mit Kochgelegenheit benannt wurde? Ich schlug vor, direkt in den Ortskern zu fahren, im Touristik-Büro nachzufragen und mir den Weg erklären zu lassen.

Ich hatte mir den Weg aufzeichnen lassen. Wir fuhren los. Doch schon nach wenigen Meter auf geschlossener Schneedecke wurde es problematisch. Die Strecke führte uns durch einen Wald. Sie wurde etwas steiler.

„Den Berg kommen wir hier nie rauf", stöhnte Peter, „bist du dir sicher, dass es der richtige Weg ist?"

Klar war ich mir sicher, aber wenn etwas nicht sofort klappt, bin ich es, die dafür verantwortlich ist, natürlich, dachte ich. Der Wald wurde dichter, die Straße enger und wieder ebener. Keine Häuser waren zu sehen. Peter wollte dennoch umkehren, es war ihm zu unsicher. Ich drängte ihn, noch ein Stück weiterzufahren, weil ich mir sicher war, ihm die richtige Strecke zu unserer Pension aufzuzeigen. Und dann sah ich ein kleines grünes Schild mit der Aufschrift „Hotel Astor". Genau, das hatte der junge Mann im Touristik-Büro erwähnt, genau gegenüber liegt die Pension Karolina. Na endlich, dachte ich, gleich sind wir sind am Ziel unserer langen Reise.

„Was, da sollen wir hinauf? Das schaffen wir nie!"

Peter war sichtlich fertig, aber ich konnte ihm auch keine Hilfe anbieten. Er war erledigt, weil er in den letzten Wochen sehr viel gearbeitet hatte, weil er einfach müde war, weil er die Hälfte der Strecke gefahren war, weil ihm die Augen wehtaten und weil er einfach zu lange nicht richtig geschlafen hatte. Ich hätte es auch versucht, vorsichtig diesen Weg hochzufahren, aber ich hätte es ebenfalls nicht geschafft. Es lag nicht an den mangelnden Fahrkünsten, es lag schlicht und einfach daran, dass die Straße schneebedeckt war, dass auf diesem kleinen Weg nicht gestreut war, dass unsere Winterreifen es nicht packten, sich auf der Glätte zu bewegen und dass die Straße eine zu große Steigung hatte. Wir rollten langsam rückwärts bis zur letzten Gabelung und stellten uns unter eine Laterne.

„Und, was machen wir jetzt?", fragte ich.

„Ich versuch es noch einmal, mit richtigem Anlauf."

Wir schafften die Steigung. Doch oben angekommen, waren wir nicht am Ziel. Es folgte eine weitere Steigung, mindestens eine, denn wir wussten da noch nicht, wo sich die Pension Karolina genau befand. Nur die Richtung stimmte. Wieder rollten wir die letzte Teilstrecke rückwärts, die auch noch eine Kurve enthielt, und parkten unter der Laterne. Wir stiegen aus, zogen unsere Jacken an und gingen im heftigen Schneetreiben den Weg mit den mindestens zwei großen Steigungen hinauf. Wir stapften zwei große Hügel hoch. Dann sahen wir eine grell-grüne Leuchtreklame und deutlich lasen wir „Hotel Astor". Endlich näherten wir uns der Pension Karolina. Doch die Zufahrt zum Hausparkplatz ließ uns leicht erschaudern: „Da kommen wir nie runter. Selbst, wenn wir es schaffen sollten, hier oben anzukommen und den Berg bezwungen haben, die steile Abfahrt zum Parkplatz schaffen wir nicht. Und auf dem schmalen Weg hier oben können wir auch nicht stehen bleiben."

Wir klingelten und wurden schon erwartet. Unser Appartement war schön, zwar etwas klein, aber sehr ordentlich und gemütlich. Das Küchlein niedlich und Bad und Toilette sauber und modern. Die Vermieter machten einen netten, herzlichen Eindruck und waren super freundlich. Jetzt waren wir da, aber eben noch nicht angekommen, denn unsere Sachen standen einige Hundert Meter weiter unten am Berg. Und da drängte sich wieder unser Tagesthema in den Vordergrund: „Schneeketten". Wir gingen den Berg hinunter. Rutschten einige Male aus, fielen in den Schnee. Ich fand es lustig, Peter eher nicht. Er öffnete die Tasche mit dem kettenartigen Gewusel und eine mehrseitige Montageanleitung fiel uns entgegen. Es war dunkel und im Schein der Straßenlaterne begann Peter, die Schneeketten zu montieren.

Ich war bereits komplett durchgeweicht, meine Haare fühlten sich wie nasses Sauerkraut an. Das Fleece war nass. Aber ich brachte es nicht fertig, im Auto sitzen zu bleiben. Aus Solidarität stellte ich mich in den feuchten Schnee, der ununterbrochen auf uns niederrieselte, und hielt die Gebrauchsanweisung fest. Natürlich hatte ich nachts vor unserer Abfahrt in unserem Keller bemerkt, wie Peter vor Zorn die Arbeitshandschuhe durch die Gegend geworfen hatte, die er eigentlich hatte mitnehmen wollen, falls die Montage von Schneeketten nötig sein würde. Aber keine Ketten, keine Handschuhe. Und so waren sie zum Objekt seiner Wut geworden. Jetzt hätte er sie gut gebrauchen können, aber sie lagen in einer Ecke im Keller. Ich habe einfach nur geschwiegen, denn jedes Wort hätte nur eine Explosion seiner Nerven hervorgerufen. Ich hoffte, dass das Aufziehen der Ketten problemlos sei, dass es sich um ein ordentliches deutsches Fabrikat handelte, mit deutschem Gütesiegel, leicht zu montieren und zu handhaben, vor allem ohne asiatische Schriftzeichen. Was soll ich sagen? Mein Gebet wurde erhört. Die Ketten passten und saßen perfekt, und die beiden Steigungen schafften wir in drei Minuten. Auch die Parkposition am Haus konnten wir perfekt einnehmen.

Nach einem kleinen Abendessen im hauseigenen Restaurant und einem mitgebrachtem „Williams Christ", den ich als Preis bei einem der letzten Golfturniere gewonnen hatte, fiel ich in einen komatösen Tiefschlaf. Ich nahm noch aus weiter Ferne wahr, dass Peter sagte: „Die Ketten lassen wir jetzt aber auf den Reifen, dann können wir morgen ganz bequem ins Dorf fahren."

Doch daraus wurde vorerst nichts. Als wir nach dem Frühstück zu unserem Auto kamen, waren wir von zwei Wagen mit gelben holländischen Nummernschildern zugeparkt. Sie schienen noch nach uns angereist zu sein.

Die Ketten blieben den ganzen Urlaub montiert. Claas erzählte mir später, sein Freund Fabian sei auch über Weihnachten in Kanada gewesen und habe ihn besucht und sich bei ihm für seine Schusseligkeit entschuldigt. Er hatte sich die Ketten zwar ausgeliehen, aber da sie nicht passten, auch nicht benutzt. Er fuhr sie zu Hause wochenlang spazieren. Selbst bei seinem letzten Besuch habe er doch tatsächlich vergessen, sie wieder auszuladen.

Geschwisterzusammenführung

Noras erster Gedanke, als feststand, dass Claas nach seinem Zivildienst einige Monate in Kanada verbringen würde, war: „Ich besuche meinen Bruder zu Weihnachten und ich biete ihm, so weit in der Ferne, ein Stück Familie." Im Hinterkopf hatte sie aber sicherlich auch die Vorstellung von wunderbaren Skiabfahrten in den verschneiten Rocky Mountains.

Die Planung machte Fortschritte, Claas reiste Ende Oktober nach Vancouver und begann, sich dort mit der Hilfe einer befreundeten Familie sein Leben für die nächsten Monate einzurichten. Zu Hause begann Noras Feinplanung. Mir hätte es Spaß gemacht, mit ihr gemeinsam die Tour zu planen, denn Nora war beruflich sehr eingespannt und hatte kaum Zeit. Dennoch wollte sie alles selber in die Hand nehmen, sagte sie wenigstens.

„Mama, lass mal gut sein, ich mach das schon so, wie es mir meine Zeit erlaubt."

Ich fragte ab und zu, wie weit sie mit ihren Urlaubsvorbereitungen sei, aber viel konnte sie mir nicht dazu sagen, außer, „ich habe im Moment keine Zeit. Kanada läuft ja nicht weg". Claas hatte bei der Vorbereitung seines Auslandsaufenthaltes alles im Griff. Ich wurde nur unterstützend tätig. Die Einreise- und Arbeitsbestimmung für Kanada hatten wir gemeinsam gelesen und den Visa-Antrag ausgefüllt. Aber alles andere hatte er selber in die Hand genommen. Er entschied sich sogar dagegen, eine Organisation in Anspruch zu nehmen, die junge Menschen bei ihrem Auslandsaufenthalt in Sachen Wohnung- und Jobsuche unterstützte.

„Das Geld kann ich mir sparen, Mama, das regele ich alles alleine", waren seine Worte.

Ich habe natürlich meine eigenen Recherchen angestellt, sowohl für Nora als auch für Claas. Ich suchte Flugverbindungen heraus verglich Preise und machte mich schlau in alle Richtungen, damit ich, wenn die Kinder Fragen stellten, sofort würde antworten können. Allzeit bereit war meine Devise. Aber es kam kein Hilferuf. Ab und zu hakte ich nach, ob es schon etwas Neues gab und ob sie schon gebucht hatte. Die Antwort war immer „nein".

Claas entschied sich für einen Flug Ende Oktober. Ein dicker Packen Unterlagen mit einer großen hellblauen Büroklammer fixiert, lag fein säuberlich in der Küche auf der Schrankablage. Zwischen Tür und Angel rief mein Sohn mir zu: „Du kannst ja mal die Papiere durchsehen, ich habe übers Internet gebucht und mit Visa bezahlt. Schreib dir bitte den Abflugtermin auf!" Er hatte meinem Wunsch entsprochen, sein Abenteuer nicht in der ersten November-woche zu starten, das sah ich sofort beim ersten Blick auf die Flugdaten. In dieser Woche hatte ich nämlich ein paar Tage Urlaub mit meinen Freundinnen geplant und ich wollte ihn natürlich unbedingt nach Frankfurt zum Flug-hafen bringen. Jetzt wartete ich gespannt darauf, was Nora tun würde.

„Claas hat gebucht", erzählte ich ihr. „Ja, hat er mir auch gesagt, wir haben telefoniert", antwortete sie. Aber, was sie weiter unternehmen wollte, teilte sie mir nicht mit. Ihren Urlaub hatte sie bei ihrem Arbeitgeber eingetragen und er war genehmigt worden. Das Geld für die Reise war auf ihrem Konto. Claas hatte durch den Kauf seines Flugti-ckets seine Absicht, am 24. November nach Kanada zu fliegen, fixiert. Also, was hielt sie dann noch auf? Ich wäre gleich ins nächste Reisebüro gegangen und hätte gebucht. Nora tat es nicht.

Peter und ich wollten unser erstes Weihnachtsfest nach vielen Jahren nicht alleine zu Hause verbringen. Die Kinder in Kanada und wir einsam kinderlos unter dem Weihnachtsbaum, und dann noch in so vertrauter häuslicher Umgebung, wo jedes einzelne weihnachtlich dekorative Teil mich daran erinnert hätte, wie weit meine Lieben von uns entfernt waren. Das hätte ich nicht ausgehalten. Die Sentimentalität hätte zu sehr Besitz von mir ergriffen. Nein, wir wollten auch weg, am liebsten ebenfalls in den Schnee. Unsere Wahl fiel auf Spindlermühle, das St. Anton des Ostens, wie mein tschechischer Golflehrer mir zugeflüstert hatte. Unser Anreisetag sollte bereits der 20. Dezember sein. Ich habe gebucht, denn länger konnte und wollte ich auch nicht warten. Ein etwas komisches Gefühl hatte ich schon. Aber ich wollte mir einfach nicht mehr den Kopf darüber zerbrechen, ob Nora buchte, wann sie buchte, wie sie buchte und wie sie zum Flughafen kommen würde. Sie war schließlich erwachsen.

Ich wusste, dass Nora am 18. Dezember ihren letzten Arbeitstag haben würde und am Samstag noch einen Schultag vor sich hatte. Meine Spekulationen begannen: Fliegt sie am Samstag, bringen wir sie selbstverständlich zum Flughafen, wir könnten zusammen unseren Urlaub beginnen und dann vom Flughafen, egal ob Frankfurt oder Düsseldorf, unsere Reise nach Tschechien fortsetzen. Fliegt sie am Sonntag, werde ich Peter überreden, einen Tag später unseren Urlaub zu beginnen. Wählt sie einen Flug am Montag oder Dienstag, na, ja, dafür hatte ich auch noch keinen Vorschlag.

Am Abend vor meinem Abflug nach Gran Canaria kam der erste Anruf mit der Bitte um Unterstützung.

„Mama, ich habe so viel zu tun, in der Firma tobt der Bär, das Weihnachtsgeschäft hat uns alle voll im Griff, Freitagabend und Samstag die Schulbesuche, ich weiß nicht, wie ich es schaffen soll, meine Flüge zu buchen. Ich glaube, es wird jetzt langsam Zeit."

Ich habe mich dann zwischen meiner eigenen Arbeit und meinen Urlaubsvorbereitungen an den Computer gesetzt und nachdem sie mir ihren ersten möglichen Abreisetermin durchgegeben hatte, einige Flugverbindungen herausgesucht. Natürlich konnte ich keine Buchung für sie vornehmen, denn darüber sollte und wollte sie selber entscheiden. Mir erschien die Internetrecherche etwas zu kompliziert und zu unübersichtlich. Kurzerhand ging ich ins Reisebüro und ließ mir dort ganz bequem einige Verbindungen heraussuchen. Die Wünsche von Nora gab ich weiter: Möglichst ab Düsseldorf, dann ist die Anfahrt zum Flughafen nicht so weit, möglichst ohne Zwischenstopp, denn dann ist die Wahrscheinlichkeit größer, dass die Skier auf dem Flug nicht verloren gingen, und selbstverständlich preiswert. Wenn es möglich sei, sollte ich auf die Flüge auch eine Option ausüben und sie wollte, wenn sie mal Zeit hätte, in Ruhe entscheiden und endgültig buchen. Schrecklich, alles nur Wunschdenken, jenseits von jeglicher Praktikabilität. Ich gab es auf, mich weiter beraten zu lassen. Die Dame war sehr nett und empfahl mir, die Überlegung an meine Tochter weiterzugeben, statt nach Vancouver lieber nach Seattle in Nordamerika zu fliegen, das ganz nahe der kanadischen Grenze liegt, das sei viel billiger und man dürfe ein Gepäckstück mehr mitnehmen.

Ich leitete alle Informationen an Nora weiter und riet ihr, sich einfach die Zeit zu nehmen und selber in das Reisebüro zu gehen. Als sie Seattle hörte, jubelte sie, da sie dann das Grab von Kurt Cobain besuchen wolle, weil seine Asche in Seattle beigesetzt worden sei. Ich sah sie „Schlaflos in Seattle" herumgeistern und enthielt mich jeglichen Kommentars. Ich empfahl ihr, die nette Dame aufzusuchen, an die ich geraten war, denn sie erschien mir sehr gelassen, ausgeglichen und entspannt, wie geschaffen für den Kontakt mit meiner Tochter.

Dann konzentrierte ich mich auf meine eigene Reise in der Hoffnung, Nora würde jetzt selber alles regeln.

Unser Kreuzfahrtschiff befand sich auf See und wir sollten in den Morgenstunden den Hafen von La Palma anlaufen. Ich ging nachts, nach einem letzten Absacker an der Anytime-Bar, an der Rezeption vorbei und erblickte einen Internetpoint. Es war sehr leicht, sich in das World Wide Web einzuloggen. Ich brauchte nur die Kabinenkarte in einen kleinen Schlitz zu stecken und schon eröffnete sich mir die Welt des Internets. Einige Maileingänge entdeckte ich in meinem Postfach. Die meisten wollte ich jetzt nicht lesen, aber die E-Mail von Nora öffnete ich sofort. Sie war recht kurz.

„Hallo Mama, habe gebucht, fliege mit der Lufthansa von Düsseldorf nach Paris und von dort weiter mit der Air France nach Seattle, und zwar am 23.12. Öffne die Links, die ich dir geschickt habe, und sage mir, ob das alles so richtig ist. Übrigens, in deinem Reisebüro bin ich nicht klargekommen, war irgendwie blöd die Dame. Aber ein Stück weiter sitzt noch ein Urlaubsplaner und der junge Typ, an den ich dort geraten bin, war einfach klasse, hat alles für mich geregelt. Und meinen Reisepass mit Fingerabdruck habe ich jetzt auch endlich. Hab dich lieb, Nora."

Ich antwortete ihr, dass ich es toll fände, und sie alles super gemacht habe und dass ich vom Schiff aus die Unterlagen nicht prüfen könne. Gott sei Dank, dachte ich. Sie hat es geschafft. Zufrieden ging ich in meine Kabine.

Claas war jetzt bereits viele Tage unterwegs. Er hatte das idyllische Heim der befreundeten Familie, tief in den Wäldern der Rocky Mountains, verlassen und war in eine Wohngemeinschaft in Pemberton eingezogen, näher an seinen Traumort Whistler. Die erwarteten Schneemassen hatten sich etwas zurückgehalten, doch den einen oder anderen Skitag in höher gelegenen Gebieten hatte er schon hinter sich. Außer dem Flug hatte Nora nichts gebucht. Vor Ort leitete Claas alles in die Wege. Er hatte mittlerweile ein winterfestes Auto und wollte damit Nora in Seattle abholen. Einer seiner Mitbewohner wollte während der Weihnachtsfeiertage nach Quebec zu seiner Familie fliegen und Nora konnte seinen Platz in der WG einnehmen. Also Transfer und Unterkunft waren geregelt. Das Problem, wie sie nach Düsseldorf kommen sollte, hatte sie organisiert. Ihre Freundin Anja wollte in der Nacht vom 22. auf den 23. Dezember bei ihr übernachten und sie dann morgens mit Noras Auto nach Düsseldorf bringen. Dort sollte sie den Lufthansaflug um 7:00 Uhr nach Seattle erwischen. Dafür durfte Anja während ihres Kanadaaufenthalts ihr „Sternchenauto" fahren.

Peter und ich machten bereits Urlaub, liefen durch eine verschneite Winterlandschaft des Riesengebirges, erkundeten die Apré-Ski-Bars und versuchten, abzuschalten und den Urlaub zu genießen. Doch immer wieder waren meine Gedanken bei den Kindern. Nach einem romantischen Schneetag saßen wir vor unserem kleinen Fernseher und verfolgten die Tageschau im ersten Programm. Ich glaubte, meinen Augen und Ohren nicht zu trauen, welche Nachricht da über den Sender lief.

„Starker Wintereinbruch im Norden der USA, heftige Schneefälle und Sturm führen in Seattle zu starken Behinderungen. Tausende Haushalte sind ohne Strom, Hunderte von Fluggästen auf dem Weg in ihren Weihnachtsurlaub sitzen auf dem Flughafen in Seattle fest, Amerika bereitet sich auf die nächste Kältewelle vor."
In meinen Gedanken machten sich gleich Horrorvisionen breit: Claas steckte mit seinem Auto in den Schneemassen fest, er konnte Nora nicht abholen. Sie musste auf dem Flughafen von Seattle ausharren. Kurzstreckenflüge von Seattle nach Vancouver starteten auch nicht. Meine Fantasie machte noch einen Schritt zurück. Möglich, dass der Flug von Paris nach Seattle bereits gecancelt wurde. Weihnachten, das Fest der Familie, sah für uns eventuell so aus: Nora, einsam und enttäuscht auf dem Flughafen in Paris, Claas in einer überfüllten Flughafenhalle zwischen übermüdeten Fluggästen in Vancouver, wir im tiefsten Tschechien und Oma traurig zu Hause.

Der Griff zum Handy: Nora meldet sich, fröhlich und entspannt: „Hi, Mama, alles klar? Ich bin gerade dabei, meinen Koffer zu packen, bin fast fertig, dann hol ich nur noch Anja vom Bahnhof ab, du weißt ja, sie schläft heute bei mir." Ich berichtete von der Tagesschau. Sie hatte nichts davon gehört, der Nachrichtensender N24 lief bei ihr zwar die ganze Zeit, aber ihm war der Winter im Westen der USA keine Meldung wert.

„Wird wohl nicht so schlimm sein", meinte sie, „ich rufe gleich mal Claas an, der hat etwas von einem Blizzard erzählt, hat aber noch keinen erlebt und ist sehr gespannt darauf." Unausgesprochen stand der Satz im Raum: „Stell dich nicht so an, keine Panik, typisch Mama." Ich riet ihr dann aber doch, im Internet nachzusehen, ob ihre Flieger planmäßig starten oder ob mit Flugstreichungen zu rechnen sei. Sie versprach es mir und zusätzlich wollte sie in Düsseldorf bei der Flughafeninfo anrufen. Und über die Wettersituation in den USA und in Kanada wollte sie sich auch schlaumachen. Doch erst plante sie, mit Claas zu telefonieren und mich danach unterrichten.

Der Klingelton meines Handys. Nora meldete sich. „Claas sagt, keine Panik, die Kanadier haben alles im Griff, es handelt sich gerade mal um zwanzig oder dreißig Zentimeter Neuschnee im Tal. Endlich sind die Schneeverhältnisse in den Bergen so, wie er sie erwartet hat."

Die genannte Schneehöhe in der Stadt stellte ich mir spontan als chaotisch vor, schienen mir aber lösbar zu sein, in Ländern, die sich mit Schneemassen auskannten.

„Claas fährt rechtzeitig los, kalkuliert auch ein paar Staus auf dem Highway ein. Das klappt alles, wie geplant. Er ruft dich selbst noch mal an, aber erst gleich, denn er ist unterwegs, sein Handy-Akku ist fast leer. Er muss erst eine Steckdose finden. Ich habe auch in Düsseldorf angerufen und im Internet nachgesehen, alles paletti. Wenn sich etwas Neues ergibt, rufe ich noch mal an, wenn nicht, schlaf gut."

Das waren vorerst ihre letzten Worte. Alleine der Satz:

„Er muss erst eine Steckdose finden, sein Akku ist leer", ließ mich die Augen verdrehen. Claas meldete sich noch einmal völlig relaxt. Es ginge ihm gut, ich solle mir keine Sorgen machen. Er freue sich, meine Stimme zu hören. Er schaffte es, dass sich meine Bedenken reduzierten. Gut, dass wir eine so ausgiebige Wanderung gemacht hatten. Ich war todmüde und schlief am Abend sofort ein.

Meine innere Uhr weckte mich um sechs Uhr. Wenn die beiden Freundinnen nicht verschlafen hatten, was ich durchaus für möglich hielt, müssten sie jetzt bereits in Düsseldorf am Flughafen sein. Nora hatte nicht mehr angerufen. Ich schickte ihr noch schnell vor dem Einchecken eine SMS und wünschte ihr gute Flüge, denn ich hoffte, dass sie von Paris weiterflog.

Peter schlief tief und fest. Ob ihn das Ganze nicht berührte? Klar, er hörte mir immer zu, wenn ich mich sorgte, hatte auch eine Meinung zu der Situation, wollte auch, dass es unseren Kindern gut ging und dass sie zufrieden waren. Die Panikmache und die Fantasie, die Sorge und das Gefühl, untätig sein zu müssen, war dann doch wohl eher Frauensache oder besser muttertypisch.

Ich schlich ins Bad, weil ich noch kein Licht machen wollte, und begann mit meiner SMS: „Hi, Nora..." Mein Handy schellte, während ich schrieb. Nora wunderte sich, dass ich mich nach nur einer Sekunde meldete.

„Ich habe keine Zeit für Smalltalk", waren ihre ersten Worte. „Hör mir zu Mama, die lassen mich nicht über die USA nach Kanada einreisen, ich muss eine Meldeadresse angeben, sagt mir mal eben schnell die Anschrift der befreundeten Familie, bei der Claas zu Beginn gewohnt hat. Ich steh schon am Check-In, beeil dich. Außerdem habe ich nicht mehr genug Geld auf meinem Handy."

Der eine hatte keinen Strom der andere kein Guthaben. Ich hätte explodieren können. Ich gab ihr noch den Tipp, am Flughafen einen Internetzugang zu suchen, denn die Internetseite der kanadischen Familie kannte ich auswendig, die Adresse natürlich nicht. Doch sie winkte ab, hatte dafür keine Zeit mehr.

„Ich ruf Claas an, der wird mir schon weiterhelfen. Übrigens lass ich meine Skischuhe jetzt doch hier. Anja nimmt sie wieder mit nach Hause, sie passen nicht mehr in den Koffer. Ich packe gerade alles um. Außerdem müsste ich fünfzig Euro Übergepäck bezahlen, für die Skier." Ich sagte ihr noch, dass Skier und Skischuhe bei den meisten Fluggesellschaften, auch bei der Lufthansa, als ein Gepäckstück galten, aber ich hörte nur noch: „Tschüs Mama, melde mich."

„Na super", dachte ich, „ist es nicht das eine Problem, dann ist es halt das andere. Hat sie der coole Typ im Reisebüro wohl doch nicht so gut beraten in Sachen Sperrgepäck. Startet in die weite Welt und hat kein Geld auf dem Handy, nicht zu fassen." Ich saß in aller Herrgottsfrühe im Badezimmer, in der Pension Karolina in Spindlermühle, einen Tag vor Weihnachten. Das Summen der Lüftungsanlage hüllte mich ein wie eine zu schwere Zudecke und Peter lag nebenan und schlief den Schlaf des Gerechten. Ich starrte auf mein Handy und wartete darauf, dass meine Tochter sich meldete. Meine Gedanken spielten verrückt. Die Bilder, die sich gerade in meinem Kopf aufbauten, waren einfach nur schrecklich. Ich wusste, dass beide Kinder in der Welt Bestand hatten und für sich selbst sorgen konnten, aber der Abnablungsprozess auf meiner Seite kostete halt mehr Nerven, als ich erwartet hatte. Das Handygeräusch erschreckte mich. Nora war dran, im Hintergrund die Geräusche eines pulsierenden Flughafens.

„Alles klar, Mama, hab Claas erreicht, er hat mir seine neue Adresse gegeben, bin jetzt weg. Melde mich."
Ich war fürs Erste beruhigt und kroch wieder unter meine warme Daunendecke, doch an Schlaf war nicht mehr zu denken.

Heute sollte es auf die Piste gehen. Über Nacht hatte es Neuschnee gegeben, die Winterwelt sah betörend aus. Im letzten Moment griff ich zu meinem Handy und steckte es die Brusttasche meiner Skijacke.

Ich fuhr auf eine Liftstation zu, als ich ein leises Geräusch und ein Vibrieren direkt an meinem Körper wahrnahm. Mein Handy?! Ich glaube, so schnell habe ich meine Ski- handschuhe noch nie ausgezogen. Ich stand am Pistenrand und mir zitterten die Hände, aber nicht vor Kälte. Eine SMS von Nora. „Je suis à Paris. Flug geht planmäßig, alles okay, aber sehr abenteuerlich hier. Jetzt ist Boarding-Time, melde mich in zehneinhalb Stunden, hab euch lieb, bis dann, Nora." Das waren Worte, die mir den Tag versüßten. Es ging mir gut. Jetzt musste die Maschine der Air France nur noch in Seattle landen, wegen des Blizzards nicht umge- leitet werden und Claas problemlos den Flughafen errei- chen, dann wäre ich noch glücklicher. Wenn die beiden sich endlich getroffen hatten, wäre meine kleine Welt wieder in Ordnung.

Ich wusste, dass es noch einen Menschen gab, dem ich mit dieser guten Meldung von Nora einen schönen Tag bereiten konnte. Ich rief sofort meine Mutter an. Auch sie war glücklich, dass Nora in der Maschine nach Seattle saß. Ihre Freude konnte ich spüren.

Die SMS war bei mir um 9:55:49 Uhr eingegangen. Wenn ich es genau nahm, dann müsste sich Nora um 20:25:49 Uhr wieder melden. Ich stellte mir vor, dass sie müde von der langen Flugzeit am Kofferband stand und auf die Gepäckstücke wartete. Als erstes würde sie ihr Handy zücken, es aktivieren und Claas mitteilen, dass sie gelandet sei. Die zweite Aktion wäre dann ein Telefonat mit mir. Sie wusste ja, dass ich wartete. Aber, wie gesagt, ich stellte es mir nur so vor, denn nichts passierte.

Peter und ich schauten uns noch einen lustigen Film am Abend an. Die Zeit verging und nichts tat sich. Ich legte mein Handy griffbereit auf das Nachtschränkchen und schlief dann in Erwartung, am Morgen eine SMS zu lesen, ein.

Als ich erwachte, las ich 24. Dezember, 7:40:30 Uhr auf meinem Handy. Von den Kindern hatte ich noch nichts gehört. So langsam fing ich an, mir Sorgen zu machen. Um halb sechs war ich schon einmal wach gewesen und hatte auf beide Handys geschaut, denn es konnte ja auch sein, dass sie eine Nachricht an Peter geschickt hatten, aber nichts war zu sehen. Leise war ich ins Bad geschlichen und hatte sowohl an Claas als auch an Noras Nummer eine Nachricht geschickt.

„Hi, hab noch nichts von euch gehört, was ist los? Hab euch lieb, Mama." Es sollte wie eine lockere Frage nebenbei klingen, die nicht unbedingt gleich meine Sorge vermuten ließ. Ich war wieder ins Bett gegangen, aber der kleine, so sehnlich erwartete Piepton, der den Empfang einer SMS ankündigte, blieb aus. Nach einer Stunde war ich erneut ins Bad geschlichen. Ich hatte mich entschlossen, mit den Kindern zu telefonieren. Ich hatte mir ausgerechnet, dass es jetzt in Kanada circa zweiundzwanzig Uhr Ortszeit sein musste. Zuerst wählte ich Claas Nummer, aber seine Mailbox war eingeschaltet. Dann folgte Noras Handynummer. Eine nette englische Stimme erzählte mir, dass ich es noch einmal versuchen solle, denn es sei offensichtlich ein Fehler der Ziffernfolge die Ursache, dass ich den Teilnehmer nicht erreichen könne.

Natürlich war es kein Fehler der Ziffernfolge, da war ich mir sicher, denn ich hatte die eingespeicherte Nummer gewählt. Trotzdem verglich ich sie noch einmal mit der Nummer in Peters Handydatei, was mir nur bestätigte, dass ich beide Kinder nicht erreichen konnte. Eine schreckliche Erkenntnis. Leichte Panik machte sich breit. Ich legte mich wieder ins Bett, starrte an die Decke. Meine Gedanken machten sich wieder selbstständig, kreisten um alle möglichen, aber eher unwahrscheinlichen Katastrophen. Peter lag neben mir, atmete regelmäßig und schlief wie ein Murmeltier. Ich beneidete ihn darum, dass er den Stress, den ich mir machte, von sich fernhalten konnte. Am liebsten hätte ich ihn geweckt und ihn mit meinen Sorgen angesteckt, doch ich tat es nicht. Ich muss wohl in einen leichten Schlaf gefallen sein, denn als dieses verdammte Handy endlich das erlösende Geräusch von sich gab, schoss ich kerzengerade im Bett hoch. Der Blick auf das Display zeigte, dass es Nora war.

„Mama, ich bin gut angekommen, alles in Ordnung, wir sind jetzt in Claas Wohnung und gehen erst mal schlafen. Ich bin total müde. Ich bin mehr als 24 Stunden unterwegs gewesen. Claas geht es auch gut. Die Fahrt war auch kein Problem, sehr außergewöhnlich, aber nichts Dramatisches. Ich habe mehrere SMS geschickt, aber unsere Handys hatten beide in den USA keinen Empfang. Die Einreise in die USA war mehr als abenteuerlich. Ich melde mich morgen wieder. Claas hat Spaghetti gekocht und jetzt essen wir erst mal gemütlich.“

Jetzt konnte Weihnachten für mich beginnen. Endlich ging es mir gut. Ich freute mich auf den beginnenden Skitag. Der Blick aus dem Fenster zeigte, wie kontinuierlich und zart Schneeflocken aus den Wolken fielen und die Landschaft immer dicker eingepudert wurde. Weihnachtsstimmung setzte ein. Es war, als hätte sich bei mir ein Schalter umgelegt. Als Nächstes griff ich zum Handy und wählte die Nummer meiner Mutter. Sie war sofort am Apparat. Wir hatten vereinbart, dass ich es immer lange klingeln lassen sollte, da sie etwas länger brauchte, bis sie den fest installierten Apparat erreichte. Jetzt klingelte es nur einmal und sie meldete sich. Sie musste wohl neben dem Telefon gesessen und gewartet haben. Ihre Erleichterung war zu spüren, als ich ihr Noras Informationen weitergab. Ihre Stimme versagte. Auch mir kamen auch die Tränen.

„Für mich ist es das schönste Weihnachtsgeschenk, dass es den beiden gut geht und dass sie zusammen sind“, sagte sie. „Für mich auch, Mutter“, flüsterte ich.

Ich traf Anja, Noras Freundin, und natürlich waren die chaotischen Anreiseumstände meiner Tochter Gegenstand unseres Gesprächs.

„Also, wenn Nora wirklich wegen des Wintereinbruchs in den USA von Paris aus nicht hätte weiter nach Seattle fliegen können, ich wäre mit unserer Mädel-Clique nach Paris geflogen und wir hätten dort das Weihnachtsfest mit ihr verbracht, notfalls auch auf dem Flughafen“, verkündete sie fröhlich. „Das können Sie mir glauben. Wozu hat man denn gute Freundinnen?“

Toll, dass wir auch einmal in Afrika waren!

„Und, was meinst du, was sollen wir morgen unternehmen?", fragte ich meine Tochter. Sie lag auf der Liege und ließ sich die andalusische Sonne auf die Haut scheinen.

Wenn die Urlaubsplanung es zuließ, verbrachte ich einmal im Jahr, mit bisher nur wenigen Ausnahmen, eine Woche Urlaub mit meiner Tochter alleine. Wir nannten es unseren Mutter-Tochter-Urlaub. Für mich war es immer eine der schönsten Wochen des Jahres.

Entweder begaben wir uns ins Großstadtgewimmel oder wir buchten einen Urlaub zum „Chillen", am liebsten am Meer. Wir entschieden dann vor Ort, wann und was unserem Wissens- und Informationsdurst zum Opfer fallen sollte. Unsere Reisen hatten uns bereits nach Florenz, Prag und Amsterdam geführt. Die „chilligen Urlaube" verbrachten wir auf Fuerteventura, Ameland und in diesem Jahr in Andalusien.

Da wir recht kurzfristig gebucht hatten, stand uns leider kein Flug nach Jerez zur Verfügung. Somit mussten wir auf einen kurzen Transfer zum Hotel verzichten. Unser Flugzeug landete in Malaga, von dort bis zum gebuchten Hotel in Novo Sancti Petri waren es noch circa zweihundertdreißig Kilometer. Diese Fahrt in einem Transfer-Reisebus zu verbringen, schien uns nicht so prickelnd und wir bemühten uns direkt am Flughafen um einen Mietwagen. Der Vorteil, wir konnten die Strecke nach unserem Tempo und nach unserer Vorstellung zurücklegen und Fotostopps einlegen, wann es uns gefiel. Wir machten einen Halt in Marbella an der Costa del Sol, ließen Gibraltar links liegen, da es später Teil eines Tagesausflugs werden sollte. Im goldenen Licht der untergehenden Abendsonne erreichten wir unser Ziel an der Costa de la Luz.

Unser Hotel war ein recht flacher Bau und fügte sich ganz seicht in eine traumhafte Dünenlandschaft ein. Wir waren vom ersten Augenblick an begeistert und hätten es nicht besser antreffen können.

Die Koffer ins Zimmer gestellt, gingen wir als erstes an den Strand. Die Weite und der helle Sand ließen unsere Herzen höherschlagen.

Was sich als echter Vorteil herausstellte, war, jederzeit den Mietwagen zur Verfügung zu haben. So konnten wir unser Ausflugsprogramm auf mehrere Tage verteilen. Wir fuhren nach dem Abendessen noch einmal in das verträumte Städtchen Conil oder morgens zum Shoppen nach Cádiz.

Am ersten Urlaubstag ließen wir uns am Hotelpool nieder. Während ich mich in ein Buch vertiefte, döste Nora vor sich hin und sonnte sich.

„Ich habe mir mal etwas überlegt", sagte ich zu meiner Tochter. „Wir sind weit im Süden Europas und die afrikanische Küste liegt sehr nah. Was hältst du davon, wenn wir mit einer Fähre nach Marokko übersetzen? Es gibt sicherlich eine Fährverbindung. Die afrikanisch-marokkanische Küste wird schnell erreicht sein." Auf der Hinfahrt hatten wir keine Gelegenheit, die Berge auf der anderen Seite der Meerenge zu sehen. Aber wie man den Prospekten entnehmen konnte, war das gigantische Gebirge auf der anderen Seite der Meerenge zum Greifen nahe.

„Ja, das könnte mir auch gefallen", sagte meine Tochter. „Ich werde mich mal informieren", sagte ich.

Meistens hielt ich es nicht lange auf einer Liege am Pool aus. Es war an der Zeit, sich mal wieder zu bewegen. Meinen Krimi legte ich zur Seite, zog mein Strandkleid über und ging zur Rezeption. Dort lagen viele unterschiedliche Prospekte bereit, mit geballter Information über Ausflüge in die nähere und weitere Umgebung. Ich entdeckte auch einen Flyer einer Fährgesellschaft, die Überfahrten nach Tanger anbot. Meine Tochter kam mir im glasklaren Wasser des Pools entgegengeschwommen, als ich mit meiner Broschüre wieder zu unserem Sonnenlager zurückkehrte. Während sie sich abtrocknete, las ich ihr den Fahrplan vor. Wir beschlossen, am nächsten Tag sehr früh zu starten und eine der ersten Fähren auf den afrikanischen Kontinent zu buchen, um möglichst viel Zeit in Marokko verbringen zu können. Abends las ich noch einige Kapitel im Reiseführer, doch so richtig wusste ich nicht, was ich mir in Tanger ansehen sollte.

„Lassen wir uns überraschen", meinte Nora, „es wird ein schöner Tag werden. Bisher war jeder Ausflug mit dir super."

Tarifa, die spanische Hafenstadt, war überschaubar. Den Hafen fanden wir sofort und die großzügig angelegten Parkplätze, dazu noch ohne Gebühr, vereinfachten einiges. Die große rot-weiße Fähre lag schon bereit und wir machten uns auf den Weg zu einem Gebäude, in dem der Ticketschalter zu finden sein musste. Es herrschte im Hafen das übliche Treiben, Lkws rangierten, Taxen fuhren hin und her, Reisebusse standen bereit und Pkws reihten sich in Schlangen ein. Die kleine Schalterhalle war mit Menschen gefüllt und um uns herum wurde ununterbrochen geredet. Doch deutsche Worte vernahmen wir keine.

„Ich denke, der Schalterbeamte wird wohl Englisch sprechen", sagte ich zu Nora. Doch als wir an der Reihe waren, unsere Pässe in der Hand, stellten wir fest, dass wir uns auch auf Deutsch verständigen konnten. Wir benötigten nur unseren Reisepass, um nach Marokko einreisen zu dürfen. Ich nannte unseren Wunsch: „Zwei Erwachsene und ein Pkw, mit Rückfahrkarte für heute Abend." Der junge Mann sah uns mit seinen großen schwarzen Augen sehr erstaunt an, hielt einen Moment inne. Er blickte Nora an, dann auch mich, und sagte leicht verlegen: „Zwei blonde Damen alleine in Marokko, das halte ich für keine so gute Idee, und dann noch mit einem Auto." Ich glaube, meine Antwort schien etwas patzig zu sein, denn ich fragte ihn, ob es in Marokko keine Straßen gäbe und ob man dort anders Auto fuhr als in Spanien oder in Deutschland. Zum Glück hatte er den etwas unverschämten Unterton von mir nicht herausgehört und blieb uns auch weiterhin wohlgesonnen. Er erklärte uns, dass er uns in unserem eigenen Interesse raten würde, sich einer Reisegruppe anzuschließen und das Auto auf dem kostenlosen Reedereiparkplatz stehen zu lassen.

„Glauben Sie mir, es ist besser für Sie." Wir waren beide enttäuscht, dass wir jetzt doch nicht auf eigene Faust unser Marokkoabenteuer angehen konnten. Doch dann kam die Frage, die uns die Entscheidung erleichterte.

„Sie sind doch sicher mit einem Mietwagen da. Dann brauche ich von Ihnen die schriftliche Erlaubnis der Vermietergesellschaft, die Ihnen erlaubt, das Auto von Europa auszuführen."

Die hatten wir natürlich nicht. Wir buchten zwei Erwachsenen und jeweils eine Fahrt im klimatisierten Reisebus, mit Führung und Besichtigungsprogramm.

„Ich wünsche Ihnen einen angenehmen Tag in Marokko", sagte der junge Mann und händigte uns die Tickets und einen Aufkleber aus, den wir gut sichtbar an unserer Kleidung tragen sollten.

„So ein Blödsinn, jetzt outen wir uns auch noch als Touristen."

„Aber Mama, ob mit oder ohne Sticker, alleine unsere blonden Haare kennzeichnen uns als Touris."

Der Sticker sah ganz lustig aus und ich würde ihn später in mein Fotoalbum kleben. Wir wurden zu einer wartenden Gruppe Menschen unterschiedlichster Nationalitäten geführt. Ihnen hatte der Ticketverkäufer sicher auch davon abgeraten, alleine nach Afrika überzusetzen. In besonders guter Erinnerung blieb mir eine Gruppe Jugendlicher aus Irland. Sie hatten kahl geschorene Köpfe, waren vom Sonnenbrand gerötet, und trugen überdimensional große, schlabbrige Shorts und ebenso überdimensionierte Achselhemden, die viel nackte Haut unbarmherzig der Sonne aussetzten. Die Optik ließ erst auf Engländer schließen, aber die Landesfarben Irlands und die vielen Kleeblätter wiesen eindeutig auf Irland.

Eine Familie aus Italien mit zwei halbwüchsigen Kindern fiel mir ebenfalls auf. Das Mädel musste circa vierzehn Jahre alt sein und war sehr freizügig gekleidet, viel Bein, viel Busen, also viel nackte Haut.

„Wir werden schon wegen unserer blonden Haare angesprochen und das italienische Mädchen reist halb nackt in ein arabisches Land, in dem neunundneunzig Prozent der Bevölkerung Muslime sind. Schon seltsam das Ganze", flüsterte ich meiner Tochter zu. Spontan fanden wir niemanden, dem wir uns gerne angeschlossen hätten. Also blieben wir stehen, wo man uns hingestellt hatte und warteten ab. Die Sonne knallte schon am frühen Morgen erbarmungslos auf uns nieder. Wir durften einsteigen. Es war eine Art Schnellboot und die Überfahrt sollte nur fünfunddreißig Minuten dauern. An Deck durften wir uns nicht aufhalten. Also suchten wir uns einen Platz in der Cafeteria. Ein junges Mädchen in ehemals weißen Leggings und einem ehemals hellblauen Kittel putzte, so lange die Überfahrt dauerte, Tische, Stühle und Scheiben. Sie spritzte eine undefinierbare Flüssigkeit auf den Lappen und polierte alles was ihr unter die Finger kam mit heftigen Wischbewegungen. Das Ergebnis, alle Objekte sahen nachher schmuddeliger und blinder aus als vorher.

Durch die Scheiben konnten wir kaum etwas sehen und wir waren gespannt, was uns auf dem afrikanischen Kontinent erwartete. Schließlich gingen wir doch an Deck. Aber der Fahrtwind war schon heftig. Das riesige Gebirge kam immer näher, die Fähre wurde langsamer und wir durften an der Reling stehend unserer Ankunft in Tanger entgegenfiebern.

Mittschiffs verließen wir die Fähre und ich hatte den Eindruck, dass die Sonne noch erbarmungsloser schien als in Spanien, obwohl wir nur wenige Kilometer weiter im Süden waren. Gut, dass wir uns bedeckt hielten. Doch noch bevor wir afrikanischen Boden betraten, wurde uns klar, wie wichtig unsere roten Touristenaufkleber waren. Wie eine Herde Schafe wurden die Menschen, die das Schiff verließen, in die unterschiedlichsten Richtungen bugsiert. Die einzelnen Reisegruppen formierten sich. Wenn das Treiben im Hafen von Tarifa schon lebhaft war, so war es hier in Tanger um ein Vielfaches quirliger. Wir sahen nur noch

Menschen, die wild durcheinanderriefen, aufgeregt hin- und herliefen und versuchten, die Masse Mensch aufzuteilen.

Reisebusse standen bereit, um die Gruppen aufzunehmen. Doch das dauerte erst mal seine Zeit. Wir, die Reisegruppe mit den roten Aufklebern, wurden gezählt und nochmals gezählt und wir warteten und warteten und wurden wieder gezählt. Und als wir dann schließlich in den supermodernen, voll klimatisierten Reisebus einsteigen durften, musste jeder beim Einsteigen noch einmal den roten Reiseaufkleber vorzeigen und beim Einsteigen wurden wir wieder gezählt. Ein kleiner dunkelhaariger Araber in einem wehenden weißen Gewand stieg zu uns in den Bus und begrüßte uns. Er stellte sich als Reiseführer für die nächsten Stunden vor. Dann ging er noch einmal durch den Bus und zählte seine Schäfchen erneut. Als der Motor nach langer Wartezeit angelassen wurde, atmeten alle auf, denn endlich kam die Klimaanlage in Gang. Wir standen jetzt schon lange in der prallen Sonne und die unerträgliche stickige Luft in dem Reisebus führte dazu, dass wir kaum noch eine trockene Faser am Körper trugen.

Der Reiseführer war schon sehr speziell. Er sprach sieben bis vierzehn Sprachen, wie er uns selber mithilfe von Zeichensprache und undefinierbaren Worten mitteilte. Alle staunten, als sie die Zahl vierzehn in unterschiedlichen Sprachen hörten. Aber ich glaube es war ein Missverständnis. Selbst vier Sprachen beherrschte er nicht. Eigentlich hörte sich nur die Sprache, die ihn mit dem Busfahrer verband, flüssig an. Ich nahm an, dass es Arabisch war. Ansonsten beherrschte er ein Sammelsurium von Vokabeln, die erhöhte Aufmerksamkeit aller Nationalitäten in diesem

Bus erforderte. Jeder versuchte, ein paar vertraute Wortfetzen zu erhaschen. Wir verließen das Hafengebiet und fügten uns in einen unüberschaubaren, für uns Mitteleuropäer sehr chaotischen, Straßenverkehr ein. In der ersten Häuserreihe, die ich erblickte, waren im Untergeschoss nur Teehäuser zu sehen. Alle hatten kleine Tische und Stühle auf dem Gehweg oder halb auf der Straße stehen, und es gab keinen freien Platz. Die hupenden und knatternden Autos fuhren direkt an den Teegläsern vorbei. Was mir dann aber schlagartig auffiel: Ich sah keine einzige Frau. Jeder Stuhl war besetzt, aber nur mit Männern. Ich hatte bis hierher schon genug gesehen und dankte jetzt bereits dem freundlichen Schalterbeamten in Tarifa, dass er es uns nicht ermöglicht hatte, alleine mit dem Pkw nach Marokko einzureisen. Ich glaube, ich hätte mich aus dem Hafengebiet gar nicht herausgetraut.

Als ich später einmal einer Freundin von diesem Ausflug auf den afrikanischen Kontinent erzählte, sagte sie, dass sie es gut verstehen könne. Ihre Eltern hätten damals nicht einen so netten freundlichen Schalterbeamten gehabt und somit einen Tag im Hafen von Tanger verbracht. Sie hatten es auch nicht gewagt, das Hafengebiet zu verlassen.

Unsere Rundtour begann. Mit lautem Gehupe und Trara reihte sich unser Bus in den fließenden Verkehr ein. Nach zehn Minuten gab die Klimaanlage ihren Geist auf. Schlagartig wurde es unerträglich im Bus.

„Was ist denn jetzt los? What is wrong now?", und auch noch einige mir völlig fremde Worte wurden laut. Ob der Busfahrer die Klimaanlage abgestellt hatte oder ob der hypermoderne Reisebus bereits erste Mängel aufwies, nämlich eine defekte Klimaanlage? Diese Frage konnte oder wollte uns der kleine Araber nicht beantworten Er stand im Mittelgang und zuckte immerzu mit den Schultern und wirbelte seine Arme durch die Luft. Wir waren dem kleinen arabischen vierzehnsprachigen Reiseleiter in dem immer stickiger werdenden Reisebus ausgeliefert. Ich öffnete das Oberlicht in der Hoffnung, etwas Fahrtwind möge in den Bus eindringen. Doch die Luft, die von außen eindrang, war heißer als die im Businneren. Also habe ich die Luke schnell wieder geschlossen. Gut war, dass wir beide eine Flasche Wasser dabeihatten, die sollte uns wenigstens ein paar Stunden weiterhelfen.

Wir fuhren durch Wohngebiete. Alle Häuser waren alt und hatten sicherlich schon bessere Zeiten gesehen. Ich erinnere mich noch, dass ich ein paar Wortfetzen entnahm, dass wir gerade das belgische und anschließend das französische Wohnviertel durchquert hatten. Wir erreichten den Stadtrand und passierten eine trockene bräunliche, recht karg bewachsene bergige Landschaft, wie ich sie in Europa wirklich noch nicht gesehen hatte. Doch hauptsächlich beschäftigten wir uns mit dem Problem der Klimaanlage. Fast jeder im Bus versuchte, mit dem Reiseleiter in seiner Muttersprache das Problem zu lösen. Wie von Geisterhand setzte das leise Surren plötzlich wieder ein und die klimatisierte Luft strömte aus den Düsen.

Plötzlich bog der Fahrer von der recht gut asphaltierten Straße ab und kam auf einem staubigen Parkplatz zum Stehen.

„Warum hält er denn hier in der Knüste, gibt es hier was Besonderes zu sehen?" Wir hatten nicht verstanden, was der quirlige Araber kurz vorher ins Mikrofon gebrabbelt hatte. Doch dann sahen wir die Attraktion. Aus dem rötlichbeigen Staub des Straßenrandes erhoben sich Kamele. Sie wurden von ihren Führern gehalten. Eine riesige Staubwolke, von den Kamelen und vom Bus verursacht, umhüllte das ganze Geschehen.

Unser Reiseleiter forderte uns auf, auszusteigen.

„Ich steige hier nicht aus, auf gar keinen Fall", sagte ich zu Nora.

„Ich auch nicht", antwortete sie. Wir wollten weder in die Staubwolke eintauchen, noch gefiel es uns auf ein Kamel zu klettern.

„Ich will kein Foto von mir, wie ich auf einem armseligen dreckigen Kamel balanciere, das von einem zahnlosen Kamelführer gehalten wird", sagte ich. Ich wollte nicht müde und verschwitzt, mühsam lächelnd in eine Kamera schauen müssen. Wir blieben sitzen und viele andere Reisende auch.

Die Iren hatten das Problem auf ihre Weise in den Griff bekommen. Sie hatten schon das eine oder andere Bierchen aus ihren Rucksäcken herausgeholt und auch getrunken, solange es noch kühl war. Ihnen schien es nichts auszumachen, sich auf so ein Kamel zu schwingen. Für sie war es eine echt spaßige Aktion, die wir durch die getönten dreckigen Scheiben des Reisebusses beobachteten. Ein junger Bursche mit schwarzem Irokesenschnitt im grünen Fußballtrikot, an den Füßen Flip-Flops, auf einer rot-weißgestreiften Decke zwischen den Höckern eines Kamels, bot schon ein sehr skurriles Motiv. Um das in voller Breitseite fotografieren zu können, war ich doch noch für ein paar Minuten ausgestiegen.

Die Fahrt wurde fortgesetzt. Unser Bus fuhr an einer weißen Mauer entlang. Dahinter lagen traumhafte Gärten, die in voller Blütenpracht erstrahlten. Die Gegensätze waren sehr stark. Auf der einen Seite vertrocknete Landschaft, auf der anderen Seite das Paradies. Der einzige Unterschied war, dass auf der einen Seite bewässert wurde und auf der anderen Seite eben nicht. Dieser paradiesische Garten gehörte zum Besitz der Königsfamilie.

In einem kleinen Ort machten wir Halt. Ich glaube, es war schon wieder ein Stadtteil von Tanger, und wir gingen im Gänsemarsch durch schmale enge Gassen. Auf einem Platz, umschlossen von weißen Mauern, machten wir Station. Es gab so gut wie keinen Schatten. Wir waren gnadenlos der Sonne ausgesetzt. Eine einzige Türöffnung führte zu einem kleinen Laden, erkennbar nur an den Postkarten, die in einer winzigen Stellage an der Außenwand befestigt war. Wir standen auf dem Platz und warteten.

„Ich gehe jetzt in den Laden und kaufe ein paar Postkarten, vielleicht auch noch zwei frische Flaschen Wasser", sagte ich zu Nora. „Außerdem ist es da schattig." Sie nickte. Doch der kleine Reiseführer hielt mich auf.

„Nix Postkarten, nix Postkarten, später", hörte ich und er drängte mich wieder zu der wartenden Menschenmenge zurück. Dann erschienen seine Vertragspartner. Drei Araber, gekleidet in weiße Gewänder, sonnengebräunte lederige Gesichter, einer mit einem gelben Turban, die anderen mit einem roten Fez auf dem Kopf. Sie trugen einen Korb vor sich her, hatten Trommeln und eine Flöte dabei. Sie nahmen ihre Positionen ein. Ein gleichmäßiges Trommeln und die Flötentöne setzten ein. Aus dem Korb, dessen Deckel sie bereits entfernt hatten, erhob sich eine Schlange. Einen Schlangenbeschwörer hatte ich noch nie gesehen und es war faszinierend, wenn mir auch bewusst war, dass es eine der typischen Touristenattraktionen war und eigentlich nicht viel mit Marokko und der Kultur des Landes zu tun hatte. Die Aktion wurde beendet, ein Araber ging mit einem Fez herum und sammelte. Der andere hatte gerade die Schlange gegriffen und legte sie einer Engländerin locker um die Schulter, die so laut kreischte, dass wir befürchteten, die Schlange würde in ihrer Verzweiflung zubeißen. Aber wieder waren unsere irischen Mitreisenden mit von der Partie. Sie ließen sich die Schlange abwechselnd um ihre nackten Schultern legen und die marokkanische Schlange konnte Freundschaft schließen mit den tätowierten Schlangen der mutigen Iren.

Es kamen noch zwei weitere Betreuer zu unserer Gruppe und dann wurden wir ins Zentrum der Medina geführt. Wir wurden angewiesen, immer zusammenzubleiben, die Gruppe nicht selbstständig zu verlassen. Anschluss halten war das oberste Gebot. Die Gassen waren eng, wir konnten nur hintereinander gehen. Der Reiseleiter trabte voran, leichtfüßig und schnell. Ein zweiter Betreuer ging in der Mitte und trieb uns immer an, schneller zu gehen. Der Schlussmann puschte uns auch weiter nach vorne. Ich kann mich nur noch an den einen oder anderen Blick auf geschlossene Haustüren erinnern und an weiß getünchte Wände. Wenn aus einer Tür ein Araber lugte und den Versuch machte, uns in ihre Läden zu ziehen, gab es lautes Geschrei. Energisch wurde dieser Versuch von den Reiseleitern mit drohenden Fäusten unterbunden. Jedes Mal, wenn wir auch nur ein Anzeichen machten, um stehen zu bleiben, wurden wir nicht nur aufgefordert weiterzugehen, sondern geschupst und gestoßen. Wenn ich ehrlich bin hatte ich etwas Angst und ich bewegte mich nur im Schutz der

Gruppe weiter.

Ich hatte nicht die Zeit, auch nur ein einziges Foto zu machen. Mein Blick war hauptsächlich nach unten gerichtet, da ich bei den unebenen Gassen und dem uns aufgezwungenen Tempo nicht stolpern wollte.

„Nora, bis du noch da?", fragte ich ein paarmal. „Ja, Mama, direkt hinter dir."

„Nicht, dass du in einen Hauseingang hineingezogen wirst und spurlos verschwindest!", rief ich ihr über die Schulter zu. „Nachher muss ich Kamele kaufen und dich wieder eintauschen." Plötzlich blieb unser Reiseleiter stehen, versperrte die kleine Gasse mit seiner vollen Körpergröße. Es gab einen Stau und fühlte sich an wie ein Auffahrunfall. Er wies alle an, links durch die Tür in ein Haus abzubiegen. Mein Blick auf den Türrahmen verdeutlichte, dass es sich um ein Geschäft handelte, denn die Symbole von American Express, Diners Card und Visa zeigten bereits am Eingang an, welche Zahlungsmittel akzeptiert wurden.

„Hoffentlich müssen wir jetzt nicht eine Rheumadecke kaufen", rief ich Nora zu, in der Hoffnung, man hätte mich allgemein nicht verstanden.

„Oder ein siebenteiliges Topf-Set", konterte Nora.
Wir waren in einem Teppichgeschäft gelandet. Die Räume waren klimatisiert, sehr schön gestaltet und überall stapelten sich Teppiche und Brücken in allen Größen und Formaten. Die besten Stücke waren an den Wänden aufgehängt worden. Schön anzuschauen, aber wenn ich mir eines nie und nimmer im Urlaub kaufen würde, dann war das ein Teppich.

Wir wurden in einen Raum geführt und mussten uns

rund um einen Teppichstapel verteilen. Anschließenden wurden wir nach Muttersprache sortiert: Spanisch, Englisch, Französisch. Uns wies man einen Platz bei den Engländern und Iren zu, da zwei Deutsche keinen eigenen Übersetzer erhielten. Es folgten Informationen über das Warenangebot. Ich hörte auf Englisch einige Zeit zu, doch irgendwann stellte ich auf „Durchzug", denn ich konnte und wollte jetzt keine Informationen über Teppiche verarbeiten.

Nach Beendigung der Vorträge wurden die Verkäufer auf die Touristen losgelassen. Sie wollten mit allen Mitteln verkaufen. Es grenzte schon fast an Nötigung. Aber da wir ja diesen Ort nicht alleine verlassen durften, geschweige denn wussten, wo wir uns befanden, mussten wir alles über uns ergehen lassen. Zwischendurch betrat ein weiterer Araber das Geschäft und sprach freundlich einen Touristen an. Dieser wurde dann unter Beschimpfungen und Geschrei und körperlicher Gewalt in Form von Schubsen und Wegschieben von dem Geschäftsinhaber wieder aus dem Laden herausgedrängt. Die Ladentür wurde von innen abgeschlossen.

„Ob das eine Kundenabwerbung war?", fragte Nora. Kurzerhand wurde noch ein Riegel vorgeschoben. Es kam niemand mehr herein, aber wir konnten auch nicht mehr heraus. Zuerst hatte ich mir mit Nora die Waren noch angesehen und Interesse an den Teppichen geheuchelt. Aus Bewunderung hatte ich auch einmal mit der Hand über einen Perserteppich gestrichen. Aber als wir nicht mehr wussten, wie wir dem Verkäufer entgehen konnten, setzten wir uns einfach wieder auf die kleine Bank, schauten nach unten, vermieden jeglichen Augenkontakt mit unserem

Verkäufer und sahen uns auch nicht mehr um. Wir warteten einfach. Und wieder setzte sich der Verkäufer neben uns. Er erklärte mir, dass ich eine nette Tochter habe, dass man sehen könne, dass es meine Tochter sei. Es sei meine Pflicht dafür zu sorgen, dass meine Tochter auch eine schön eingerichtete Wohnung habe und er hätte dazu genau den richtigen Teppich. Zuerst lehnten wir seine Angebote höflich ab, zu teuer, kein Geld, Tochter noch zu jung, keine Transportmöglichkeiten. Alles konnte er widerlegen, auf alles hatte er eine Antwort.

„Jetzt sage ich kein Wort mehr", flüsterte ich Nora zu. „Jetzt ist Schluss." Doch wie eine Schmeißfliege klebte der Verkäufer an uns. Dann wurde er sauer und pampig, als er merkte, dass mit uns wirklich kein Geschäft zu machen war. So langsam verstand ich, was auf Kaffeefahrten abging. Manch älterer Teilnehmer fand nur seine Ruhe, wenn er endlich einen Kauf abschloss, obwohl er weder den angepriesenen Artikel benötigte noch bezahlen konnte. Solch ein Kauf schien ein purer Akt der Verzweiflung zu sein. Es ist ein ungeheurer psychischer Druck, dem man sich ausgesetzt fühlt, wie ich jetzt am eigenen Leibe erfahren musste.

Einige Teppiche aus diesem Warenlager traten ihre Reise nach Europa an. Auch die irische Studentenbude würde demnächst eine bunte Perserbrücke zieren. Wir waren unendlich erleichtert, als alle Kaufformalitäten unserer Mitreisenden abgeschlossen waren und wir endlich diesen Laden wieder verlassen durften. Aber die Freude der wiedererlangten Freiheit dauerte nicht lange an. Jetzt stand eine Berberapotheke auf dem Programm. Wieder wurden wir von unserem marokkanischen Führer in einer unheimlichen Geschwindigkeit durch die engen Gassen geschleust.

Plötzlich standen wir im Vorraum der Apotheke. Es war eine Halle, in der einzelne Räume mit Tüchern voneinander getrennt wurden. Wenn man nach oben schaute, sah man unter das Dach einer Lagerhalle. Und wieder wurden wir nach Muttersprachen getrennt. Wir saßen auf einer kleinen Bank vor einem Tisch, der mit allen möglichen Berberprodukten gefüllt war. Was immer auch Berberprodukte sind, vor uns lagen Tütchen gefüllt mit den unterschiedlichsten getrockneten Pflanzen, Seifen, Tuben, Döschen und Medikamentenpackungen. Was mich leicht irritierte: Nora und ich waren diesmal von unserer Reisegruppe getrennt worden. Alle anderen Mitreisenden waren hinter anderen Vorhängen verschwunden. Wir begegneten anderen Deutschen und durften den Erklärungen auf Deutsch lauschen.

Ein netter junger Mann in einem blütenweißen Kittel trat durch den Vorhang und begrüßte uns sehr freundlich. Er sprach nahezu perfektes Deutsch mit einem sehr ausgeprägten rheinländischen Akzent. Dann folgte ein beispielhaftes Verkaufsseminar. Für angehende Verkäufer wäre es eine perfekte Trainingseinheit gewesen. Der Herr im weißen Kittel führte die Regie. Jeder bekam eine Plastiktüte ausgehändigt. Die einzelnen Mittelchen, die sich darin befanden, wurden kurz vorgestellt. Auf die Frage, ob jemand über das passende Wehwehchen verfügte, legten die meisten die Mittelchen wieder in die Plastiktüte zurück. Nacheinander verschwanden Dosen, Schachteln und Tütchen in der weißen Plastiktragetasche. Von draußen vernahmen wir plötzlich Unruhe. Die nächsten Gruppen warteten schon, um ihre Einkäufe zu tätigen. Wir wurden aufgefordert, die Plastiktüte zu nehmen und zur Kasse zu folgen. Ich schüttete den

Inhalt meiner Plastiktüte auf den Tisch und legte eine rote Herpescreme in einem verzierten messingfarbenen Döschen wieder hinein ebenso ein Stück Seife, das ich nie benutzen würde. Damit hatten wir ein Andenken an den Ausflug nach Tanger. Der Kassierer warf einen Blick in meine Tüte und nannte den Preis. Wir bezahlten und die Sache war erledigt. Aber auch in alle anderen Plastiktüten, die um einiges mehr gefüllt waren als die unsere, blickte er nur kurz und nannte spontan den gleichen Preis, den wir bezahlt hatten.

„Ob das alles so seine Richtigkeit hatte?" Ich wagte es zu bezweifeln, hätte aber um alles in der Welt nicht versucht, eine Aufklärung über die Preisgestaltung zu erfragen. Die deutschsprachige Gruppe war schon etwas eher fertig und so konnte ich die Gelegenheit nutzen und ein paar private Worte mit „unserem Apotheker" sprechen. Er hatte in Köln Betriebswirtschaft studiert, aber sein Studium nicht abgeschlossen. Sein Vater war erkrankt und er hatte wieder nach Tanger zurückkehren müssen. Jetzt verdiente er in dieser Berberapotheke den Lebensunterhalt für sich und seine Familie.

Für uns ging es jetzt in rasendem Galopp weiter durch die Gassen der Medina. Unser marokkanischer Reiseleiter hatte unserer Reisegruppe ein marokkanisches Essen versprochen, das in dem nicht unerheblichen Pauschalpreis der Tour, den wir in Tarifa bezahlt hatten, nicht enthalten war. Und ich muss sagen, das war eine sehr angenehme Sache. Er führte uns in ein uriges Lokal. An den Wänden hingen fantastische Wandteppiche und große Spiegel machten den Raum optisch viel größer als er war. Die

Tische waren perfekt eingedeckt und die Speisen, die uns serviert wurden, waren etwas Besonderes. Den ganzen Tag hatten wir mit unseren Wasserflaschen überbrücken müssen. Die Aussicht auf kühle Getränke gefiel uns. Während des Essens nahmen marokkanische Musiker auf einem Podest Platz und berieselten uns mit landestypischer Musik. Eine angenehme entspannende Müdigkeit ergriff mich und ich genoss es dort zu sitzen, die fremden Speisen zu genießen und der Musik zu lauschen. Am Ende trübte sich meine Stimmung etwas, denn die Getränkepreise waren so hoch, als hätten wir den Kühlschrank gleich mitgekauft. Der Obolus für die Musikgruppe wurde eingefordert. Klar bezahlten wir alles, was von uns gefordert wurde, aber es blieb ein bitterer Beigeschmack der Abzocke zurück.

Wir erreichten den Hafen, standen alle wartend vor der Fähre und fieberten den schattigen Plätzen an Bord entgegen. Unser vierzehn Sprachen sprechender marokkanischer Reiseleiter bekam jetzt noch ein Trinkgeld. Die Sonne des späten Nachmittags wurde fast unerträglich. Uniformierte Angestellte der Reederei machten die Runde und boten uns auf einem Tablett zur Erfrischung einen heißen, stark gesüßten Pfefferminztee an. Er schmeckte fantastisch und in dem Moment hätte ich ihn nicht gegen eine Flasche Mineralwasser eintauschen mögen.

Unser Abstecher in diese so fremde Welt war ein Erlebnis, aber um Marokko wirklich kennenzulernen oder auch nur einen Eindruck davon zu bekommen, hatten wir uns sicherlich den falschen Ausflug ausgesucht.

Wenn ich meine Golfdamen so reden hörte, auf welchen noblen Golfplätzen, künstlich bewässert, sie in Marokko schon den Ball geschlagen hatten und in welchen Luxusferienanlagen sie sich in diesem Land aufgehalten hatten, verkörperten diese Erzählungen ebenso wenig Marokko wie die Erfahrungen, die wir heute gemacht hatten. Marokko würde auf der Liste meiner Urlaubsländer, die ich gerne einmal näher kennenlernen würde, ganz unten stehen. Dafür hatte dieser Ausflug gesorgt.

Wir waren beide froh, als wir wieder europäischen Boden unter den Füßen hatten. Als wir in unseren Mietwagen stiegen, sagte Nora: „Endlich wieder zuhause."
Dabei waren wir von unserem Zuhause zweitausendfünfhundert Kilometer entfernt.

Die Admirals-Suite

Wer sich in ein besonderes Fleckchen der Erde verliebt hat, kehrt in der Regel wieder dorthin zurück. Wir verbrachten nun unseren dritten Norwegenurlaub am Risnesfjord. Die Anreise dauerte immer ungefähr drei Tage. In Kiel gingen wir am Donnerstag gegen Mittag auf die Autofähre, die „Prinzessin Ragnhild". Neunzehn Stunden ließen wir uns an Bord mit allen Annehmlichkeiten verwöhnen, die solch ein Schiff, einem Kreuzfahrer gleich, zu bieten hatte.

Ein besonderes Highlight war, dass wir während der Kieler Woche, umgeben von unzähligen großen und kleinen Segelschiffen, aus dem Hafen ausliefen. In der Kieler Bucht wimmelte es von weißen Segeln. Bei strahlendem Sonnenschein, mit einem kühlen Bierchen in der Hand, standen wir an Deck und konnten uns an dem hinreißenden Schauspiel nicht sattsehen.

Am folgenden Morgen war es ein Muss, früh aufzustehen. Die Einfahrt in den Oslofjord durfte man sich einfach nicht entgehen lassen. Schären säumen die Wegstrecke und je enger der Fjord wurde, desto geringer wurde der Abstand des Fährschiffes zu den teils winzig kleinen Inseln. Oslo kam in Sicht. Norwegen begrüßte uns mit klarem Sommerwetter. Die Prozedur des Ausschiffens ließen wir über uns ergehen. Als die Räder des Autos das Festland berührten, hielt ich die Straßenkarte bereits in der Hand und wir peilten unser grobes Ziel, den Sognefjord, an. Dank der guten Straßenbeschilderung schafften wir es, auf der richtigen Autostraße Oslo zu verlassen. Ein langer Fahrtag lag vor uns. Wir passierten das wilde Tal der Otra und gegen Abend hatten wir unser zweites Etappenziel, die Hardanger Widda, erreicht.

Die Möglichkeiten, in diesem Nirgendwo zu übernachten, waren recht spärlich. Entweder ging man in das einzige Gästehaus an der Strecke oder buchte eine Hütte, die auch für eine Nacht angemietet werden konnte Wir hatten kein Zimmer reserviert, weil im Reiseführer stand, dass es nicht nötig sei und bisher jeder dort einen Schlafplatz gefunden hatte. Etwas mulmig war mir schon, weil wir mit zwei Kindern reisten. Ich hätte mit Peter zur Not auch im Auto ein paar Stunden geschlafen. Aber wir hatten Glück und vier Betten im Gästehotel standen für uns bereit.

Nicht selten lag hier oben in unserer Reisezeit noch etwas Schnee. Und auch heute blitzten Schneereste in der Sonne. Die weite Ebene, die vor uns lag, sah weiß gesprenkelt aus. Bevor wir am nächsten Morgen wieder losfuhren, mussten wir die Scheiben unseres Vans tatsächlich von einer dünnen Eisschicht befreien.

Die nächste Reiseetappe sollte uns jetzt direkt auf die Nordseite des Sognefjord führen, an dessen Ende der kleine verträumte Risnesfjord lag. Für diese Strecke benötigten wir noch einmal einen Tag. Zahlreiche Tunnel waren zu durchfahren und eine Menge Brücken zu überqueren. Auch auf einige kleine Kurzfähren waren wir angewiesen, um ungehindert die Fahrt fortsetzen zu können. War Hyllestadt erst einmal erreicht, waren es noch vierzehn Kilometer bis Risnes.

Wir sahen das winzig kleine Ortsschild und unser Ferienhaus. Arne, der Vermieter, erwartete uns bereits. Das umgebaute Bootshaus, direkt am Wasser, unser Domizil für die nächsten Wochen, nahm uns auf und wir fühlten uns sofort wie zu Hause.

Wir hatten unseren Freunden Biggi und Gregor schon so viel von Norwegen erzählt und ihnen betörende Bilder von der unberührten Natur des Nordens gezeigt, dass auch sie, angesteckt von unserer Begeisterung, den Wunsch hatten, einmal ein paar Tage in Norwegen zu verbringen. Beruflich bedingt hatten sie nicht so viel Zeit, mit dem Auto anzureisen. Wir schlugen ihnen vor, einen Flug nach Bergen zu buchen. Dort würden wir sie mit dem Auto abholen. Nach gemeinsamen Stunden in Bergen, denn für uns war Bergen obligatorisch, könnten wir abends zusammen an den Risnesfjord zurückkehren.

Arne hatte im letzten Winter eine neue kleine Ferienhütte gebaut und diese stand für unsere Freunde zur Anmietung bereit. Doch Biggi und Gregor buchten keinen Flug nach Bergen, sondern einen Flug nach Oslo. Dort bestiegen sie die „Bergenbahn". Das ist eine Eisenbahn, die die Hauptstadt Oslo mit der zweitwichtigsten Stadt, Bergen, am Sognefjord, verbindet. Sie gilt als eine der schönsten Bahnstrecken in Nordeuropa. Die beiden wollten eine Nacht in Bergen verbringen und sich morgens nach dem Frühstück mit uns treffen. Für uns hieß es früh aufstehen, denn von der Nordseite der westlichsten Sognefjord-Mündung war es kein Katzensprung bis Bergen.

Biggi und Gregor erreichten kurz vor Mitternacht den Bahnhof in Bergen. Wenn in dieser Stadt die letzten Fähren den Hafen verlassen und die Kreuzfahrtschiffe abgelegt hatten, dauerte es nicht mehr lange und der Ort schlief ein. Im Ruhrgebiet würde man sagen, „Die Bürgersteige wurden hochgeklappt."

Sie traten aus dem Bahnhofsgebäude heraus und tauchten in eine tief schlafende Stadt ein. Der Weg bis zum Hotel war nicht sehr weit und sie gingen zu Fuß zum Hotel Admiral. Auf diesem mitternächtlichen Weg spürten auch sie bereits die Faszination, die von Bergen ausging. Das weißliche Mondlicht tat das Seine dazu. Es regnete nicht, was nicht so ganz selbstverständlich für Bergen ist, da es die regenreichste Stadt Europas ist. Zweihundertachtundvierzig Tage im Jahr regnet, prasselt, schüttet, nieselt und plätschert es. Der Regen fiel in unterschiedlichster Konsistenz auf diesen verträumten Ort.

Unsere Freunde hatten eine trockene Nacht erwischt. Der Himmel war sogar wolkenlos und ein gigantischer Sternenhimmel wölbte sich über die Stadt.

Das Hotel Admiral war schnell gefunden. Es lag direkt am Wasser und die Hoffnung auf ein Zimmer mit Aussicht auf den alten Hafen ließ für den nächsten Morgen den Blick auf die bunten Holzbauten der „Deutschen Brücke" erwarten. Die Rezeption war rund um die Uhr besetzt. Der Nachtportier begrüßte die Neuankömmlinge und händigte den beiden nach Abschluss der Formalitäten die Zimmerchips für das vorbestellte Zimmer aus. Da sich durch den recht langen Reisetag, in Kombination mit einer Vielfalt der Eindrücke, eine gesunde Müdigkeit eingestellt hatte, verlangte es die beiden nur noch nach einem gemütlichen Nachtlager, das das wunderschöne Vier-Sterne-Hotel auch versprach.

Der Zimmerchip wurde eingesteckt, ein leises Surren und ein grün aufleuchtendes Lämpchen kündigten das Öffnen der Tür an. Der erste Schritt in das Zimmers und die Betätigung des Lichtschalters folgten. Der nächste Schritt ließ die beiden erstarren. Eine gammelige Reisetasche, halb geöffnet, und eine Plastiktüte versperrten den Weg. Gleichzeitig nahmen sie von der Schlafstätte her eine Bewegung wahr. In eine Zudecke gehüllt, schon fast umwickelt, streckte sich ihnen ein strubbeliger Lockenkopf entgegen. Verdutzt schaute er die beiden an. Die mumifiziert erscheinende Person nuschelte fremd klingende Worte.

„Das glaub ich doch jetzt wohl nicht", entfuhr es Biggi, „was macht denn die Gestalt in unserem Bett?"
Gregor schob die Reisetasche etwas zur Seite, trat vor, um ebenfalls einen freien Blick auf den schlaftrunkenen Fremdling zu haben. Ein paar zu klärende Fragen auf Deutsch konnten nicht beantwortet werden.

„Komm, wir versuchen es mal auf Englisch, vielleicht versteht er uns, vielleicht auch nicht, er sieht eh nicht sehr aufnahmefähig aus", sagte Biggi.

Die Klärung dieses Problems konnte nur an der Rezeption erfolgen. Da dieser Hotelgast es sich also bereits sehr gemütlich gemacht hatte, zogen die beiden sich diskret zurück und verließen das Zimmer. Sie standen im Hotelflur und konnten sich vor Lachen nicht halten. Doch über das Lustige an der Sache hinaus drängte sich bald die Ernsthaftigkeit des Problems in den Vordergrund.

„Hoffentlich haben sie noch ein Zimmer für uns? Vielleicht haben sie uns nur die falsche Schlüsselkarte gegeben. Bergen in der Hochsaison ist immer so gut wie ausgebucht. Nicht, dass wir noch in der Bahnhofshalle schlafen müssen." Biggi sorgte sich.

„Das soll nicht unser Problem sein", sagte Gregor. „Ich habe hier eine Reservierungsbestätigung und bezahlt ist das Zimmer auch. Wir gehen jetzt erst mal zum Nachtportier."

Dieser sah die beiden ganz erstaunt an, als Biggi und Gregor ihr kleines nächtliches Abenteuer schilderten. Der Gast hatte ganz normal das Zimmer gebucht, wie unsere Freunde auch. Es schien sich um einen typischen Fall von Doppelbelegung zu handeln. Wie schon vermutet, war natürlich das Hotel bis auf das letzte Bett belegt. Sollte jetzt doch noch die Bahnhofshalle zum Einsatz kommen?

„Welche Alternativen haben Sie uns denn anzubieten?"
„Gar keine", war die erste Antwort.

„Das glaube ich doch wohl nicht, das darf doch wohl nicht wahr sein", rief Biggi aufgebracht. Mit diesen Worten brachte sie oft Unverständnis, Unverschämtheit und empfundene Frechheit zum Ausdruck. Der Nachtportier telefonierte, tippte wild auf der Computertastatur herum und war sichtlich bemüht, das Problem in den Griff zu bekommen.

„Ich habe da noch eine kleine Möglichkeit, die ich Ihnen anbieten könnte", sagte er. „Die Admirals-Suite ist noch frei. Das ist unsere beste und schönste Suite, die immer von VIPs gebucht wird."

„Und was kostet diese VIP-Suite?", fragte Gregor. Der genannte Preis war gigantisch und für eine Übernachtung wäre es Hohn gewesen, so viel Geld dafür auszugeben, vor allem, da die Nacht sowieso schon halb vorbei war. Die Entscheidung, die Reisekasse mit den Kosten für die Admirals-Suite zu belasten, wurde ihnen abgenommen. Das Entgegenkommen für den Fehler bei der Buchung, der offensichtlich beim Hotelpersonal lag, war, dass die beiden die wunderschöne Admirals-Suite beziehen durften, und das ohne Aufpreis.

Wir machten uns auf den Weg Richtung Bergen und freuten uns auf das Treffen mit unseren Freunden. Nachdem wir unser Auto abgestellt hatten, liefen wir am alten Hafen Vagen entlang, warfen einen kurzen Blick auf den lärmenden Fischmarkt, umrundeten Stände mit Seehundfellen, Krabbenbrötchen, kitschigen Trollen und handgestrickten Norwegerpullis und strebten dem Hotel Admiral entgegen. Peter zückte sein Handy und rief Gregor an. „Wir sind da", sagte er.

„Wir kommen runter, aber bevor wir Bergen erobern, müssen wir euch erst mal etwas zeigen, etwas Superschönes, Gigantisches, Traumhaftes, Herrliches, Entzückendes, Unbeschreibliches. Lasst euch überraschen."

Wir standen vor dem Hotel und sie kamen uns winkend entgegen. Wir umarmten uns zur Begrüßung.

„Kommt mit in unser Zimmer. Sowas hab ihr noch nicht gesehen." Wir folgten den beiden ins Hotel und standen dann ebenso staunend wie unsere Freunde in der Nacht in der fantastischen Admirals-Suite. Wir sahen uns alle Details der Suite genau an und wussten später, wie die Promis in Bergen wohnten.

Beeindruckt von dem Hotelzimmer machten wir uns auf den Weg, um gemeinsam Bergen zu erkunden.

Der finnische Deutschlehrer

Urlaub in Finnland, im Land der tausend Seen. Tief in den finnischen Wäldern wollten wir unseren Urlaub verbringen. Auf der Suche nach einem Ferienhaus hatten wir wochenlang die Prospekte durchstöbert. Wir stellten Ansprüche an unser Haus, die gar nicht so leicht zu erfüllen waren.

Es sollte im Wald liegen, fernab von der Zivilisation. Ein Seeufer in der Nähe war ein absolutes Muss. Wir wollten kein elektrisches Licht und auch kein fließendes Wasser, keine befestigte Zufahrt und keinen Fernseher, keine Steckdose für Musik, Rasierapparat oder Föhn und auch keinen Elektroherd zum Kochen. Wir benötigten keinen Kühlschrank und auch keine Dusche. Das Haus sollte groß genug sein für unsere sechsköpfige Reisetruppe.

Wenn der Wohnraum gemütlich sein würde und jedes Paar über einen eigenen Schlafbereich verfügen durfte, hätten wir das perfekte Ferienhaus gefunden. Eine stromfreie finnische Rauchsauna an einem Steg, der direkt ins Wasser führte, würde die Vorstellung von unserem finnischen Traumhaus abrunden. Wir wussten, dass es so etwas Schönes gab und irgendwo versteckt in Finnland genau dieses Haus auf uns wartete.

Wenn man sich in solch eine Abgeschiedenheit begibt und sich völlig in die Natur zurückzieht, sollte man sich gut verstehen und zumindest vor der Reise sicher sein, dass ein harmonischer Urlaub möglich ist. Unsere kleine, auf Abenteuer ausgerichtete Truppe, bestand aus drei Paaren. Peter, mein Mann, mit dem ich damals schon zwölf Jahre durchs Leben ging, freute sich genauso auf diese Tour wie mein Bruder Chris mit seiner Freundin Kiki. Auch sie planten bereits sieben Jahre gemeinsam ihr Leben. Das dritte Paar in unserer Runde war Monika, Kikis Schwester, mit ihrem Freund Uli. Dieser recht familiäre Kreis bildete die Basis für einen abenteuerlichen Finnlandurlaub.

Wir verbrachten viel Zeit mit den gemeinsamen Vorbereitungen für die Reise. Peter und ich fuhren damals einen weißen VW-Bus. Da war es natürlich klar, auf welches Auto die Wahl für diesen Urlaub fiel. Der Platz hätte eigentlich ausreichen müssen. Der Dachgepäckträger bot zusätzliche Lademöglichkeit für die sperrigen Sachen und an der Anhängerkupplung führten wir unser rotes Motorboot mit, in dem wir auch noch einiges an Equipment verstauen konnten. Bei unseren regelmäßig stattfindenden Treffen, die nicht nur der Vorfreude dienten, erstellten wir Listen, hauptsächlich über die Zusatzausrüstung, die wir mitnehmen wollten. So nach und nach trugen wir die Sachen zusammen und unser Keller füllte sich mit Taschen und Boxen, Seesäcken und vielen seltsamen Dingen, die niemand einem Urlaubsgepäck zugeordnet hätte. Axt, Hammer, Nägel, verschiedene Taue und Seile, Arbeitshandschuhe, eine Schaufel, Hängematten, Wasserkanister, Reservebenzinkanister und Blaubeerpflücker. Den hauswirtschaftlichen Bereich ergänzten wir mit Eimern und leeren Marmeladengläsern, dazu zehn 500-Gramm-Packungen Gelierzucker. In die drei Seesäcke, vorher in einem US-Armee-Shop erstanden, packten wir Schlafsäcke, Decken und Kuschelkissen. Und auch die sechs Paar Gummistiefel fanden ihr Plätzchen in unserem Gespann.

In Sachen Essen und Kochen fand eine grobe Planung statt. Der Einkaufszettel im Supermarkt wurde abgearbeitet. Doch sollten die erstandenen Lebensmittel nur eine kleine Grundlage für unsere zukünftig zu zaubernden Gerichte sein. Auf das gemeinsame Kochen freuten sich alle besonders. Was die Natur so hergab, wollten wir in unseren Speiseplan einbeziehen. Finnland war ein Paradies für Beerensammler. Blaubeerpfannkuchen war unser aller Lieblingsgericht. Die Vorstellung von einem Frühstücksbrot mit selbstgemachter Blaubeermarmelade erfreute uns alle. Angeln war selbstverständlich angesagt. Ein zwei Meter langes Teil Abflussrohr aus Plastik, im Baumarkt erstanden, diente dem Transport unserer Angelruten. Das Rohr befestigten wir auf dem Dachgepäckträger. Für die stattliche Anzahl Angeln benötigten wir entsprechende Rollen, Messer, Köder und eine Tasche mit allem möglichen Angelzubehör. Pilze würde es zwar auch in Hülle und Fülle in Finnland geben, aber da wir keine Experten in Sachen Pilze waren, verzichteten wir im Vorfeld auf jegliche Pilzgerichte.

Wichtig waren die Getränke. Die Vorstellung von einem Bier nach getaner Arbeit oder am offenen Feuer nach einem erlebnisreichen Tag konnte uns alle begeistern. Wir kauften diverse Lagen Bier und stapelten sie in unserem Keller. Alkoholische Getränke waren in Finnland sehr teuer und sie gab es nur in ganz bestimmten Geschäften auf Zuteilung zu kaufen. Jede ausgegebene Flasche eines härteren Getränks wurde in ein Alko-Buch eingetragen. Nicht selten wurden wir von Einheimischen angesprochen und gebeten, auf unseren Namen für sie einen Einkauf zu tätigen. Wir bekamen eine Flasche dieser so heiß begehrten Flüssigkeit gegen die Vorlage unseres Passes. In früheren Jahren hatten wir sogar in Norwegen einmal eine Tankfüllung Benzin mit einer Lage Dosenbier bezahlt.

Als wir auf den riesigen Berg Gepäck starrten, glaubte

keiner von uns, dass das alles in den VW-Bus hineinpassen würde. Am Autopacktag fügte jeder von uns noch seine kleine, mit persönlicher Kleidung gefüllte Reisetasche, hinzu. Der Zweifel stand allen ins Gesicht geschrieben.

„Das passt schon! Das bekommen wir alles in unser Gespann hinein", sagte Peter und sah sehr zuversichtlich aus. Aber nicht bei allen Mitreisenden verflüchtigten sich diese Bedenken.

Der große Tag kam, an dem es sich zeigte, ob er recht behalten sollte. Wir trafen uns und dieser Tag war für uns alle wie ein erster Urlaubstag. Die gemeinsame Packaktion machte Spaß und die Vorfreude auf Finnland steigerte sich. Wir Frauen schauten eigentlich nur zu und machten gelegentlich Handreichungen. Die Männer stemmten die schweren Taschen und probierten die optimale Gewichtsverteilung des Gepäcks aus. Es wurde eingeladen und wieder ausgeladen, umdisponiert und neu geplant. Die dicken Seesäcke mit unserem Schlafzeug lagen zuerst im Innenraum des Autos. Dann verstaute Peter sie im Boot. Ich war mir spontan mit den Mädels einig, das wollten wir nicht. Sollte es auf der Fahrt stark regnen und die Persenning nicht hundertprozentig dicht sein, wäre unser Bettzubehör nass.

„Nein, auf gar keinen Fall kommen die Schlafsachen ins Boot", entschieden wir. Unserem Wunsch wurde entsprochen und wieder umgepackt. Vorne im Fahrgastraum schob Peter die Lagen mit Bierdosen unter die Sitze und reservierte gut erreichbare Plätze für die Kühltaschen, die zum Schluss ins Auto gestellt werden sollten. Denn was ist eine Reise ohne Reiseproviant?

Als nichts mehr auf dem Hof stand und ein prüfender

Rundumblick durch den Keller vermuten ließ, dass wir alles eingepackt hatten, sah ich Peters zufriedenen Blick.

„Na, was habe ich gesagt? Passt doch", sagte er und wir stiegen zur ersten Probefahrt ein und wollten spüren, wie sich so ein beladener Wagen lenken ließ. Jeder potentielle Fahrer übernahm für eine kurze Strecke den Fahrersitz. Wir übten. Kiki und Moni wollten freiwillig auf das Steuern dieses Gefährtes verzichten. Die erste Strecke führte uns in unseren Nachbarort. Dort gab es eine öffentliche Auto-waage.

„Sicher ist sicher", sagte Peter, „wir wollen doch kein unnötiges Risiko eingehen und mit einem überladenen Wagen diese Reise antreten."

Die Autopapiere wurden studiert, Eigengewicht sowie zulässige Zuladung wurden addiert und wir warteten gespannt, was die Waage anzeigen würde. Wie schwer unser Gespann war, kann ich nicht mehr sagen, aber das zulässige Gesamtgewicht bewegte sich an der oberen Grenze. Der nächste Weg führte zu Kikis und Monis Eltern, um unser Gespann vorzustellen. Auf dem Rückweg ging es bei unserer Mutter vorbei. Sie war auch in die Urlaubsvorbereitungen involviert. Sie hatte einen riesigen Berg kleiner Frikadellen gebraten und eine Schüssel ihres weltbesten Kartoffelsalates zubereitet. Auf dem Esszimmertisch häuften sich ihre Ein-käufe: frisches Brot, Schwarzbrot, Butter, Zervelatwurst, Leberwurst, Kochschinken, Käse, eine Rolle Frischhalte-tüten, Plastikboxen und Servietten.

„Ich habe euch noch eine Tube Löwensenf, extra stark dazugelegt", sagte Mutter, „denn damit schmecken meine Frikadellen noch mal so gut."

Wir Mädels setzten uns jetzt hin und unser Part der Vorbereitung des Reisetages begann. Wir sorgten für die Marschverpflegung. Die Männer ruhten sich von der getanen Arbeit aus, gingen immer mal wieder um das Reisegespann herum, ruckelten hier und ruckelten da. Sie prüften den Sitz des einen oder anderen Spanngurtes, während wir sie nach den Wunschkombinationen des Brotbelags der persönlichen Butterbrote fragten. Noch ein paar Stunden Schlaf und die Fahrt sollte beginnen.

Zum Frühstück standen wir bereits an der Fähre. Die Autofähre der TT-Line (Travemünde-Trelleborg-Line) lag schon am Pier und wir reihten uns in die Schlange der wartenden Autogespanne, also Auto plus Anhänger, zur Einschiffung ein. Bevor wir in dem Bauch des Schiffes verschwanden, das uns nach Skandinavien bringen würde, frühstückten wir. Der duftende Kaffee aus Mutters Pumpkanne sprudelte in unsere Becher und die leckeren Butterbrote schmeckten einfach köstlich.

Die Straßen in Finnland erschienen uns endlos. Kilometerlang zogen sie sich schnurgerade durch das Land. Die Landschaft veränderte sich kaum. Der Asphaltstreifen wurde rechts und links von dichtem Tannenwald gesäumt. Seen sah man keine, noch nicht einmal der klitzekleinste Sonnenstrahl, der von einer Wasseroberfläche reflektiert wurde, bahnte sich einen Weg durch die Tannen. Erst wenn wir eine Stromschnelle überfuhren, wurden wir daran erinnert, dass diese Landschaft auch von Seen geprägt wurde. Das Auge nahm aber hauptsächlich nur Wälder wahr. Das monotone Rauschen der Räder ließ alle, bis auf den Fahrer, immer wieder einschlafen. Wir überfuhren die seichten

Wellen der Straße. Wenn man im richtigen Moment auf dem Zenit eines solchen Hügels den Fuß vom Gas nahm, hüpfte der Magen vor Begeisterung. Ein „Achterbahnfeeling" stellte sich ein und alle waren schlagartig wieder munter. Sobald eine Tankstelle auftauchte, tankten wir wieder voll, denn wir wussten nie genau, wann sich die nächste Gelegenheit zum Tanken ergab. Eine der wenigen Unterbrechungen waren die uns bisher nicht bekannten Warnschilder vor Elchen. Gerne hätten wir einmal ein solches Exemplar gesehen.

Unser Vermieter, bei dem wir den Schlüssel für das finnische Traumhaus entgegennehmen sollten, wohnte laut Skizze sehr nahe an dieser Hauptstraße, die uns auf schmalem Asphalt ohne Befestigung und Seitenstreifen bereits zwei Stunden geradeaus führte. Wir erreichten das Straßendorf, das unserem Ferienhaus am nächsten lag. Hier decken wir in den nächsten Wochen unseren Lebensmittelbedarf, überlegte ich, als wir die kleine Ansammlung von Häusern sahen. Alle Gebäude waren sehr niedrig, zweigeschossig, mit Flachdächern ausgestattet und sie machten eher den Eindruck von barackenartigen Plattenbauten. Aber auf den zweiten Blick sahen sie recht freundlich aus. In einem der kleinen Gebäude musste es einen Postschalter geben, denn über dem Eingang las ich „Posti Panki". Wir stoppten kurz, vertraten uns die Beine und schauten uns um.

„Lass uns dort mal reingehen", sagte Peter.
Wir standen in einem Ein-Zimmer-Kramladen, in dem auch der Postschalter untergebracht war. Tische und Stühle, ließen vermuten, dass es gleichzeitig das Dorf-Café war. Die Zweckmäßigkeit der Einrichtung und die räumliche

Enge machte es möglich, dass alle Institutionen von einer einzigen Person organisiert und betreut werden konnten. Neugierig wurden wir beäugt. Ich konnte mir schon vorstellen, dass man uns zuordnen konnte. Unser Vermieter Olli Takkala hatte sicher bei einem seiner Besuche hier im Informationszentrum des Nirgendwo erzählt, dass er sein Sommerhaus an Deutsche vermietet hatte.

Wir ließen die Häuserreihe hinter uns und erreichten nach knapp zehn Kilometern den Bauernhof von Olli Takkala. Dieser war im traditionell finnischen Stil erbaut. Das Holz war hell und weiß gestrichen und mit reichlich verzierten Fenstern und Türen. Zarte, fein gehäkelte Gardinen schmückten die Fensterscheiben. Das zweigeschossige Gebäude mit Spitzdach sah sehr vornehm aus, fast herrschaftlich. Es wurde von dichtem Tannenwald eingerahmt. Von der Straße führte eine mit Kieselsteinen bedeckte Auffahrt zum Haus hinauf und an der anderen Seite in einem weiten Bogen wieder hinunter. Die große Rasenfläche vor dem Gebäude war fein säuberlich gemäht und von dicken Natursteinen eingefasst. Aus dieser Wiese ragte ein hoher weißer Fahnenmast, an dem zwei Fahnen flatterten. Die eine kannten wir. Es war die finnische Flagge, blaues Kreuz auf weißem Grund. Die andere erklärte uns Olli später. Es war die Familienfahne mit dem Familienwappen. Diese wurde immer gehisst, wenn der Hausherr auf dem Hof war.

Olli, ein stattlicher grauhaariger älterer Herr, öffnete uns freudig. Er hatte uns erwartet. Seine Deutschkenntnisse waren richtig gut und man merkte, dass es ihm einen Riesenspaß machte, uns auf Deutsch zu begrüßen. Er beglückwünschte uns zu der Wahl seines Sommerhauses und erzählte aus alten Zeiten, als er noch selber mit seiner Familie dort gewohnt hatte. Jetzt gönne er sich und seiner Frau etwas Besseres, erzählte er und zeigte uns sehr stolz sein Anwesen. Doch dann besann er sich auf den Grund unseres Kommens und sagte, dass er uns jetzt zu dem Haus begleiten wolle. Er beschrieb mit der Hand einen riesigen Kreis und teilte uns mit, dass das ganze Gebiet, die Wälder und Seen rundherum, zu seinem Anwesen gehörten. „Ich bin ein Großgrundbesitzer", sagte er sichtlich stolz.

Er ging auf eine Scheune zu und öffnete zwei Flügeltüren. Wir blickten auf einen glänzenden, super gepflegten schwarzen amerikanischen Straßenkreuzer. Er klopfte auf den Kotflügel wie einem treuen Pferd auf die Flanke und stieg ein. Das Motorengeräusch war kein schnödes Geräusch, es war ein wohltuender Sound, der das Herz eines Oldtimerliebhabers höherschlagen ließ.

„Schade, dass ihr so langsam fahren müsst mit eurem Urlaubsgespann", sagte er, „da könnt ihr gar nicht erleben, wie toll ich mit dem Wagen fahren kann. Ich beherrsche ihn wie einen Rennwagen", sagte er. „Ein weiteres Modell dieser Art habe ich in Hamburg in einer Garage stehen", fuhr er fort. „Ich habe als Forstwirt und Holzhändler oft in Deutschland zu tun. Die Mietwagen sind bei euch immer so klein. Da habe ich vorgesorgt. Ihr könnt euch gar nicht vorstellen, was das für Spaß macht, den Deutschen zu zeigen, wie man richtig Auto fährt", sagte er. Weiter schwärmte er von den deutschen Autobahnen und kritisierte die vorsichtige Fahrweise der Deutschen, speziell im Winter bei Eis und Schnee.

„Das ist mein Luxus, den ich mir gönne", sagte er.
Er fuhr aus der Garage heraus, ließ die Reifen durchdrehen

und lenkte auf die Straße zu. Wenn das ein gedämpfter Fahrstil sein sollte, wie war dann erst sein rasanter, dachte ich, denn als er von der Straße in einen Schotterweg einbog, hielten wir lieber größeren Abstand. Die aufspritzenden Steinchen, der Fahrweise und der Geschwindigkeit geschuldet, trafen auf unser Auto.

„Halt bloß Abstand", riet ich Peter. „In dieser Einöde eine kaputte Windschutzscheibe muss ich nicht unbedingt haben."

Wir bogen in einen schmalen Waldweg ein und der Tannenwald mischte sich mit Birken. Jetzt sahen wir auch einen See. Die glitzernde Wasseroberfläche lugte durch den lichter werdenden Wald. Olli hielt kurz mitten auf dem Weg an und winkte uns zu sich heran.

„Hier ist eine seichte Stelle am See, hier könnt ihr euer Boot zu Wasser lassen, die Stelle ist sehr geschützt", rief er uns aus dem heruntergekurbelten Seitenfenster zu. Seine weiteren Worte wurden vom Aufheulen seines amerikanischen Schlittens geschluckt. Er fuhr noch ein kurzes Stück weiter, und hinter der nächsten Biegung lag dann unser finnisches Traumhaus. Es strahlte in der Sonne und es sah genauso aus, wie ich es mir vorgestellt hatte. Die halbrunden großen Holzstufen führten zum Eingang des zweigeschossigen rot gestrichenen Holzhauses hinauf. Es war ein riesiges Portal. Von der Küche aus, die im hinteren Teil des Hauses lag, betrat man eine weiße überdachte Veranda. Der Wohnraum war urig und gemütlich und der große offene Kamin gab dem Raum auf den ersten Blick die Behaglichkeit, die wir suchten. Im Obergeschoss lagen die drei kleinen Schlafzimmer. Wir entdeckten einen Raum, den wir als Abstellkammer nutzen konnten. Fließendes

Wasser und ein Bad gab es natürlich nicht. Einen kleinen Kompromiss mussten wir dann doch eingehen. Olli führte uns ganz stolz vor, dass das Haus jetzt einen Stromanschluss hatte. Aber die Lampen, über die wir dort verfügen konnten, waren nur leistungsschwache Funzeln, je eine in jedem Schlafzimmer und eine baumelte über dem Esstisch. Eine Außenbeleuchtung gab es gar nicht und die Dunkelheit würde uns verschlucken, wenn wir nachts vor die Tür traten. Da wir keine Elektrogeräte mitführten, konnten wir auch keine nutzen und die Suche nach einer Steckdose erübrigte sich.

Gegenüber der Eingangstür lag ein roter Schuppen. Darin befand sich auf der linken Seite das doppelsitzige Plumpsklo. Auf der rechten Seite neben dem Donnerbalken befanden sich ein Raum mit den abenteuerlichsten Gerätschaften und Fundstücke. Auf dem Platz daneben lag ein dicker Baumstumpf, der als Hackklotz diente. Ein Beil steckte griffbereit in dem Klotz. An der Schuppenwand entdeckten wir aufgeschichtete Holzscheite, wetterfest deponiert. Dieses Holzlager sollte uns in der nächsten Zeit mit Brennmaterial versorgen.

„Wenn es nicht mehr reicht oder wenn ihr Lust habt, nur zu, nehmt euch, was ihr braucht, hackt euch neues", sagte Olli. „Holz habe ich genug."

Auf der linken Seite des Hauses zum See hin war eine riesige Feuerstelle. Hier konnten wir also demnächst unser Lagerfeuer machen. Dicke Steine umrandeten den Feuerkreis. Alte Holzgartenmöbel und eine weiße Hollywood-Schaukel, auch komplett aus Holz gebaut, standen um die Feuerstelle herum.

Dann entdeckten wir unseren Frischwasserspender, der

uns zukünftig mit Trinkwasser versorgen sollte. Auf einer grob gerodeten Fläche ragte eine graue Wasserpumpe aus dem Boden heraus. Olli betätigte einmal kurz den Hebel. Eiskaltes Wasser sprudelte daraus hervor und versickerte in der Erde. Er lobte die Wasserqualität, fügte aber hinzu, dass wir auch ohne Bedenken das Wasser aus dem See nehmen könnten, das sei nur etwas brauner.

Ein kleines Pättchen führte zum See hinunter und endete an einem weiteren roten Holzschuppen. Das war die Sauna. Und da lag sie vor uns, die typisch finnische Rauchsauna. Eine kleine Terrasse mit Blick auf den See, ausgestattet mit einer harten Holzbank, für die Saunagäste. Das Holz war grau und verwittert, aber glatt wie ein Kinderpopo. Splitter würden später keine in unserer Haut sitzen. Ein langer Steg führte an dieser Stelle in den See hinaus, und oben befand sich noch ein Quersteg, der das Anlegen mit einem Boot erleichtern sollte, ohne die Untiefen in Ufernähe zu berühren. Hier konnten wir unser Motorboot bequem vertäuen.

Olli verabschiedete sich von uns, bestieg seinen „schwarzen Blitz", an dem die Chromteile in der Sonne blinken. Der Motor heulte auf und er entschwand mit durchdrehenden Reifen, eine Staubwolke hinterlassend, aus unserem Blickfeld.

„Wenn ich euch helfen kann, ihr wissen ja, wo ich wohne", hatte er zum Abschied gerufen.

Wir standen da, winkten ihm nach und waren beeindruckt von allem, was uns in der letzten Stunde begegnet war. Jetzt ging jeder für sich auf Erkundungstour. Kiki steuerte auf das Plumpsklo zu.

„Hier können wir unsere Geschäfte im Duett verrichten",

rief sie, „das habe ich ja noch nie gesehen. Aber schon mal vorab für alle: Ich sitze da lieber alleine." Sie verschwand hinter der Holztür, die mit einem Holzriegel verschlossen werden konnte und rief schon nach einer Minute nach Toilettenpapier.

„Da musst du noch etwas warten", rief Chris. „Wir haben noch nichts ausgepackt. Soll ich dir dein Buch reichen?"

Sie tobte hinter verschlossener Tür. Leider wusste niemand so genau, in welchem Planquadrat sich das Toilettenpapier befand. Ich reichte ihr eine Packung Papiertaschentücher durch den Türschlitz.

Chris stand am Hauklotz und befreite die Axt. Er nahm ein Rundholz und versuchte sein Glück. Die abgespaltenen Holzscheite flogen durch die Gegend.

„Das wird sicherlich mein Lieblingsjob werden", rief er, „das macht ja richtig Spaß!" Und wieder sauste die Axt nieder und die Klinge verschwand im Holz. „Erfrieren werden wir nicht, dafür sorge ich schon. Der Berg Holz, der hier aufgetürmt liegt, wird kleiner, das garantiere ich euch."

Ich ging erst mal ins Haus. Das vorherrschende Material war Holz, wie sollte es anders sein. Alles war aus Holz, bis auf die Fensterscheiben und der Kamin. Ich sah mir die Zimmer im Obergeschoss an, die Betten waren gut, was ein Sitztest bestätigte. Ich stieg die knarrende Holztreppe wieder hinunter. Im Treppenabgang hingen zwei große, unter Glas gerahmte Bilder an der Wand. Auf dem einen war eine Luftaufnahme dieses Areals abgebildet. Aus der Vogelperspektive sah man die Seen ganz deutlich. Es war eigentlich ein großer See, der von bewaldeten grünen Flecken durchsetzt war. Eine Menge Landmasse war miteinander verbunden. Aber auf dem Bild sah ich jetzt, dass es viele kleine Inseln rund um uns herum gab. Der zweite Bilderrahmen enthielt eine topografische Karte. Die Wassertiefen waren darin eingezeichnet, was für unsere zukünftigen Bootsausfahrten von großer Bedeutung sein würde.

Ich lief mit Peter jetzt an das Seeufer. Wir standen auf dem Steg, blickten auf den ruhigen See, sahen die Sonne, die langsam vom waldigen Horizont verschluckt wurde. Die Wasseroberfläche verwandelte sich in einen Goldton. Der Wald sah jetzt nicht mehr grün, sondern schwarz aus. Wir nahmen uns in die Arme und spürten die unheimliche Stille. Wir beglückwünschten uns gegenseitig, das richtige Fleckchen Erde für unseren Urlaub ausgesucht und gefunden zu haben. Uli und Moni wippten eng umschlungen in der Hollywood-Schaukel und schienen völlig in die Idylle abgetaucht zu sein. Kiki und Chris saßen auf den oberen Treppenstufen vor dem Portal und prosteten sich mit einem Döschen Bier zu.

„Kommt mal alle her", rief er. „Wir wollen anstoßen auf einen schönen Urlaub, lasst uns unser Traumhaus gebührend begrüßen. Außerdem sollten wir jetzt ein Gruppenfoto machen, mit Selbstauslöser."

Die letzte Stunde des Tageslichts nutzten wir, um alle Sachen, die in unserem Reisegespann verschwunden waren, wieder auszuladen und ihnen eine Position in unserem finnischen Zuhause zuzuordnen.

Chris outete sich als unser Zündelmännchen. Er sorgte erst mal dafür, dass genügend Holzvorrat neben dem Kamin gelagert wurde. Das erste Knistern des Kaminfeuers drang an unser Ohr, bevor wir die Betten eingerichtet hatten.

„Wir sind hier schon recht weit im Norden und auch viel weiter östlich, die Abende werden sicherlich nicht sommerlich lau sein, ein Kaminfeuer wird da nicht schaden", murmelte er, um sich selbst eine Bestätigung für sein Tun zu geben, und er zündelte weiter.

So problemlos und lustig die Einpackerei zu Hause gewesen war, so entspannt und unkompliziert setzte sich die Auspackerei am Urlaubsort fort. Nur der Zeitaufwand war ein anderer.

Wir machten die ersten Erfahrungen mit der Dunkelheit einer finnischen Nacht. Im Schlafanzug saßen wir vor dem Kaminfeuer, das eine wohlige Wärme ausstrahlte. Wir planten den letzten Toilettengang und das Zähneputzen. Wer sollte wem die Taschenlampe halten? Das Haus hatte, wie bereits angemerkt, keine Außenbeleuchtung. Wenn man einen Schritt vor die Tür setzte und die Tür zufiel, war man von einer absolut schwarzen Nacht umgeben. Ohne Taschenlampe, Kartuschenlampe oder Kerze, womit wir ausgestattet waren, war es nicht möglich, sicheren Fußes das Plumpsklo und die Wasserpumpe zu erreichen. Das Zähneputzen wurde zum ersten kleinen Abenteuer.

Peter und Kiki machten sich auf den Weg. Kiki mit Zahnpasta und Zahnbürste bewaffnet, Peter die Taschenlampe in der einen Hand und den Zahnputzbecher in der anderen, gingen beiden in die Nacht hinaus. Peter leuchtete Kiki den Weg. Während Kiki aus der Tube Zahnpasta auf die Zahnbürsten drückte, betätigte Peter den Pumpschwengel und richtete den Lichtstrahl auf Kiki.

„Leuchte mir nicht immer so mitten in das Gesicht, du blendest mich", rief sie. Peter stellte sich stocksteif hin, der Lichtstrahl beleuchtete jetzt sein Gesicht, direkt von unten. Licht und Schatten zeigten eine absolut gespenstische Darstellung vom sonst so vertrauten Schwager Peter, und sein einsetzendes Grunzen machten die Horrorszene komplett. Kiki richtete sich auf, ihre langen dunklen Haare in einer lockeren Bewegung über die Schulter zurückwerfend, entfuhr ihr ein Schrei, der uns allen durch Mark und Bein ging. Die beiden haben nie mehr einen gemeinsamen nächtlichen Ausflug zur Pumpe gemacht. Meistens gingen wir drei Mädels zusammen, denn dann konnte sich jede sicher sein, solch makabren Scherzen nicht ausgesetzt zu sein.

Chris, damals noch sportlich aktiv als Handballer, brauchte seine tägliche Fitness über das Holzhacken hinaus. Er zog in aller Frühe seine Sportschuhe an, lief den Waldweg entlang. Bereits nach wenigen Metern wurde er von den Bäumen verschluckt.

Ich glitt aus meinem Schlafsack, trat in meine Clogs, griff die Schachtel Zigaretten, diesem Laster frönte ich damals noch, und ging das Pättchen zum See entlang und rauchte, auf dem Steg sitzend, die Beine im Wasser baumelnd, die erste Zigarette des Tages. In Finnland habe ich zum ersten Mal gespürt, dass Stille wehtun kann. Wir alle wohnten im größten Ballungsgebiet Deutschlands, dem Ruhrgebiet, und waren einen ständigen Geräuschpegel gewohnt.

Ich hörte Schritte, die sich dem Steg näherten. Kiki und Moni leisteten mir Gesellschaft. Sie hatten mir einen Becher Kaffee mitgebracht. Ich legte mich zurück, sah in den stahlbauen Himmel und fühlte mich in einer absoluten Idylle angekommen. Wir sprachen über Olli, den seltsamen Kauz, und überlegten, wo wir heute wohl am besten frühstücken sollten.

„Auf der Terrasse?", schlug ich vor.

„Nein, lieber im Wohnraum", sagte Moni. „Ist praktischer."

„Oder schleppen wir alles nach draußen und gönnen

uns das Gefühl, mitten im Wald zu frühstücken?", schlug Kiki vor.

Als wir nach unserem kleinen frühmorgendlichen Ausflug wieder zum Haus zurückkamen, hatten Uli und Peter schon alles im Wohnraum hergerichtet und wir hätten mit dem Frühstück beginnen können.

„Lasst uns auf Chris warten, so lange wird er nicht mehr unterwegs sein", sagte Kiki.

„Hoffentlich hat er sich nicht verlaufen", rief Peter aus der Küche, „hier kann man schnell die Orientierung verlieren. Ist man erst mal im Wald, sieht doch alles gleich aus."

Chris fröhliches Flöten und seine Schritte auf den Eingangsstufen kündigten sein Kommen an. Er hielt uns eine große Tüte entgegen.

„Ich war mal kurz beim Bäcker, jetzt können wir frühstücken", sagte er und sah uns erwartungsvoll an.

„Wie, beim Bäcker? Wo ist denn hier ein Bäcker?", riefen wir alle durcheinander. Und Chris erzählte von seiner ersten Joggingrunde. Da er sich nicht verlaufen wollte, lief er erst mal den Weg zurück, den wir am Tag zuvor hergekommen waren. Der ohrenbetäubende Sound eines Autos kündigte dann plötzlich an, wer sich ihm näherte. Nach einem Hallo und einer kurzen Begrüßung war Chris in den schwarzen Schlitten von Olli gestiegen. Er kutschierte ihn in rasender Geschwindigkeit zu seinem Hof.

„Anschnallen konnte ich mich nicht. Ich musste mich mit beiden Händen an der Deckenschlaufe festhalten, sonst hätte es mich in den Kurven durch den ganzen Wagen geschleudert", sagte er und lachte.

Chris lernte die Hausherrin kennen, die gerade dabei war, die wöchentliche Ration Backwaren herzustellen. Sie sprach kein Wort Deutsch, nickte nur freundlich zu allen Anweisungen, die Olli ihr dann auf Finnisch erteilte. Das Ergebnis stellte Chris jetzt auf den Tisch. Duftendes Brot, herrliche Brötchen, und in einer Extratüte noch etwas Gebäck.

Blaubeersuchen war angesagt. Wir statteten uns aus. Schließlich sollten wir ja kein Teil umsonst mitgenommen haben. Jeder stieg in seine Gummistiefel, denn was da für Getier im Unterholz und auf dem Waldboden kreuchte und fleuchte, war uns nicht bekannt. Mit Schlangen oder ähnlichen Wesen wollten wir keine Bekanntschaft machen. Außerdem hätten wir unsere Schuhe, ob aus Leder oder aus Stoff, beim Durchstreifen des Waldes völlig mit Blaubeerflecken gesprenkelt. Wenig Sinn stand uns auch nach dem Kontakt mit Mücken. Man hatte uns gewarnt. Finnland sei nicht nur das Land der tausend Seen, es sei auch das Land der Millionen Mücken. Mag sein, dass es hier mehr Mücken gab, aber uns begegneten nicht mehr als in heimischen Gefilden. Wir sprühten unsere Hände mit einem sehr wirksamen Mittel gegen diese kleinen Blutsauger ein. Alle anderen Körperteile hielten wir bedeckt. Was sollte da schon passieren? Jeder bekam eine Plastikdose, in die er seine Blaubeer-Beute füllen konnte. Peter trug einen Zehn-Liter-Eimer, in den bei Bedarf umgefüllt werden sollte. Im Geheimen belächelte ich ihn, dass er einen Eimer mitnahm.

Chris, der besonders akut auf Mückenangriffe reagierte, steckte sich eine Pfeife an. Er hatte sie mit einem stinkenden Kraut gestopft und wollte mit dem Pfeifenrauch die Mückenangriffe vereiteln. Wir schwärmten erst mal aus und jeder suchte sich eine Stelle im weichen Unterholz, ging in die Hocke und pflückte Blaubeeren. Es gab Blaubeersträucher, soweit das Auge reichte, aber so direkt am Haus war die Beute nicht sehr ergiebig. Dennoch hatten wir nach einer Stunde so viele Blaubeeren gepflückt, dass mir das Schmunzeln über den roten Eimer verging. Er war zu zweidrittel gefüllt. Uns erwartete zum Mittagessen eine opulente Mahlzeit Blaubeerpfannkuchen. Eine solche Menge Blaubeeren, die wir putzten, hatte ich noch nie auf einmal gekauft. Trotzdem war es wenig, wie sich später herausstellte. Es ist halt alles relativ. Herrlich, wie unsere Finger jetzt aussahen. Die kräftige lila Farbe der kleinen Wildfrüchte färbte unsere Hände total ein. Aber auch unser Mund und vor allem die Zungen sahen zum Fürchten aus. Die Hände bearbeiteten wir mit Zitronensaft. Aber so richtig sauber wurden sie nicht.

Wir backten abwechselnd die leckersten Blaubeerpfannkuchen, die ich je gegessen habe. Es war eine richtige „Blaubeerpfannkuchenorgie“, einfach herrlich. Zwischendurch trat Peter mit der Pfanne in den Wald und versuchte mit Schwung den Pfannkuchen ohne Hilfsmittel zu wenden. Es funktionierte. Sicher war es die Unbefangenheit, mit der er den Pfannkuchen wendete, weil er nicht damit rechnen musste, dass dieser an der Küchendecke haften blieb.

Auf einer Erkundungsfahrt mit dem Boot entdeckten wir, dass eine kleine Insel mitten im See direkt gegenüber unserer Sauna lag. Es war ein Felsen, bewachsen mit Moosen, undefinierbarem Gestrüpp und Blaubeersträuchern. In der Mitte ragten eine Birke und drei kleine Fichten auf. Wir umrundeten diese winzige Insel auf der Suche nach einer passenden Stelle, um an Land zu gehen und um unser Boot festzumachen. Mit einem Bootshaken versuchten wir, uns heranzuziehen, um auf den Felsen zu springen. Chris erreichte die Insel und fixierte das Boot an der Birke. Diese Insel wurde unsere Blaubeerinsel. Hier gab es Blaubeeren in Hülle und Fülle. In diesem Jahr hatte sicherlich noch niemand einen Fuß auf diese Insel gesetzt. Einige kahle Felsplateaus gab es auch, so fuhren wir später auch zum Sonnen ab und zu herüber. So weit war es nun auch nicht bis zu dieser Insel und Peter und ich wagten es an einem sehr warmen Tag, die Strecke zu schwimmen. Wir zogen unsere Neoprenanzüge an, denn das Seewasser war unwahrscheinlich kalt. Solange man schwamm und sich nur in der obersten Wasserschicht bewegte, konnte man es aushalten. Aber senkte man die Beine auch nur einen Meter tief ins Wasser herein, ergriff einen das Gefühl einen Eisblock zu berühren.

Viel Zeit in diesem Urlaub widmeten wir dem Essen, der Zubereitung des Essens und der Vorbereitung für die Zubereitung. Wir nutzten die Feuerstelle unter freiem Himmel, garten über dem offenen Feuer. Auf einem kurzen Trip zum Lebensmittelladen ließen wir uns vom Warenangebot inspirieren. Das finnische Wörterbuch griffbereit, studierten wir das Angebot. Wir konnten den Milchpackungen nicht ansehen, ob der Inhalt wirklich Milch war. Es konnte ebenso gut Joghurt oder Pudding sein. Wir konnten es nicht feststellen. Selbst die Fettangaben waren nicht hilfreich. Das Wörterbuch musste her. Allein die Auswahl der Verpackungen in der Kühlung zeigte, dass es ein riesiges Warenangebot war, das uns in diesem kleinen Laden präsentiert wurde. Wir kauften einige Tüten Kulutus Maito, das Wort bedeutete auf Finnisch Trinkmilch, hofften wir jedenfalls. Dann konzentrierten wir uns auf die Gefriertheke. Chris hielt ein dickes fettes Hähnchen in der Hand.

„Was haltet ihr davon? Das kann man sicher gut grillen." „Was ist es für ein Tier?", fragte Moni. „Dass es ein Federvieh ist, sieht man ja, aber was ist es genau?"

„Keine Ahnung, das nehmen wir, am besten zwei oder drei. Ich stell mir gerade vor, wie ich die zubereite", schwärmte Chris. Er schloss seine Augen und verzog genüsslich das Gesicht.

„Oh, schau mal, wie die heißen!", rief Kiki, „Broiler!" Sie hielt die Tasche auf und drei Exemplare verschwanden darin.

„Kann mir mal jemand die „Broiler-Brothers" abnehmen? Die sind so schwer!" Von da an war der Begriff „Broiler-Brothers" wie ein geflügeltes Wort und sollte uns, wenn wir uns zuhause an diesen Urlaub erinnerten, immer wieder ein Schlüsselwort sein. Die „Broiler-Brothers" lagen zum Auftauen in der Küche und wir schwärmten aus, um zwei gleich große Astgabeln aus dem Wald zu holen. Die Äste sollten bis zur Gabelung mindestens einen Meter lang sein und die beiden Enden, die die Gabel bildeten, so um die dreißig Zentimeter. Ich fand nichts, was mir geeignet schien. Schon bald kamen die Männer mit zwei y-förmigen Stöcken wieder, die den richtigen Durchmesser hatten und stark genug waren, um unsere „Broiler-Brothers" zu tragen.

Die Äste wurden vorbereitet. Wir entfernten die Rinde und rundeten die Enden ab. Daran beteiligte ich mich. Ich saß auf der Hollywood-Schaukel, hatte mein Taschenmesser herausgeholt und schnitzte. Sehr kreativ war diese Schnitzerei nicht, aber es machte Spaß und hatte schließlich auch einen Sinn. Uli zog noch einmal los und besorgte den eigentlichen Holzspieß, auf dem unsere Hähnchen später befestigt wurden.

Chris widmete sich dann wieder seiner Lieblingsbeschäftigung, dem Zündeln. Er schichtete einen richtigen Scheiterhaufen auf, formierte die dicken Steine neu um die Feuerstelle und schleppte noch ein paar neue vom Ufer heran, um unsere Grillvorrichtung später stabilisieren zu können.

„Bis das Feuer so weit heruntergebrannt ist, dass wir die Hähnchen darüber garen können, vergeht aber noch viel Zeit", sagte Peter. „Hoffentlich bin ich bis dahin nicht schon verhungert."

Es dauerte nicht lange und das Feuerchen loderte hoch auf. Peter und Chris nahmen sich die „Broiler-Brothers" vor und verpassten ihnen ein neues Outfit. Über und über mit rotem Paprika bestäubt und mit diversen anderen Gewürzen bepudert, lagen sie auf dem Küchentisch und warteten darauf, aufgespießt zu werden. Es war windstill und wir konnten die bequemen Holzstühle, gepolstert mit verschiedenen bunten Decken, und die Hollywood-Schaukel so um das Feuer gruppieren, dass es wie ein richtiges Lagerfeuer aussah. Niemand musste dem seitlich wegziehenden Qualm ausweichen. Der Rauch stieg direkt nach oben. Auf einem Tischchen standen eine Schachtel Margarine und ein Dose Bier. Zutaten, die später die Haut des Geflügels knusprig und schmackhaft machen sollten. Uli, Moni und ich warteten gespannt auf den Grillbeginn.

Und dann kamen die Köche in unser Blickfeld. Je ein Ende des Grillstabs lagerte bei Chris und Peter auf der rechten Schulter und zwischen ihnen auf dem Stab hatten sie drei „Broiler-Brothers" mit Heftzwecken fixiert. So, wie die beiden auf uns zukamen, sah es aus, als trugen sie mindestens ein Wildschwein zwischen sich, das jetzt über dem

Feuer knusprig gegart werden sollten. Aber die drei Hähnchen sahen so mickerig aus, dass wir uns vor Lachen kaum halten konnten. Sie nahmen den Stab von den Schultern herunter und legten ihn in die Astgabeln. Der Garprozess begann. Abwechselnd drehten sie jetzt den Stab, damit auch alle Seiten gleichmäßig der Wärme ausgesetzt wurden. Chris legte wieder ein paar Holzscheite auf und die Flammen züngelten erneut nach oben. Das Grillgut musste für kurze Zeit entfernt werden, damit die Flammen nicht unser Abendessen zunichte machten. Die Sonne stand schon tief, die letzten Sonnenstrahlen des Tages fielen durch die Bäume und tauchten die Idylle in goldenes Licht. Unsere Gesichter glühten rot von der Wärme des Feuers. Kiki hatte ihr Strickzeug herausgeholt und das leise Klappern der Nadeln vermischte sich mit dem Knacken und Prasseln des Feuers. Es war einfach wunderbar, hier zu sitzen, und entspannt ins Feuer zu schauen. So hatten wir uns unseren Urlaub vorgestellt. Wir erzählten eine Geschichte und Anekdote nach der anderen und die Stimmung erfüllte uns mit Behaglichkeit und Ruhe. Chris griff nach der mitgebrachten Dose Bier, schüttelte sie kräftig und öffnete sie, und hielt den Bierstrahl, der zischend die Dose verlies, direkt auf die Hähnchen. Uli drehte den Stab, damit sich das Bier gleichmäßig auf dem Grillgut verteilte. Wie die Kruste wohl nachher schmecken wird?

Zwischendurch wurden die „Brüder" mit Margarine eingepinselt, die Kruste sollte ja etwas knusprig werden und nicht verbrennen. Über die Herkunft und Vorbehandlung unseres auf dem Dachboden gefundenen Pinsels, der als Küchengerät eingesetzt wurde, schweige ich lieber.

Die Sonne war untergegangen und wir schwärmten

immer noch von dem leckeren Hähnchenfleisch. Unsere kleine Gesellschaft saß noch lange am Feuer und die ein oder andere Dose Bier wurde geleert und sorgte dafür, dass unsere Runde immer lustiger wurde. Zwischendurch lauschten wir den Geräuschen der Nacht, die uns völlig fremd waren. Mal raschelte es im Unterholz, mal irritierte uns der Flügelschlag einer Fledermaus oder von sonstigen nächtlichen Flugobjekten.

Chris feierte in diesem Urlaub seinen 23. Geburtstag und wir hatten zu Hause bereits überlegt, wie wir diesen Tag ihm zu seinen Ehren gestalten konnten. Jetzt machte er selber einen Vorschlag.

„Ich würde mich freuen, wenn wir den heutigen Abend als Probegeburtstagsabend betrachten. Ein riesiges Feuer, entspannt hier draußen sitzen und eine weitere Portion „Broiler-Brothers" auf dem Spieß, ein im See gekühltes Bierchen, dann wäre ich voll auf zufrieden." Diesen bescheidenen Wunsch wollten wir ihm gerne erfüllen, wenn das Wetter es zuließ.

Während wir Mädels ausgestreckt im Bikini auf dem Bootssteg in der warmen Sonne lagen, arbeiteten unsere Männer schwer. Sie suchten die körperliche Herausforderung und konnten sich hier sehr gut austoben. Auf die Frage, ob sie mal einen Baum fällen durften, hatte Olli geantwortet: „Wenn es weiter nichts ist. Bäume habe ich genug." Diese Holzfällerfahrung machten sie heute gemeinsam. Sie hatten sich einen Baum ausgesucht und schwangen jetzt die Axt. Wir hörten die schweißtreibende Arbeit, das Stöhnen und die Axtschläge.

Dann drang ein bekanntes Geräusch an unser Ohr, das

Zischen einer Dose Bier. Es folgten noch drei, vier Hiebe und der Satz, den ich bisher nur aus dem Fernsehen kannte, erscholl durch den Wald.

„Achtung, Baum fällt!"

Es war eine Kiefer, die das komische Geräusch verursachte, als der Baum zu Boden fiel. Wir sprangen auf und liefen zu unseren Männern. Sie waren gerade dabei, die oberen Äste zu entfernen und zur Feuerstelle zu ziehen. Dann säuberten sie den Stamm, sägten ihn in fünf zwei Meter lange Stücke. Zum Verfeuern war der Baum noch zu frisch, aber er sollte ja nicht umsonst gefällt worden sein.

Die Holzstammabschnitte dienten dem Floßbau. Es war das zweite große Projekt, das unsere Männer in Angriff nahmen. Im Schuppen waren noch alle möglichen Holzreste, Latten und Bretter gelagert, die wir mit Ollis Erlaubnis in das Projekt einbezogen. Jetzt konnte ich mir auch vorstellen, warum ein dicker Hammer und so riesig lange Supernägel mit zu unserem Urlaubsgepäck zählten.

Es wurde gehämmert, genagelt, gesägt, mit Seilen verbunden, der Schweiß gewischt und das Bier zum Löschen eingesetzt. Kiki, Moni und ich drehten uns langsam vom Rücken auf den Bauch und wieder zurück. Wir strebten eine gleichmäßige Bräune an. Einige Meter von uns entfernt wurden Kalorien verbrannt. Wir planten in der Zwischenzeit, wie wir später das Floß würden nutzen können. Wir ziehen es mit dem Motorboot auf den See hinaus, verankern es und haben dann eine Badeinsel, zu der wir immer hinausschwimmen können, wenn die Sonne sich gedreht hat und die Bäume ihre Schatten auf unseren Steg werfen, war das Ergebnis unserer Überlegungen.

Rom wurde ja bekanntlich auch nicht an einem Tag

erbaut und für unsere Badeinsel brauchten die Männer eine Woche, bevor sie auf ihre Schwimmtauglichkeit geprüft werden konnte.

Bei unserem ersten Besuch im Zentrum des gesellschaftlichen Lebens im ortsansässigen Lebensmittelladen hatte ich mich mit Prospekten eingedeckt. Alles, was in dem kleinen Informationsständer zur Verfügung stand, hatte ich erst mal mitgenommen, um später in Ruhe die Informationen zu lesen, soweit es möglich war. Schnell stellten wir fest, dass wir uns mit dem Bilderanschauen und dem Nachschlagen einzelner Vokabeln begnügen mussten, denn die finnische Sprache war für mich absolut ein Buch mit sieben Siegeln. Die vielen Vokale ließen die Wörter lustig aussehen und ich hatte noch nicht einmal eine Ahnung, was sie bedeuten könnten, es sei denn, sie waren aus dem Deutschen übernommen und etwas finnisch dekoriert. Posti Panki und Kioski, um zwei Beispiele zu nennen.

Ein Prospekt jedoch erweckte meine Aufmerksamkeit besonders. Er kündigte eine musikalische Veranstaltung in dem kleinen Restaurant an, das wir bei einem unserer Einkaufstouren entdeckt hatten. Ein schwarzer Musiker zierte die Vorderseite des Flyers.

„Wollen wir nicht unser einfaches Leben hier in der finnischen Abgeschiedenheit etwas aufpeppen und zu diesem Konzert gehen?", fragte ich Kiki und Moni und winkte ihnen mit dem Prospekt zu. Sie ließen beide ihre Lektüren sinken, in die sie gerade vertieft waren. In geschwisterlicher Eintracht sahen sie mich fragend an.

„Wie, ein Konzert? Wo? Darf ich mal sehen?" Ich reichte Kiki das Faltblatt und sie kicherte. „Ted Curtain in Konzert,

240

hört sich ja richtig amerikanisch an und sieht auch amerikanisch aus. Wie kommt denn ein schwarzer Musiker in diese gottverlassene Gegend?"

Passt irgendwie zu Ollis Straßenkreuzer, dachte ich. Wir setzten uns jetzt alle drei auf, ließen die Beine vom Steg ins Wasser baumeln und versuchten uns vorzustellen, was sich hinter dieser Ankündigung verbarg.

„Darf ich auch mal?" Jetzt griff Moni nach dem Blatt und versuchte, die Kombination aus Finnisch und Englisch zu deuten.

„Sieht gut aus, sollten wir uns nicht entgehen lassen", sagte sie. Die Spur Sarkasmus, die in ihren Worten lag, war nicht zu überhören.

„Aber die Musikrichtung ist so gar nicht meine. Interessiert ihr euch für amerikanische Jazzmusik? Ich nicht", fuhr sie fort. Wir waren in der Welt der britischen und amerikanischen Rock- und Pop-Welt zu Hause. Amerikanischer Jazz gehörte nicht dazu.

„Ist doch egal, es ist einfach ein gesellschaftliches Highlight in dieser Region, und es sollte nicht ohne uns stattfinden. Außerdem bietet es uns die Möglichkeit, endlich einmal ein paar Finnen kennenzulernen. Außer Olli und Ehefrau und die Dame in der Multifunktionszentrale haben wir noch keinen Finnen gesehen", sagte ich.

Wir planten. Was ziehen wir an? Wie kommen wir an Karten? Sollen wir dann auch im Rahmen der Veranstaltung essen? Für uns stand schon fest, dass wir diesen Auftritt miterleben würden. Jetzt brauchten wir nur noch unsere Begleiter davon zu überzeugen.

Wir brezelten uns für unseren bevorstehenden Ausflug in die finnische samstagabendliche Kurzweil auf. So richtig

ausgehfeine Kleidung hatten wir nicht in unserem Reisegepäck. Als wir alle in Reihe und Glied vor unserem Treppen-
aufgang standen, bereit für das obligatorische Gruppenfoto
und auf das Klicken des Selbstauslösers warteten, fühlten
wir uns alle ganz passabel gekleidet.

„Hoffentlich ist dort kein Krawattenzwang", bemerkte
ich scherzhaft und dachte an das Speiselokal in Turku, in
das Peter und mir vor einigen Jahren der Eintritt verwehrt
wurde, weil Peter keine Krawatte trug. Er hätte auch gar
keine Krawatte umbinden können, denn er führte in seinem
Reisegepäck nicht nur keine mit, sondern er besaß gar
keine. Er war ein absoluter Krawattenmuffel. Die bunte
hässliche Krawatte, die er sich dort am Eingang ausleihen
musste, sah ganz schrecklich aus, besonders, da er an dem
Tag ein kariertes Hemd trug. Aber wir hatten die Einlass-
vorschriften erfüllt.

Das Restaurant, das wir heute betraten, war auch gleichzeitig der Veranstaltungsraum. Im hinteren Bereich
endeckten wir eine neongrün angestrahlte Bühne. Am Eingang gaben wir artig unsere Eintrittskarten ab, die wir übrigens in der Posti Panki gekauft hatten und suchten uns ein
Plätzchen, das einen guten Blick auf die Bühne garantierte.
Die Tische waren alle eingedeckt. Das suggerierte uns die
Reihenfolge des Vergnügens, zuerst das Abendessen, dann
der Auftritt. Der Raum war mit weißem Holz ausgekleidet.
Wände, Boden, Decke, alles aus weißem Holz. Rechteckige
Pflanzkübel auf sehr hohen Beinen, bestückt mit wildwach-
senden Zimmerpflanzen, die den Blick auf unsere Nachbartische verwehrten. Wir kamen uns vor wie in einem
grün-weißen Separee. Einen Rundumblick über das

Geschehen bekamen wir nicht. Was an den anderen Tischen los war, hätten wir gerne beobachtet. Das finnische Gemurmel drang zwar an unser Ohr, aber gleichzeitig isolierte es uns auch. Wir saßen dort alleine, konnten kein Wort verstehen und auch nichts beobachten.

Zuerst bestellten wir fünf Bier und ein Wasser. Die riesigen Bierseidel, die herangeschleppt wurden, erinnerten an das Hofbräuhaus. Auf den anderen Tischen, die mittlerweile alle besetzt schienen, wurden Unmengen von Bierseideln serviert. Immer wieder sahen wir die Bedienungen, die eine stattliche Anzahl von Bierkrügen an uns vorbei trugen. Das Thema Alkohol spielt in Finnland eine besondere Rolle. Dass die Finnen dem Alkohol nicht abgeneigt sein sollen, wussten wir aus Erfahrung und auch aus dem Reiseführer. Dass es an Wochenenden in Finnland hoch her ging, wenn Alkohol ausgeschenkt wurde, hatten wir gehört. Ob die Aussagen über den Alkoholkonsum der Realität entsprachen, konnten wir bisher nicht beurteilen. Mit Statistiken kann man im Allgemeinen alles beweisen und mit anderen Statistiken auch alles widerlegen. Wir würden uns heute selber ein Bild von der Trinkfreudigkeit der Finnen machen.

Obwohl wir nicht viel sehen konnten, fühlten wir uns von allen Seiten beobachtet. Es ging immer mal wieder ein Gast an unserem Tisch vorbei und nickte uns freundlich zu. Andere verharrten einen Moment, gafften uns an, wie Wesen aus einem anderen Universum, und gingen wortlos weiter. Wir unterhielten uns angeregt und hatten richtig Spaß. Das Studium der Speisekarte war interessant. Der Kellner verstand etwas Deutsch und machte Vorschläge. Wir versuchten, in der finnischen Landessprache mit der

Hilfe unseres Wörterbuches zu bestellen. Ob uns auch alles serviert wurde, was wir bestellt hatten? Keine Ahnung. Aber geschmeckt hat es. Hauptbestandteil auf unseren Tellern war Fisch. Peter hatte Appetit auf Rentierfleisch. Wir kosteten alle. Ob es Rentierfleisch war, wussten wir nicht. Aber es schmeckte.

Dann begann der musikalische Höhepunkt des Abends. Die Bühne erstrahlte in Mintgrün noch schriller und greller als vorher. Der Künstler trat mit seiner finnischen Combo, unter großem Hallo und tobendem Applaus, in das Scheinwerferlicht. Sein Instrument war die Trompete. Die Darbietung entsprach absolut nicht meinem Musikgeschmack und auch die anderen konnten sich nicht begeistern, aber wir waren ja nicht alleine wegen des Kunstgenusses hierhergekommen. Es war einfach ein rundum schöner Abend, eine willkommene Abwechslung, die Musik eingeschlossen.

An einem unserer Nachbartische saß eine Gruppe Finnen, die sehr viel Spaß hatten. Sie jubelten und grölten. Ab und zu stellten sie sich hin und prosteten uns über den Pflanzkübel hinweg zu. Unsere Gespräche mussten wohl auch zu ihnen durchgedrungen sein. Sie unterhielten sich zwar nur auf Finnisch, aber viele Finnen verstanden auch Deutsch. Die Grünpflanzen, die unsere Tische genau in Kopfhöhe voneinander trennten, wurden zur Seite gebogen und jemand lugte zu uns herüber.

„Sie sind Deutsch, wie ich höre", bahnte sich eine Männerstimme den Weg durch das Gestrüpp.

„Darf ich mal an Ihren Tisch kommen?" Wir waren froh, dass der erwartete Kontakt endlich zustande kam. Wir hätten uns nicht einfach so getraut, die mittlerweile alle ganz gut angeheiterten Finnen anzusprechen. Selbstverständlich baten wir den Herrn mit aller Höflichkeit an unseren Tisch und warteten gespannt, was jetzt passieren würde. Ein sehr unscheinbarer, weder jung noch alt einzuschätzender Mann, setzte sich an unseren Tisch. Er stellte sich als der „finnische Deutschlehrer" vor. Er musste schon einige Bierseidel geleert haben, als er sich zu uns setzte. Es schien, als hatte er sich Mut angetrunken. Durch glasige Augen blickte er uns an und reichte jedem von uns die Hand. Peter bestellte eine Runde Bier, also sechs Bier und ein Wasser. Unser Gast nahm die Einladung dankend an. Sofort begann er mit seinen Erzählungen über seine Arbeit als Deutschlehrer. Es machte ihm Freude, die deutsche Sprache anzuwenden, und wir nahmen die Chance wahr, Informationen über unser Gastland, besonders über diese Region, zu erfahren. Er fragte uns nach Deutschland aus. Wir streiften auch die geschichtliche Situation zwischen Finnland und Deutschland und die des Zweiten Weltkriegs. Eine weitere Runde Bier erreichte unseren Tisch. Aus den zunächst reservierten Gesprächen, die unsere beiden Länder zum Thema hatten, wurde jetzt eine lockerere Plauderrunde. Wir erzählten uns gegenseitig Witze, auf Deutsch natürlich, erhoben uns, wie die Finnen, wenn sie sich zuprosteten. Die Gläser klirrten aneinander. Die Vertrautheit nahm zu. Die Bedienung brachte die nächste Runde. Unser finnischer Deutschlehrer verschwand für kurze Zeit, setzte sich dann wieder zu uns, und wenn ein Außenstehender uns jetzt beobachtet hätte, hätte er nicht geglaubt, dass wir uns erst so kurze Zeit kannten.

Mittlerweile saß er zwischen Uli und Chris, hatte seine Arme ausgebreitet und um ihre Schultern gelegt und schien sich sichtlich wohlzufühlen. Wir tranken alle Brüderschaft mit ihm, und er nannte uns beim Vornamen. Dieser Vorschlag kam von ihm. Das Brüderschaft-Trinken war sicherlich ein deutsches Ritual, das er aus seinen Deutschstudien kannte. Brüderschaft verbindet und verpflichtet. Sein Anblick spiegelte aber etwas Seltsames wider, die Kontrolle über seine Augen schien verloren zu gehen und die Antworten, die er uns gab, passten auch nicht mehr so ganz zu den gestellten Fragen. Als er dann ganz sachte und langsam seinem Stuhl entglitt und unter dem Tisch liegen blieb, wusste ich, was es heißt, „jemanden unter den Tisch trinken", auch eine deutsche Redensart. Leider nahm unserer finnischer Deutschlehrer sie nicht mehr wahr. Wir hievten ihn hoch und setzten ihn auf den Stuhl. Doch dort konnte er sich nicht mehr so richtig halten. Er schwankte bedenklich.

„Was machen wir denn jetzt mit ihm?", fragte Moni. Ich stand auf. Hilfesuchend sah ich mich in dem Lokal um. Aber das Restaurant war leer. Wir waren die letzten Gäste. Alle anderen schienen nach der Vorstellung so nach und nach wieder den Heimweg angetreten zu haben. Er rappelte sich dann in Zeitlupe wieder auf und taumelte, gestützt von Uli und Chris, dem Ausgang zu. Polari-Cola und Wasser waren die Getränke, die ich den ganzen Abend abwechselnd zu mir genommen hatte. Dahinter verbarg sich die Antwort auf die Frage, wer den VW-Bus zu unserem finnischen Zuhause steuern würde. Ich musste die angetrunkene Meute zu unserem finnischen Traumhaus zurückfahren.

Aber was machen wir mit dem finnischen Deutschlehrer?

„Wir bestellen ihm ein Taxi. Der Taxifahrer wird wissen, wo er ihn abliefern muss. Die kennen sich doch sowieso hier alle untereinander", sagte Chris.

Wir fragten den Kellern nach einem Taxi für den Sauf-
kumpanen. Aber er zuckte nur mit den Schultern und schob
uns ganz seicht aus der Tür heraus in die schwarze finnische
Nacht. Der Schlüssel drehte sich von innen hinter uns im
Schloss des Restaurants. Nur Sekunden später erloschen
alle Lichter. Von einem Taxi war weit und breit nichts zu
sehen.

Und, was machen wir jetzt mit dem finnischen Deutschlehrer, wir können ihn doch nicht hier vor die Tür setzen
und uns aus dem Staub machen?! Diese Frage stand allen
auf dem Gesicht geschrieben. Wir hatten zwar Bruder-
schaft getrunken, ein Ritual, das für uns keine große Bedeutung hatte. Doch da war sie jetzt, unsere erste Verpflich-
tung.

„Wir bringen ihn nach Hause", sagte Peter. „Komm!
Frag ihn mal, wo er wohnt." Ich war nicht begeistert von
dieser Idee.

„Denkt ihr vielleicht auch mal an mein Auto. Was ist,
wenn ihm unterwegs schlecht wird? Wer macht die Sauerei
dann wieder weg? Und wie finden wir seine Adresse?"

Ziemlich planlos standen wir jetzt auf dem kleinen Parkplatz, auf dem nur noch mein weißer VW-Bus parkte. Über
uns wölbte sich ein tiefschwarzer sternenklarer Nachthimmel und um uns herum nichts, nur schwarze Nacht.
Unsere Taschenlampen huschten hin und her. Niemand
außer dem finnischen Deutschlehrer war betrunken, aber
eine allgemeine Heiterkeit und die Lässigkeit, mit der die
anderen mit meinem Problem umgingen, spiegelten auch
ihren erhöhten Alkoholkonsum wider.

„Also, wir können hier jetzt nicht einfach stehen bleiben",

sagte ich und war genervt. Das war nur eine Phrase, die Hilflosigkeit ausdrückte und die anderen zum Nachdenken bringen sollte.

„Also, ich schlage vor, Kiki und Moni auf die Rückbank, Uli und Chris halten unseren Gast auf dem mittleren Polster fest, und er bekommt den Außensitz direkt gegenüber der Schiebetür. Sollte dann etwas aus seinem Magen den Weg zurück suchen, ist die Tür am schnellsten geöffnet. Peter kommt auf den Beifahrersitz, denn einer muss mir ja sagen, wo es lang geht. Ich kenne den Weg nicht und habe einen ganz schlechten Orientierungssinn." Meine Anweisung war klar und deutlich und wurde auch sofort ausgeführt.

Chris versuchte, herauszubekommen, wo ich den Bus hinsteuern sollte.

„Ja, den Weg kenne ich, ich weiß, wo ich wohne", nuschelte unser Fahrgast und auch einige finnische Laute waren zu vernehmen. Er zeigte nach links. Ich setzte den Blinker und bog vom Parkplatz nach links ab. Eine Weile fuhren wir geradeaus.

„Es ist wenigstens auch unsere Richtung", sagte Peter. Die Scheinwerfer erfassten die Straße und den Straßenrand und rechts und links war außer Tannenwald nichts zu sehen. Alles sah gleich aus, keine einzige Einfahrt, die rechts oder links von dieser Straße abbog, war gekennzeichnet. Am Tag war es schon schwer, den richtigen Abzweigung zu unserem Haus zu erwischen, aber bei Dunkelheit schien mir diese Aufgabe, jemals in dieser Nacht unser Haus im Wald wiederzufinden, schier unlösbar zu sein. Unser Fahrgast war eingenickt. Chris rüttelte ihn. Er schreckte auf, sah sich um und zeigte nach links. Ich nahm die nächste Gelegenheit wahr und bog nach links in einen Schotterweg ein. Unser

finnischer Deutschlehrer hatte sich ganz entspannt zurückgelegt und wir konnten nicht sehen, ob er nun vor sich hin-
döste oder aufmerksam war, um uns seinen Heimweg zu
zeigen. Chris sprach ihn wieder an und rüttelte ihn ständig,
damit er wach blieb.

„Jetzt noch ein Stück, dann sind wir da. Dann steig ich
aus." Ganz langsam fuhr ich im Schritttempo durch den
Wald.

„Noch ein Stück. Ja, hier ist es", lallte er. Es gab hier an
dieser Stelle nichts außer Schotterweg und Bäume.

„Das kann nicht sein", sagte Peter, „hier ist ja nicht ein
einziges Haus, nichts." Unsere Schiebetür öffnete sich und
der finnische Gast versuchte, das Auto zu verlassen. Etwas
hilflos sah er sich um und plumpste auf den Wegrand.

„Kommt, holt ihn wieder herein", sagte Peter, „wir
können ihn hier nicht sitzen lassen, dann können wir ihn
eher mit zu uns nehmen oder ihn doch vor dem Restaurant
absetzen." Langsam wurde ich sauer.

„Glaubst du, ich habe mir dem Weg zum Restaurant
zurück gemerkt? Oder bist du dir sicher, dass wir in dieser
Nacht unser Haus noch finden werden? Stellt euch schon
mal darauf ein, dass wir heute alle im Sitzen schlafen
werden, nämlich im Bus."

Ich fuhr einfach weiter geradeaus. Drehen konnte ich
auf diesem kleinen Weg sowieso nicht. Niemand von uns
hatte die blasseste Ahnung, wo wir uns jetzt befanden. Wir
sahen auf der ganzen Strecke nicht ein einziges Haus. Ich
bog mal rechts ab, mal links, zwischendurch drehte ich auch
mal, als der Weg breiter wurde. Nach gut einer halben
Stunde, die mir wie eine Ewigkeit vorkam, erreichten wir
wieder eine asphaltierte Straße. Ich hoffte, es sei unsere

Hauptstraße. Plötzlich schien das Erinnerungsvermögen des Finnen wieder aufzuflackern. Er zeigte nach rechts, dann nach links und plötzlich erschien eine Reihe kleiner Holzhäuser. Wie aus einer Fata Morgana tauchten sie neben uns auf.

„Hier ist es. Jetzt bin ich da", murmelte er. Gestützt von Chris und Uli, schwankte er zu dem mittleren Haus.

„Danke", murmelte er. „Ihr seid morgen alle ganz herzlich bei mir zum Kaffee eingeladen."

„Wir bringen auch Kuchen mit", rief Moni spontan, „bis morgen." Sie konnte sich vor Lachen kaum auf dem Sitz halten.

„Wenn er hier jetzt gar nicht wohnt, was machen wir dann? Stell dir mal die Situation vor: Sechs Deutsche und ein total besoffener finnischer Deutschlehrer, dessen Namen wir noch nicht einmal kennen, vor einem fremden Haus, und der Schlüssel passt nicht und der Hausherr wird wach und fühlt sich bedroht. Weißt du, dass die allermeisten Finnen bewaffnet sind?" Meine Fantasie ging mal wieder mit mir durch. Chris hielt ihn jetzt fest und Uli durchsuchte seine Jackentasche nach dem Haustürschlüssel. Vorsichtig steckte er den Schlüssel ins Schloss und versuchte ihn zu drehen. Die Tür ließ sich öffnen. Uli steckte ihm den Schlüssel wieder in die Jackentasche. Gemeinsam schoben sie ihn ins Haus und zogen die Tür leise zu. Einen Moment hielten wir noch inne und warteten, ob er noch einmal auf der Bildfläche erscheinen würde, aber nichts tat sich. Es blieb alles ruhig und Licht ging auch keines an. Wir fuhren noch ein paar unfreiwillige größere Umwege, bis wir dann auch endlich in unseren kuscheligen Schlafsäcken lagen. Die Heimkehr hatten wir Peters gutem Orientierungsvermögen zu verdanken.

Es war Sonntag. Ich konnte den Tag nur benennen, weil wir ganz bewusst den Samstagabend mit einem Mix aus amerikanischer und finnischer und Kultur und den finnisch und deutschen Trinkgewohnheiten verbracht hatten. Ich war schon früh auf. Mit einem Becher Kaffee saß ich in der Hollywood-Schaukel und vertiefte mich in mein Buch, während die anderen noch selig schlummerten. Ich nenne es mal, ihren Rausch ausschliefen. Ich ließ die Nacht noch einmal Revue passieren und kam zu dem Schluss, dass alles schon recht merkwürdig verlaufen war. Beim Frühstück gab es auch kein anderes Thema als die Geschehnisse am vergangenen Abend.

„Und, was machen wir heute?", fragte Chris.
„Was für eine Frage", sagte Moni. „Habt ihr vergessen, dass wir heute zum Sonntagsnachmittagskaffee bei unserem finnischen Deutschlehrer eingeladen sind?"

„Das hat der doch bestimmt nicht ernst gemeint, oder?", fragte Kiki.

„Warum nicht, wir haben uns doch richtig gut unterhalten, das können wir durchaus im nüchternen Zustand fortsetzen, wäre doch ganz interessant, oder? Außerdem haben wir mit ihm Brüderschaft getrunken", sagte Peter.

Wir vereinbarten, so gegen halb vier bei ihm vorbeizuschauen. Da der kleine Lebensmittelladen auch am Sonntag ein paar Stunden geöffnet hatte, wollten wir vorher dort einen Kuchen kaufen. Ich hatte in der Auslage eine in pastellfarben verzierte kleine Buttercremetorte entdeckt. Eine echte Kalorienbombe. Wenn er nicht zu Hause ist, dann nehmen wir eben unser Backwerk wieder mit und essen den Kuchen hier.

Der Kuchen wurde in eine Schachtel verpackt und bekam ein seidiges hellblaues Band angelegt. Es sah wie ein richtiges kleines Geschenk aus. Peter hatte die topografische Landkarte unserer Gegend eingehen studiert und glaubte, den Weg wiederfinden zu können.

„Am Tag kann es doch nicht so schwer sein", sagte er. Wir ließen uns auf die Suche ein. Niemand außer mir glaubte, dass er den Weg wiederfinden würde. Und dann standen wir vor dem kleinen Reihenhaus, ganz aus Holz. Der Vorgarten und der Eingangsbereich machten einen ordentlichen und gepflegten Eindruck auf uns.

„Meinst du, dass wir hier wirklich richtig sind?", fragte Uli.

„Wenn nicht, dann entschuldigen wir uns und fahren in unser Ferienhaus zurück", schlug ich vor. „Einen Versuch sollten wir machen. Und wenn er erfolglos ist, dann ist das eben so."

Wir schellten. Die Gardine des linken Fensters wurde leicht zur Seite geschoben, aber niemand öffnete.

„Es ist auf jeden Fall jemand zu Hause, die Gardine hat sich bewegt", sagte Kiki.

Wir klingelten noch einmal. Mir war es plötzlich peinlich und ich wäre am liebsten wieder losgefahren. Zaghaft lugte jemand durch einen kleinen Spalt der Holzeingangstür. Auf Finnisch wurden wir angesprochen. Wir erkannten sofort, dass es unser finnischer Deutschlehrer war. Aber er sah uns an wie das achte Weltwunder. Wir begrüßten ihn und bedankten uns höflich für die Einladung zum Kaffee. Ich hob die Kuchenschachtel in die Höhe und wir warteten. Es war offensichtlich, dass er sich nicht an uns erinnern konnte. Er musste einen Filmriss haben. Der Gesichtsausdruck unseres finnischen Deutschlehrers war köstlich. Wir standen uns jetzt einen kurzen Moment lang völlig bewegungslos gegenüber. Man sah es ihm an, wir er krampfhaft versuchte, seine Erinnerung zu sortieren. Doch sein Gedächtnis spielte ihm einen Streich.

Da wir jetzt nun einmal da waren, bat er uns schließlich zögerlich herein. Wir saßen im Wohnzimmer, wie bestellt und nicht abgeholt. Niemand sprach ein Wort. Wir mussten aufpassen, dass wir untereinander keinen Blickkontakt bekamen, denn es hätte sein können, dass wir laut losprusteten und unser Lachen sich verselbstständigte. Die Situation war ohnehin schon sehr skurril. Wir stellten unseren Kuchen auf den Wohnzimmertisch und unser Gastgeber ging in die Küche und kochte Kaffee. Wir warteten und schwiegen. Dann setzte er sich zu uns. Ganz vorsichtig brachten wir das Gespräch auf den gestrigen Abend und stellten fest, dass unser finnischer Deutschlehrer sich tatsächlich nicht an uns erinnern konnte. Eine große Portion Peinlichkeit schwappte durch das Wohnzimmer. Er schien nicht zu wissen, was er sagen sollte. Wieder saßen wir da und schwiegen uns an. Der Kuchen schmeckte schrecklich, der Kaffee war noch fürchterlicher. Immer wieder schaute er uns an, verharrte auf einem Gesicht und schien zu grübeln.

Plötzlich stand er auf und holte ein einige Schallplatten aus seinem Wohnzimmerschrank. Die Plattencover zeigten ein und dieselbe Sängerin: Milva. Dieser rothaarige Vamp schien sein ganzer Schwarm zu sein. Milva war das Bindeglied zwischen uns und eröffnete eine Unterhaltung. Er verdrehte verzückt die Augen und wir wurden genötigt, einen Chanson nach dem anderen zu hören. Milva war nun gar nicht unser Musikgeschmack, aber aus Höflichkeit haben wir dann Begeisterung geheuchelt, weil wir den armen Kerl nicht noch mehr verunsichern wollten. Er hatte jetzt sein Thema gefunden und referierte über Milva. Er holte Zeitungsausschnitte und Poster hervor und spielte den Milva-DJ am Plattenteller.

Uns zog es wieder in unser finnisches Traumhaus, wir wollten einfach nur fort von hier und uns der Situation und den Klängen der italienischen Musikerin entziehen.

Viele Jahre nach diesem sonntagnachmittäglichen finnischen Kaffeekränzchen ist jedem von uns sechsen bei dem Stichwort „Milva" die Situation sofort wieder präsent, als wäre es gestern gewesen.

Um uns die Chance zu geben, alles für seinen Geburtstag vorzubereiten, ging Chris joggen. Wir hörten, wie sich seine Schritte vom Haus entfernten. Wir Mädels sprangen schnell aus unseren Schlafsäcken. Der Frühstückstisch wurde gedeckt. Einen Geburtstagskuchen hatten wir gekauft, denn es fehlte uns die Möglichkeit zu backen. Wir hofften, er würde nicht so grausam schmecken wie der letzte, den wir zum Kaffeekränzchen mitgenommen hatten. Dieses dicke weiße Etwas, das eher aussah wie eine kreisrunde Eisscholle, dekorierten wir in Eigeninitiative mit dreiundzwanzig frischen roten Walderdbeeren. Ein üppiger Blumenstrauß aus Wiesenblumen, den wir am Vortag gepflückt hatten, stand in einer Vase und verlieh dem Geburtstagstisch ein festliches Aussehen.

Chris Joggingrunde hatte wieder an Ollis Hof vorbeigeführt. Wer von uns Olli erzählt hatte, dass Chris heute seinen Geburtstag feierte, weiß ich nicht, aber er wusste

Bescheid. Seine Frau hatte nicht nur leckere Brötchen gebacken, sondern auch finnisches Geburtstagsgebäck in eine Tüte gefüllt.

Wir nahmen unsere Position oben auf den Treppenstufen ein. Als wir ihn durch die Bäume auf das Haus zulaufen sahen, waren wir bereit für das Geburtstagsständchen.

„Los, beeil dich", musste ich Peter zurufen, „Chris kommt zurück." Ich musste ihn anfeuern, denn wie immer kam er ganz entspannt und relaxt die Treppe heruntergeschlichen. Wir fingen ohne ihn an. Er konnte erst bei der zweiten Strophe einsetzen. Die Geburtstagsrituale nahmen ihren Lauf. Bei dem Stapel Prospektmaterial, das wir im Lebensmittelladen zur Information eingesteckt hatten, lag auch ein Flyer, der Rundflüge über die finnische Seenplatte anbot. Wiederum hatten wir erst nur Bildinformation aufnehmen können, aber die Kosten konnte man schon in etwa erahnen. Ob die angegebene Finnmark jedoch ein Preis per Stunde, per Flugzeug oder per Person war, haben wir mithilfe des Wörterbuches vage ermitteln können. Ein Abstecher zu diesem kleinen Flugfeld sollte uns Klarheit bringen. Wir rechneten und prüften unsere Finanzkasse und entschieden uns alle, diesen Rundflug zu machen. Chris sollte diesen beeindruckenden Flug als Überraschungsgeschenk von uns allen erhalten. Wir hatten genug Kartenmaterial dieser Gegend und fanden den Flugplatz auch recht schnell. Außerdem stand ein Wegweiser an der Straße. Flugplatz hört sich so nach Größe und Weite an, aber es war nur eine Rollbahn, klein und überschaubar und das Terminal ein flaches, eingeschossiges Gebäude im Plattenbaustil. Der Tower ragte nur minimal über die Baumwipfel.

Auf der linken Seite entdeckten wir den Hangar, der so groß war, dass eine Propellermaschine darin Platz fand. Kiki begeisterten am meisten die Räder des Flugzeugs.

„Die sehen ja aus wie Kinderwagenreifen!", rief sie. Für sie war es auch ein besonderer Tag, denn es war ihr erster Flug. Der Pilot freute sich über seine Passagiere und wir kletterten in das Propellerflugzeug. Chris durfte selbstverständlich vorne beim Piloten sitzen, denn er war ja der Ehrengast. Wir tuckerten langsam über die Rollbahn und der Funkverkehr begann. Erstaunlich, dass der Pilot sich mit dem Bodenpersonal, der Einmannbesatzung im Tower, auf Englisch austauschte. Auch wenn die Flugsprache Englisch war, hatte ich Finnisch erwartet. Die Starterlaubnis wurde erteilt und es ging los. Wir rollten auf den Wald zu, der unaufhörlich immer näher und näher kam. Richtig viel Vertrauen hatte ich in unseren Flugzeugführer nicht. Ich krallte mich an den Vordersitz. Kiki tat es ebenfalls und wir sahen auf den Boden, um nicht so genau mitzubekommen, wie es ist, wenn die Maschine keine Höhe gewinnt und in den vor uns liegenden Wald hinein raste. Doch die Erlösung kam schnell, die Maschine hob vom Boden ab. Kurz vor dem Wald hatte sie so viel an Höhe erreicht, dass wir knapp, aber dennoch ohne Waldberührung, in die Lüfte emporschwebten. Finnland aus der Vogelperspektive war ein Traum. Es bot sich uns eine zauberhafte Welt. Jetzt sahen wir zum ersten Mal, was es bedeutete, von Finnland als „Land der tausend Seen" zu sprechen. Wasser und Wald wechselten sich ab. Kleine Häuschen oder Gehöfte boten einzelne Farbtupfer in dem von den Farben Grün und Blau bestimmten Bild. Schmale beigefarbene Straßen zogen sich durch die Wälder. Orientieren konnten wir uns zuerst nicht.

Doch der Pilot drehte die Flugrunde so, dass wir mehrmals über unser finnisches Traumhaus flogen. Wir sahen unseren Bootsanleger mit unserem roten Sportboot, konnten die Schotterstraße teilweise verfolgen, die zur asphaltierten Hauptstraße führte. Und auch Ollis Bauernhof orteten wir. Dann sahen wir auch die kleine Plattenbausiedlung, in der der finnische Deutschlehrer wohnte. Von oben sah die Straßenführung ganz einfach aus und ich konnte nicht verstehen, warum ich mich nachts so verfahren hatte. Egal, das war Schnee von gestern, die Flugzeit war zu kurz, als dass ich mich jetzt damit beschäftigen wollte. Wir alle starrten gebannt aus den kleinen Fenstern und verdrehten unsere Köpfe, um so viel wie möglich von der Landschaft zu sehen. Das dichte Grün der Wälder, die glitzernden Binnenseen und unzählige Inseln prägten die Landschaft.

Es war der Höhepunkt unseres so unkonventionellen und erfahrungsreichen finnischen Urlaubs.

Piranhas im Schlossgraben

Brigitte Vollenberg,
Dirk Juschkat
Book on Demand
ISBN 978-3-7528-2432-2
9,99 Euro

Piranhas im Schlossgraben? Eher unwahrscheinlich. Oder?
Die Geschichten, am Wegrand des Lebens aufgelesen, sind
so vielfältig wie sonderbar. Sorgfältig ausgesuchte Gedichte
umrahmen die Texte, sind in ihnen integriert und unter-
streichen die heiteren und skurrilen, aber auch mal ernsten
und kriminellen Geschichten. Erinnerungen werden wach.
Ja, das habe ich auch schon einmal erlebt, werden Sie
denken. Vielleicht hoffen Sie auch, dass Ihnen diese oder
jene außergewöhnliche Begebenheit nicht widerfährt. Und
genau durch diese Mischung entsteht der Spaß am Lesen.
Lassen Sie sich überraschen.

Geschichten und Anekdoten - vor und hinter den Kulissen

Brigitte Vollenberg
Wartberg Verlag,
ISBN 978-3-8313-2426-2
11,00 Euro

Wer liest sie nicht gerne – Erinnerungen an Begebenheiten, die in der eigenen Stadt spielen? Erinnern Sie sich z. B. noch an das alte, charmante Kaiser-Wilhelm-Bad mit seiner intimen und familiären Atmosphäre, in dem sogar kostenlos Schwimmunterricht angeboten wurde? Oder an die sensationellen Karnevalsfeiern in den 50er-Jahren, die verrufene Nachtbar Lido oder die Kneipe Dietzel, auf deren Billardtisch sogar einmal ein Schwein lag? Nicht zu vergessen das Café Siebeck mit seinen köstlichen Spezialitäten und dass bei Buschfort samstags der Bär steppte. Lassen Sie sich auf amüsante und unterhaltsame Art in das Gladbeck der 50er-80er Jahre entführen.

Brigitte Vollenberg

*1953 in Dorsten, Dipl. Betriebswirtin, seit 2009 Schriftstellerin Ihre Kurzgeschichten beschäftigen sich mit Geschichten, die das Leben schreibt. Aber sehr oft bewegen sich die Texte in eine kriminelle Richtung. Wichtig ist ihr aber stets eine humorvolle Ausrichtung. 2013 Nominierung für die Vestische Literatur-Eule, 2014, 2015, 2016 Prämierung im Rahmen der Ruhrfestspiele Recklinghausen. Sieger der Literaturausschreibung des Ortsmarketing Raesfeld.

Veröffentlichungen

Gladbecker Anekdoten und Geschichten, Wartberg Verlag 2015 | *Beziehungsdschungel* Regiokrimi und *Inselhopping* Inselkrimi demnächst in Neuauflage | *Piranhas im Schlossgraben*, Lyrik (Dirk Juschkat) und Kurzgeschichten (Brigitte Vollenberg), BoD Juli 2018

Regelmäßige Veröffentlichung von Kurzgeschichten in Anthologien und Literaturzeitschriften.
Die stattliche Anzahl von einhundertvierzig Einzelveröffentlichungen ist bereits überschritten.

Kontakt

www.brigittevollenberg.de

Satz & Titelgestaltung: Nora Bojarra